김성곤의 한시산책

김성곤의 한시산책

초판 1쇄 펴낸날 | 2022년 1월 5일

지은이 | 김성곤
펴낸이 | 류수노
펴낸곳 | (사)한국방송통신대학교출판문화원
　　　　03088 서울시 종로구 이화장길 54
　　　　대표전화 1644-1232
　　　　팩스 02-741-4570
　　　　홈페이지 http://press.knou.ac.kr
　　　　출판등록 1982년 6월 7일 제1-491호

출판위원장 | 이기재
편집 | 신경진 · 이민
본문 디자인 | 티디디자인
표지 디자인 | 이상선

ⓒ 김성곤, 2022

ISBN 978-89-20-04236-2 93820

값 22,000원

김성곤의
한시산책

김성곤 지음

자연에 기대어 漢詩의 숲에 노닐다

　이 책은 중국 한시에 대한 대중들의 관심에 부응하여 만든 일
종의 한시 안내서이다. 오랜 세월 동안 우리 문화의 한 축을 이루
었던 한시는 달라진 세상에서 낯선 물건이 되어버렸다. 한시는 상
아탑 안에서 전공자들의 학문적 담론의 대상으로 머물거나 일부
고전 취향 애호가들의 골동품으로 근근이 명을 이어왔다 해도 과
언이 아니다. 장구한 세월 동안 힘깨나 썼던 한시로서는 좀 억울
하긴 하겠지만 이젠 세상이 달라졌으니 어쩌랴! 그저 노을진 언덕
에서 고요히 옛 노래를 부르는 것으로 만족할 수밖에. 오랜 세월
대학 강단에서 한시를 가르쳐온 필자도 한시에 대한 세상의 인식
과 대접에 불만이 없었다. 어차피 대단한 부귀를 얻을 수 있는 것
이 아니라면 그저 내가 좋아하는 일을 하며 즐겁게 살 수 있으면
되는 것 아닌가.

그런데 좀 기이한 일이 생겼다. 한시를 대중에게 본격적으로 알릴 기회가 뜻밖에 찾아온 것이다. 모 방송국의 여행 프로그램에서 한시를 중국 여행에 접목해보겠다며 필자를 부른 것이다. 중국 각처를 여행하면서 때때로 그곳과 관련된 한시를 그럴듯하게 읊어달라는 것이다. 마침 나에게는 한시를 노래하듯 읊어댈 수 있는 비장의 무기가 있었으니, 바로 한시를 구성하는 한자의 성조를 조금 과장하여 늘리거나 줄이고 높이거나 낮춰서 노래에 가깝게 만든 '음송'이라는 방식이다. 이 음송의 방식으로 2011년부터 2019년까지 약 9년간 진행된 여행 프로그램에서 신명 나게 한시를 소개할 수 있었다. 방송은 제법 성공적이어서 적지 않은 사람들이 한시에 대한 관심을 알려왔으며, 수많은 기관 단체에서 한시에 대한 강의를 주문해왔다. 한시에 대한 강의는 주로 대중에게 가장 많이 알려진 시선 이백과 시성 두보를 위주로 하되, 술과 국화의 시인 도연명과 송나라 대문호 소동파를 더했다. 작가의 삶을 감동적인 스토리로 재구성해서 전해주고 그들의 시를 음송으로 노래하듯 들려주었다.

강의를 들은 사람들 중에 더러 한시에 대한 공부를 시작해보겠다며 관련 책을 안내해줄 것을 요청하기도 했다. 시중에 나와 있는 한시 관련 저작들을 소개해주었는데, 아쉽게도 대중이 쉽게 다가갈 수 있도록 구성된 대중서가 눈에 띄지 않았다. 필자가 쓴 것도 대학에서 교재로 활용하는 것이거나 지나치게 전문적인 내용이어서 대중에게 소개하기에는 적절치 않았다. 한시 대중서의 필요성을 절감하면서 나는 그동안 대중에게 한시를 소개한 성과들을 모아서 책으로 만들어보자는 구상을 하게 되었다. 수년 전부터 잡지에 기고한 한시 해설 원고, 여러 강연 자리에서 진행한 한시 관련 특강, 방송에서 진행한 한시 관련 대담 자료 등을 하나로 엮는 방식이다. 잡지나 강연, 방송 등지에서 행한 한시 관련 해설, 강의, 대담은 모두 일반 대중을 대상으로 한 것이므로 이러한 자료를 모아 한 권으로 만들면 바로 한시 대중서가 되지 않겠는가. 이 책은 이렇게 만들어지게 되었다. 가볍게 산책하는 기분으로 한시와 만나자는 뜻으로 제목을 '한시산책'으로 하고 1부 '만필漫筆', 2부 '만담漫談', 3부 '만유漫遊'로 구분하여 배열했다. '漫' 자를 쓴 것은 대중서로서의 수의성隨意性을 염두에 둔 것이다.

1부 한시 만필漫筆에서는 이백, 두보, 왕유王維 세 명의 시인의 유명한 시들을 해설했다. 왕유는 이백, 두보와 함께 성당시詩의 황금기를 이끌었던 대표적인 시인이다. 2부는 TV, 라디오에 출연하여 진행한 한시 관련 대담, 온라인 플랫폼이나 대학의 최고위과정 등에서 진행한 한시 특강 자료를 모은 것이다. 3부에서는 한시 창작을 소개했다. 오래전에 중국 각처를 여행하면서 한시를 지어 여행의 소회를 남겼는데, 그중 중국 강남 지역과 호북성 지역을 여행할 때 지은 창작 한시를 소개하고 해설했다. 국내에서는 금강산과 한라산을 여행하면서 지은 창작 한시를 덧붙였다. 수준이야 옛 시인들에 크게 못 미치고 어설픈 작품도 많지만 대중이 한시 창작의 과정을 들여다볼 수 있는 좋은 점도 있을 것이라 여기고 용감하게 덧붙이기로 했다. 모쪼록 이 책이 한시에 대한 대중의 관심을 키우는 데 일조할 수 있기를 바란다.

2021년 수락산 자락에서
김성곤

한시의 쉼터

청명淸明

唐, 杜牧

淸明時節雨紛紛, (청명시절우분분)

路上行人欲斷魂。 (노상행인욕단혼)

借問酒家何處有, (차문주가하처유)

牧童遙指杏花村。 (목동요지행화촌)

청명

청명이라 부슬부슬 비가 내리는데

길 가는 나그네 외로워 마음 자지러진다.

주막집 있는 곳 어디쯤이냐 물으니

목동은 저만치 살구꽃 핀 마을을 가리킨다.

봄비에 젖어 먼 길을 걸어온 지친 나그네에게 필요한 것은 '술집'이다. 그리고 그 술집은 '살구꽃이 핀 마을'에 있다. 살구꽃 화사한 꽃그늘 아래에 나그네는 지친 몸과 맘을 내려놓는다. 하루 이틀 푹 쉬고 나면 다리에 다시 힘이 오를 것이고 가야 할 먼 길도 두렵지 않게 될 것이다. 분주하고 복잡한 시절을 살아 피곤과 스트레스에 지친 우리에게도 '술집'이 필요하다. 살구꽃이 화사하게 핀 마을 어귀에서 주기를 휘날리고 있는 술집이라는 휴식의 공간 말이다. 술을 먹자고 권하는 게 아니다. 좀 쉬어가자는 이야기이다. 아무리 일정이 촉박하고 갈 길이 멀다고 해도 아주 눌러앉는 것도 아니고 살구꽃 아래서 잠시 쉬어가는 것이니 무엇 어려울 것이 있겠냐는 말이다.

다양한 휴식의 공간 중 한 곳으로 한시를 제안한다. 혹여 관심이 있는 사람들은 와서 이 한시의 그늘에서 쉼을 얻기를 바란다. 특히 대도시에서 생활하는 사람들은 꼭 와주었으면 하는 생각이 간절하다. 그들에게 한시는 아주 적합한 휴식 공간으로서 역할을 해줄 것이기 때문이다. 대도시의 생활은 속도 숭배와 자연 상실로 요약될 것이다. 속도를 추구하면 피곤해지기 쉽다. 과속에는 긴장이 따르기 때문이다. 그 긴장으로 인한 피로를 적당한 때에 풀어주지 않으면 바로 병이 되는 법이다. 과속으로 인한 피로를 푸는 방법은 그 속도를 줄이는 데 있다. 그리고 속도를 줄이는 방법은 속도가 느린 공간으로 들어가는 일이다. 그게 바로 자연이다. 자연은 속도가 느리다. 강물이 바쁘다고 서둘러 흐르는 법이 없고,

산이 급하다고 계절을 재촉하지 않는다. 태초의 속도 그대로 고요하게 그 자리를 지키고 있을 뿐이다. 그래서 자연 속에 머물면 절로 그 전체적인 느린 속도에 우리의 호흡과 생각의 리듬이 맞춰진다. 느려진 삶의 속도 속에서 우리의 심신은 휴식을 얻는 것이다. 그런데 문제는 이러한 자연이 우리 곁을 떠나갔다는 것이다. 자연의 터에 경쟁의 고속도로와 욕망의 마천루들이 빼곡하게 들어서서 속도를 부채질하고 있을 뿐이다. 이제 과속에서 오는 피로를 풀 공간이 없어졌다. 가정은 어떤가? 가정은 본래 속도가 느린 곳이었다. 그래서 격한 속도에 시달린 가족이 돌아와 쉴 수 있는 공간이었다. 그런데 이제는 더 이상 그런 쉼터가 아니다. 교육의 무한경쟁을 위해 쉴 수 없는 아이들의 종종걸음과 그 아이들을 감독하고 채근하는 부모의 거칠고 급한 고음으로 가정의 속도는 높아질 대로 높아졌다. 사람들은 다시 쉼터를 찾아 거리로 나가게 되는데 이 무정한 도시의 거리 어디에 쉼터가 있겠는가. 술 한잔으로 잠시 쉴을 얻으려 하지만 그 결과는 더 피곤해질 뿐이다. 그야말로 '길 가는 나그네 넋이 끊어질路上行人欲斷魂' 지경이다. 쉬어갈 '살구꽃 핀 마을杏花村'은 어디에 있는가? 한시 속에는 자연이 살아 있다. 우리가 잃어버린 달, 별, 산, 강물, 꽃, 나무, 새들이 지천이다. 그리고 한시의 세계는 바쁠 것도 복잡할 것도 없는 유유자적하고 단순 소박한 세계이다. 사람들은 이 한시의 세계로 들어와서 자연의 향기 속에 여유로움을 얻을 것이다. 그래서 지친 심신이 잠시나마 휴식할 수 있을 것이다. 송나라 때 유명한 화가인 곽희는 군자가 산수화를 즐기는 뜻에 대해 본시 사람은 세속에 물들지 않도록 늘 자연과 친해야 하는 것인데 세상에 나가 임금을 섬기고 백성을 위하다 보면 자연과 친할 여유가 없어지니, 이에 명산대천을 그려서 벽에 걸어두고 조석으로 감상하여 신유함으로써 자연과의 친밀함을 얻고 호연지기를 길러 세속의 때에 물들지 않게 되는 데 그 뜻이 있다고 했다. 한시를 감상하는 뜻이 이와 유사한 점이 있지 않겠는가? 예부터 훌륭한 시에는 그림이 담겨 있고, 훌륭한 그림에는 시가 담겨 있다고 했다. 시가 곧 그림이요, 그림이 곧 시인 것이다. 한시 속에는 청정한 강물이 사철 흘러간다. 한시 속에는 삽상한 솔바람이 만 골짜기를 불어간다. 그 강물에 속세의 묵은 때를 씻고, 그 바람에 세속의 피곤을 날려보내면 되는 것이다.

산거추명山居秋暝

唐, 王維

空山新雨後, (공산신우후)

天氣晚來秋。 (천기만래추)

明月松間照, (명월송간조)

清泉石上流。 (청천석상류)

竹喧歸浣女, (죽훤귀완녀)

蓮動下漁舟。 (연동하어주)

隨意春芳歇, (수의춘방헐)

王孫自可留。 (왕손자가류)

산촌의 가을 저녁

빈산에 새로 비 내린 후
저물녘 완연한 가을 날씨라.
밝은 달은 소나무 사이로 비치고
맑은 샘물이 돌 위로 흘러가네.
대숲 길로 빨래하는 여인들 수런대며 돌아가고
연잎을 흔들며 고깃배 내려간다네.
꽃들이야 제멋대로 다 졌어도
나는야 이 산중에 오래오래 머물러 있으려네.

막 비가 개인 가을날 저녁의 맑고 그윽한 경치가 그림처럼 우리 앞에 펼쳐지고 있다. 이 시가 펼쳐놓은 자연의 풍경 속으로 들어가서 쉬면 된다. 구름 걷힌 하늘에 밝은 달이 이제 막 비에 씻긴 깨끗한 소나무 사이로 비추고, 달빛 받아 하얗게 빛나는 돌 위로 맑은 샘물이 흘러간다. 그곳 어딘가에 자리를 정해두고 달빛으로 눈을 씻고, 솔 내음으로 코를 씻고, 맑은 샘물로 입을 씻고, 돌 위로 흐르는 물소리로 귀를 씻으면 될 것이다. 충혈된 눈이 맑아지고 비염으로 훌쩍거리던 코가 상쾌해지고 텁텁한 입도 개운해지고 웅웅거리던 귀도 말짱해질 것이다. 대숲을 지나가는 빨래하는 아낙네들의 모습은 제3, 4구의 자연 경물들을 통해 깨끗하게 씻긴 작자의 마음을 상징하는 것이요, 흔들흔들 연꽃을 지나가는 고기잡이 배는 세속의 분망함 밖에서 그윽한 여유로움을 즐기고 있는 작자의 기쁨을 표현한 것이다. 그것은 연꽃으로 표현될 정도의 고귀한 즐거움이요, 가치이다. 이러한 세계는 작자가 말한 대로 '머물러 있을 만한自可留' 곳이 아닌가.

죽리관竹裏館

唐. 王維

獨坐幽篁裏, （독좌유황리）

彈琴復長嘯。 （탄금부장소）

深林人不知, （심림인부지）

明月來相照。 （명월래상조）

죽리관에서

홀로 그윽한 대숲에 앉아

거문고 타다가 길게 휘파람을 분다.

깊은 숲 아는 사람 없고

밝은 달만이 찾아와 날 비춘다.

이 한시의 풍경 속에 들어가 있는 시인을 잠시 나오라 하고 내가 그를 대신하여 그윽한 대숲에 앉아서 거문고를 타고 휘파람도 불어보자. 밝은 달이 보고도 말하지 않는 깊은 정의 친구처럼 찾아올 것이다. 우리의 혼이 가는 것이다. 그러고 나서 돌아온 혼이 우리 몸을 다시 만지는 것이다. 거문고의 은은한 울림과 같이 우리 몸 구석구석을 진동시킴으로써 세포 구석구석에 뭉쳐 있는 피로의 알갱이들을 하나씩 풀어내는 것이다. 명상 훈련 중 이런 게 있다. 명상하는 중에 자신이 경험했던 유쾌하고 행복한 순간을 떠올리면 그것이 비록 먼 과거에 일어났던 일임에도 불구하고 지금 명상하고 있는 순간의 몸이 처음 그것이 발생한 당시에 느꼈던 희열과 행복을 다시 느끼게 된다는 것이다. 한시의 세계에 침잠해 들어가는 것은 과거에 어떤 시인이 느꼈을 희열을 지금 내가 불러내어 내 혼과 몸이 그것을 느끼게 하는 것이다.

추야기구원외 秋夜寄丘員外

唐, 韋應物

懷君屬秋夜, (회군촉추야)

散步詠凉天。 (산보영량천)

山空松子落, (산공송자락)

幽人應未眠。 (유인응미면)

가을밤 구원외에게 부치다

그리움 속에 찾아온 가을밤
서늘한 날을 거닐며 시를 읊는다.
빈산에 솔방울 떨어지면
그대도 응당 잠을 못 이루겠지.

도시 생활 속에서 밤이 온 가을 산에 솔방울 떨어지는 소리를 들을 일이 어디 있으랴. 그러나 앞의 한시가 빚은 세계 속에서라면 가능하다. 한시 속에 펼쳐진, 고요한 가을밤 잎들이 다 저버린 빈산으로 가서 솔방울 떨어지는 소리를 들어보자. 그곳 산자락 어디메에 있을 산골 마을 외딴집이어도 좋고 한적한 절간의 요사채여도 좋다. 맘이 아득해지고 몸이 서늘해져 오지 않는가. 그리움이 가을바람처럼 불어올 것이다. 그런 맑고 서늘한 그리움이 바로 우리의 묵은 피로를 풀어주는 것이다. 뭉친 근육을 이완시켜주는 것이다.

추일秋日

金星坤

秋塘蓮子熟, (추당연자숙)

虛場紫蜻眠。 (허장자청면)

雲落清茶碗, (운락청차완)

人歸路菊邊。 (인귀로국변)

가을날

가을 연못에 연밥 익어가고
빈 마당에 고추잠자리 졸고 있다.
구름은 맑은 찻잔에 떨어지고
사람은 국화 핀 길로 돌아간다.

이 시는 어느 가을날 사찰 부근의 찻집에서 지은 것이다. 마침 백련이 피고난 후 연밥이 익어가는 연못이 있어서 차 한잔하는 즐거움이 컸는데, 태양이 눈부시고 바람이 삽상하며 구름이 명랑하니 시심이 절로 일었다. 하여 맑은 가을날의 서정을 담고자 했다. 이 시를 지금 인용하자니 그 시절 그 장소의 분위기가 생생하게 떠오른다. 몸은 비록 책상 앞에 있어도 마음이 벌써 연못가 가을 햇살 눈부신 곳에 있는 듯하다. 누군가 이 시를 읽는다면 어떤 느낌일까? 그 가을의 청명하고 삽상했던 느낌을 전해 받을 수 있을까? 내가 다녀온 그 공간에 함께 다녀온 듯한 느낌, 내가 마셨던 맑은 차를 함께 나누어 마신 느낌이 들까? 차를 마신 후 돌아오는 발길 끝에 퍼지는 국화의 삽상한 향기를 맡을 수 있을까? 그럴 수 있다면 시가 성공한 것이려니와 나는 무형의 자연을 창조하여 누군가에게 피로를 회복할 휴식의 공간을 제공하게 된 것이리라.

그러나 기억할 것은 한시의 세계는 긴 여정에서의 주막과 같이 휴식의 한 지점일 뿐이다. 그것은 여행의 종착점도 아니며 여행의 목적도 아니다. 긴 여행을 위해 마련된 휴게소일 뿐이다. 그곳에 너무 오래 눌러앉아 있는 것은 좋지 않다. 휴식했으면 의당 서둘러 다시 가던 길을 가야 한다. 가서 열심히 돈도 벌고, 명예도 얻고 해야 한다. 살구꽃 핀 마을 주막에 들러 다리도 쉬고 마음도 달랬을 시인이 다시 길을 힘차게 떠났듯이 우리도 다시 싱싱해진 의식과 다리로 우리의 여정을 달려가야 하는 것이다. 한시의 세계가 주는 휴식의 참된 의미는 바로 이곳에 있다.

1부

한시 만필

　1부 한시 만필은 성당 삼대 시인 이백, 두보, 왕유의 작품을 해설한 것이다. 원래 이 글은 중국어문선교회의 온라인 정기간행물 〈중국을 주께로〉에 실은 것이었으므로 한시에 대한 전문적인 해석이나 비평보다는 대중이 쉽게 이해할 수 있도록 재미있고 친근한 설명을 위주로 했다. 시의 창작 배경, 시인의 인생 역정, 시와 시인을 둘러싼 시대 상황 등을 설명하면서 독자들이 자연스럽게 시에 몰입할 수 있도록 안배했다.

이백의 〈산중문답山中問答〉

왜 사냐건 웃지요

뭣하러 푸른 산에 사느냐구요

허허 그걸 꼭 말해야 하나요.

저길 보세요

복사꽃 떨어져 시냇물 따라 아득히 흘러가는 저곳을요.

여기는 새 하늘과 새 땅

당신이 놀던 그런 세상이 아니랍니다.

問余何事棲碧山， (문여하사서벽산)

笑而不答心自閑。 (소이부답심자한)

桃花流水杳然去， (도화유수묘연거)

別有天地非人間。 (별유천지비인간)

Wèn yú hé shì qī bì shān,

xiào ér bù dá xīn zì xián.

Táo huā liú shuǐ yǎo rán qù,

bié yǒu tiān dì fēi rén jiān.

1. 問余(문여): 나에게 묻다. 누군가가 나에게 질문을 했다는 말이다.

2. 何事(하사): 무슨 일로, 무엇 때문에. '事'를 '意'로 쓴 판본도 있다. '何意'로 할 경우도 뜻은 같다.

3. 棲碧山(서벽산): 푸른 산에 살다. '벽산'은 중국 호북성 안륙安陸에 있는 수산壽山을 가리킨다.

4. 笑而不答(소이부답): 웃기만 할 뿐 대답하지 않다.

5. 心自閑(심자한): 마음이 절로 한가롭다.

6. 桃花流水(도화유수): 복사꽃이 떨어져 흐르는 시냇물

7. 杳然去(묘연거): 아득히 멀리 흘러가다.

8. 別有天地(별유천지): 다른 하늘과 땅이 있다.

9. 非人間(비인간): 인간 세상이 아니다.

이 시는 이백李白이 호북성 안륙의 벽산에서 살 당시 지은 작품이다. 25세 청운의 푸른 꿈을 안고 고향 사천四川을 떠나 삼협을 나와 천지를 떠돈 지 2년, 스물일곱의 이백은 안륙에서 재상 가문의 허씨와 결혼한다. 허리에 만 관의 거금을 차고 고향을 떠나 꿈을 이룰 기회를 찾아 떠돈 2년의 세월은 결국 이렇다 할 성과도 없이 재물도 사람도 다 잃은 채 강소성 양주揚州의 궁벽한 여관에서 병들어 눕는 것으로 끝났다. 당시 병든 몸으로 지은 것이 지금까지 인구에 가장 많이 회자되는 〈정야사靜夜思〉이다.

고요한 밤의 그리움

침상에 비치는 밝은 달빛
마당에 서리 내린 줄 알았네.
고개 들어 밝은 달을 쳐다보다
고갤 숙여 고향을 생각하네.

床前明月光, (상전명월광)
疑是地上霜。 (의시지상상)
舉頭望明月, (거두망명월)
低頭思故鄉。 (저두사고향)

밝은 달은 고향이요, 어머니의 이미지이다. 사람이 궁해지고 고통에 처하면 가장 먼저 찾게 되는 것이 고향이 아닌가. 그 고향은 바로 우리의 근원적 고향인 어머니가 계신 곳이기 때문이다. 이백의 지친 몸과 맘이 본능적으로 어머니의 사랑을 갈구했을 것이다. 고향을 비추던 달은 만 리 타향에서 병들어 외로운 이백을 비춘다. 달빛에 스민 어머니의 사랑 때문이었을까. 이백은 병든 몸을 일으켜 다시 푸른 꿈을 향해 나아간다. 그리고 호북성 안륙의 재상 가문의 허씨 처녀와 결혼한다. 빈털터리였던 이백이었지만 허씨 가문은 이백의 재능과 꿈에 주목하여 결혼을 승낙했다. 이백은 아내 허씨를 데리고 안륙 교외에 있는 벽산으로 들어갔다. 그리고 그곳에서 꿈을 꾸고 공부했다. 그렇게 수년의 세월이 흘렀다. 겉으로 드러나는 어떤 성과도 보이지 않자 주변 사람들이 염려하거나 무시하기 시작했다. "도대체 젊은 놈이 이런 궁벽한 산속에서 뭣하고 있는 거야? 재상 가문에 데릴사위로 들어가더니 놀고먹자는 심산인가?" 이러한 상황에서 지어진 것이 바로 앞에서 소개한 〈산중문답山中問答〉이다. 제목이 '산중에서 속인에게 답하다'는 뜻의 〈산중답속인山中答俗人〉으로 된 판본도 있다.

"자네같이 젊은 사람이 어째서 이런 산속에 살고 있는가? 도대체 무슨 속셈인가?" 속인의 질문은 힐난에 가깝다. 그가 이백의 가슴에 담긴 큰 꿈을 알 리 있을 것인가. 그의 겨드랑이에 붕새의 큰 날개가 날로 자라고 있음을 알기나 할 것인가. 무엇을 일일이 설명하랴. 설명해준다고 또 이해하랴. 그저 빙그레 웃기만 할 뿐. 답하지 않아도 마음이 한가롭다는 것은 이미 답을 알고 있다는 자신감의 표현이다. 세속인들의 저열한 평가에는 조금도 신경 쓰지 않는다는 대단한 자긍심의 표현이다. 하지만 속인은 자리를 뜨지 않는다. 빙그레 웃는 이백의 모습에 자존심이 상했다. '아니, 사람을 무시하는 건가?' 끝까지 대답을 듣고 가겠다며 오기를 부린다. 마침내 이백이 손을 들어 집 앞을 흘러가는 시냇물을 가리키며 입을 연다. "복사꽃이 아득히 흘러가는 저 시냇물을 좀 보시오." 복사꽃 물결은 이곳이 중국의 전통적 이상향인 도화원桃花源임을 암시하는 말이다.

옛날 무릉의 한 어부가 고기잡이 배를 타고 가다가 길을 잃었다. 한참을 헤매다가 복사꽃이 줄지어 떠내려오는 신비로운 물줄기를 만나게 된다. 이상한 느낌에 휩싸인 어부는 그 물줄기를 거슬러 올라가 마침내 그 물이 끝나는 지점에서 조그만 동굴을 발견한다. 안쪽을 들여다보니 희미한 불빛 같은 것이 보였으므로 배를 버려두고 그 동굴로 들어갔는데, 동굴 너머에는 수백 년 전 진시황의 폭정을 피해 숨어 들어온 사람들이 살고 있는 평화롭고 풍족한 이상 사회가 있었다. 이른바 무릉도원이다. 도연명의 〈도화원기桃花源記〉라는 글에서 나오는 이 이야기로부터 '복사꽃 물결'은 이상향의 이미지를 갖게 되었다.

> "이곳은 또 다른 하늘과 땅이 있는 곳, 당신의 속세와는 다른 곳입니다. 그러니 당신이 속한 속세의 관점이나 견해를 가지고 다른 세상에 속한 나를 판단하지 마십시오. 그리고 나를 비난하지도 동정하지도 마십시오. 이 새로운 세상에서 사는 나는 이 세상에서 가장 행복한 사람이니까요."

이 시를 약간은 다른 관점에서 감상해보자. 다른 사람들의 눈에 '벽산'은 궁벽한 산골 마을일 뿐이겠지만 이백에게 '벽산'은 자신의 꿈을 빚어내는 더없이 소중한 공간이다. 남들의 눈에는 산골 마을에서 하릴없이 시간이나 축내고 있는 건달로 보였겠지만, 이백은 이 벽산에서 온 세상을 덮을 큰 꿈을 준비하고 있었다. 이백의 집 앞을 지나 아득히 멀리 흘러가는 '복사꽃 물결'의 의미를 다른 차원으로 생각해보면 그 꿈을 헤아릴 수 있다. '복사꽃 물결'을 이백의 시문학으로 이해하는 것이다. 바로 온 세상을 자신의 시의 물결로 덮어버리겠다는 꿈이다. 시의 향기로 천지를 가득 채우겠다는 꿈이다. 이곳 벽산은 그의 시의 물결이 시작되는 발원지가 되는 것이다. 이런 식으로 이해하면 마지막 구절은 "복사꽃 물결, 나의 시의 물결이 닿는 곳에는 다른 하늘과 땅이 열리리니, 그곳은 더 이상 옛날 세상이 아닐 것이다"라고 번역할 수 있을 것이다. "자네 지금 뭐하고 있는 건가?"라는 질문에 대해 이백은 대답한다. "지금 나는 온 세상으로 보낼 향기 드높은 복사꽃을 피워내기 위해 이 푸른 산에 머물러 있는 것이라네. 복사꽃의 향기는 푸른 산이 만드는 황홀한 노을과 신비로운 안개가 필요하기 때문일세." 자신이 속해 있는 현실에 대해 이토록 어마어마하게 긍정할 수 있는 사람이 세상에 몇이나 되랴. 이 위대한 긍정성 때문인지 훗날 이백의 시는 천지에 가득 차게 되었으며 그의 시가 닿는 곳마다 이전엔 상상도 못했던 새로운 감동의 세계가 펼쳐졌다. 이 시의 복사꽃 물결은 이젠 천년의 세월 너머까지 흘러서 물결이 닿는 강기슭마다 무궁한 감동과 환희의 꽃들을 피워내고 있다.

세상에는 이백처럼 스스로 궁벽한 벽산을 택하고, 그 벽산에서 큰 나무가 되어 말없이 아득히 멀리 향기로운 복사꽃 물결을 보내고 있는 자들이 또 얼마나 많은가! 이들이 보내는 향기로 세상이 새로운 하늘과 땅으로 바뀌는 것이 아니겠는가. 이백의 〈산중문답〉은 바로 이러한 자들을 위해 천년 전에 준비된 노래일 것이다.

1.2

두보의 〈춘야희우 春夜喜雨〉

봄비 오는 밤에

좋은 비 시절을 아나니
봄이 되어 만물이 싹을 틔울 때라.
바람을 따라 몰래 밤에 들어와
만물을 적시니 가늘어 소리도 없구나.
들길엔 검은 구름 가득하고
강가엔 고깃배 불빛만 밝다.
새벽녘 붉게 젖은 곳 바라보면
금관성에 꽃이 묵직하겠지.

好雨知時節,　(호우지시절)

當春乃發生。　(당춘내발생)

隨風潛入夜,　(수풍잠입야)

潤物細無聲。　(윤물세무성)

野徑雲俱黑,　(야경운구흑)

江船火獨明。　(강선화독명)

曉看紅濕處,　(효간홍습처)

花重錦官城。　(화중금관성)

Hǎo yǔ zhī shí jié,

dāng chūn nǎi fā shēng.

Suí fēng qián rù yè,

rùn wù xì wú shēng.

Yě jìng yún jù hēi,

jiāng chuán huǒ dú míng.

Xiǎo kān hóng shī chù,

huā zhòng Jǐn guān chéng.

주석

1. 喜雨(희우): 반가운 비

2. 好雨(호우): 좋은 비, 때에 맞춰 알맞게 내리는 비

3. 發生(발생): 싹이 트다, 싹을 틔우다.

4. 隨風(수풍): 바람을 따르다.

5. 潛(잠): 몰래

6. 入夜(입야): 밤으로 들다, 밤에 내리다.

7. 潤物(윤물): 만물을 적시다, 만물을 윤택하게 하다.

8. 細無聲(세무성): 비가 가늘어서 아무런 소리가 나지 않는다.

9. 野徑(야경): 들길. 여기서는 사방 교외 들판을 가리킨다.

10. 雲俱黑(운구흑): 검은 구름이 온통 덮고 있다.

11. 江船(강선): 강가에서 고기잡이하는 배

12. 火獨明(화독명): 불빛이 유독 밝다.

13. 紅濕處(홍습처): 붉게 젖은 땅. 비가 내려 꽃들이 피어나 붉어진 땅을 가리킨다.

14. 花重(화중): 꽃이 묵직하다. 봄비에 젖은 꽃들이 무겁다는 말이다.

15. 錦官城(금관성): 사천성 성도成都를 가리킨다. 성도는 예부터 비단을 생산하는 도시로 유명했으므로 이름을 비단 금錦 자를 써서 '금관성'이라고 했다.

이 시는 시성詩聖 두보가 사천성 성도 완화계浣花溪에 초당을 짓고 살 당시 지은 시로, 봄비를 노래한 시들 중에서 천고의 절창으로 알려진 명편이다. 성도 초당은 평생 떠돌던 두보를 맞아준 안식의 땅이었다. 성도로 오기까지 두보의 삶은 참으로 신산했다. 안녹산의 반란이 일어나 반군에 의해 장안에 포로로 잡힌 일, 탈출하여 천신만고 끝에 황제의 군대가 있는 봉상鳳翔으로 찾아갔던 일, 조정에서 권력 쟁투에 휘말려 지방의 미관말직으로 좌천된 일, 굶주림을 해결할 수 없어 결국 벼슬을 버린 후 가족들을 데리고 진주秦州로 동곡同谷으로 이곳저곳 유랑하던 일…. 풍요로운 땅이라 기대하고 찾아간 동곡에서 두보의 가족은 거의 아사 직전까지 이르게 된다. 당시 지었던 작품 〈건원중우거동곡현작가칠수乾元中寓居同谷縣作歌七首〉 중 제1수와 제2수를 보자.

동곡현에 우거하며 1수

객이 있으니, 자미라 이름하는 객이 있으니

백두 난발이 귀를 덮었거늘.

세모에 원숭이 부리는 사람을 따라 산밤을 주으며

추운 날 해 저물녘 산골짜기에 있구나.

중원에선 편지 없어 돌아가지 못하고

손발은 얼어 터져 살과 피부가 죽어간다.

오호라 첫 노래여, 노래가 이미 슬프니

비풍이 날 위해 하늘로부터 불어온다.

有客有客字子美,　　（유객유객자자미）

白頭亂髮垂過耳。　　（백두난발수과이）

歲拾橡栗隨狙公,　　（세습상률수저공）

天寒日暮山谷裏。　　（천한일모산곡리）

中原無書歸不得,　　（중원무서귀부득）

手腳凍皴皮肉死。　　（수각동준피육사）

嗚呼一歌兮歌已哀,　（오호일가혜가이애）

悲風爲我從天來。　　（비풍위아종천래）

동곡현에 우거하며 2수

긴 삽, 흰 나무 자루 긴 삽!

내 삶이 그대를 의지하여 목숨을 삼는구나.

산에는 눈이 한 길 황독은 싹도 보이지 않고

짧은 옷 자꾸 끌어당겨도 정강이를 덮지 못하는데.

지금 그대와 빈손으로 돌아오니

아들딸 신음 소리에 사방 벽은 고요하기만 하네.

오호라 두 번째 노래여, 노래를 시작하매

마을 사람들 나로 인해 슬픈 얼굴이구나.

長鑱長鑱白木柄,　　（장참장참백목병）

我生託子以爲命。　　（아생탁자이위명）

黃獨無苗山雪盛,　　（황독무묘산설성）

短衣數挽不掩脛。　　（단의삭만불엄경）

此時與子空歸來,　　（차시여자공귀래）

男呻女吟四壁靜。　　（남신여음사벽정）

嗚呼二歌兮歌始放,　　（오호이가혜가시방）

閭里爲我色惆悵。　　（여리위아색추창）

　먹을 것이 없어 구황 식물인 '황독'을 찾기 위해 삽 한 자루 들고 추운 날 눈 덮인 산을 헤매는 남루한 차림의 늙은 아비 두보의 모습, 빈손으로 돌아온 그를 맞는 것은 배고픔과 추위 속에서 신음하는 아이들뿐. 결국 두보는 성도로 갈 것을 결심한다. 마침 성도에는 그가 의지할 수 있는 친구들이 있었다. 눈보라가 천지를 휘몰아가는 12월, 변변히 먹지 못해 비틀거리는 어린 자식들을 보

듣고 달래고 하면서, 하늘로 오르는 것보다 더 험하다는 촉으로 가는 길 고촉도古蜀道를 지나 마침내 성도에 도착해서 여러 지인의 도움을 얻어 성도 교외 완화계 부근에 초당을 짓는다. 그의 생활은 그런 대로 안정되었고 그의 시에는 평화로운 삶의 기식이 스민다.

강 마을

맑은 강이 한 번 굽어 마을을 안고 흐르나니
긴 여름 강촌은 일마다 그윽하구나.
절로 오가는 것은 대들보 위의 제비요
서로 친한 것은 물가의 갈매기라.
늙은 아내는 종이 위에 바둑판을 그리고
어린 아들은 바늘을 두들겨 낚싯바늘을 만든다.
벗이 보내준 쌀 또한 있으니
미천한 이 몸 또 무엇을 구하리.

강촌江村

清江一曲抱村流, (청강일곡포촌류)
長夏江村事事幽。 (장하강촌사사유)
自去自來梁上燕, (자거자래량상연)
相親相近水中鷗。 (상친상근수중구)
老妻畵紙爲棋局, (노처화지위기국)
稚子敲針作釣鉤。 (치자고침작조구)

但有故人供祿米, (단유고인공녹미)
微軀此外更何求。 (미구차외갱하구)

〈춘야희우〉는 초당에서 생활한 지 2년 된 봄날 지은 것이다. 생활은 안정되고 떠돌이 시인 두보는 이제 농사일을 걱정하는 반푼 농사꾼이 되었다. 농사꾼에게 봄날 가장 긴요한 것이 무엇이겠는가. 예나 지금이나 다를 것 없으려니 바로 때맞춰 내리는 '봄비'가 아니겠는가. 마침 애타게 기다리던 비가 내리기 시작했다. 참으로 고마운 비이다. 처음 두 구절은 이 때맞춰 내리는 비를 의인화하여 표현한 것으로 '호우'에 대한 반갑고 고마운 마음을 여실하게 드러낸다. 비라고 다 좋은 비가 아니다. '호우'는 '시절을 안다'. 자신이 내려야 할 때인지 아닌지를 분별할 줄 아는 비가 바로 '호우'이다. 내리지 말아야 할 때 내리는 비는 '폭우'이거나 '악우惡雨'일 뿐이다. 사람이라고 별반 다르지 않다. 나설 때와 나서지 말아야 할 때를 가릴 줄 아는 사람이 참 좋은 사람 아닌가. 만물이 싹을 틔울 준비하는 시절, 수분이 가장 절실하게 필요한 때에 알아서 내리는 비. 그런데 이 비가 언제 내리는가? 바람을 타고 밤에 들어온다. 그리고 만물을 촉촉이 적시는데 너무 가늘어서 소리조차 없다. 태평한 시절에 내리는 봄비는 꼭 밤에 온다고 했다. 낮에 바깥에서 일하는 농부들을 배려해서 밤에 내리는 것이다. 이 정도 되면 '호우'에서 한 걸음 더 나아간 '인우仁雨'라 할 수 있지 않을까? 참으로 어진 비이다. 그런데 제4구를 보면 거기서 한 걸음 더 나아간 '성우聖雨'를 만나게 된다. 목말라 하는 만물을 촉촉하게 적셔주면서도 자신은 존재조차 없는 듯 아무런 소리도 내지 않는다. 만상에 목숨 같은 생명수를 공급하면서도 자신의 공로에 대해서는 아무런 자랑도 하지 않는다. 최고의 덕성德性이 아닌가. 노자는 말했다.

> "최고의 선은 물과 같다. 물은 만물을 이롭게 하되 다투지 않으며 사람들이 싫어하는 낮은 곳으로 흘러가 사느니 도道와 가깝다 하겠다. … 다투지 않으니 허물이 없는 것이다.(上善若水。水善利萬物而不爭, 處衆人之所惡, 故幾於道。… 夫唯不爭, 故無尤。)"
>
> – 《도덕경 8장》

또 물과 같은 큰 덕을 갖춘 성인의 모습에 대해서도 다음과 같이 설명한다.

> "낳아 기르면서도 소유하지 않으며, 적극적으로 일을 하면서도 뽐내지 않고, 공을 이루고 나서도 그 공에 거하지 않는다. 그 공에 거하지 않으므로 공을 없앨 수 없다.(生而不有, 爲而不恃, 功成而弗居。夫唯弗居, 是以不去。)"
>
> – 《도덕경 2장》

어떤 일의 성공은 그 성공의 열매를 스스로 차지하지 않는 것으로 완성된다. 그래서 현명한 사람들은 일을 이루면 스스로 자신의 몸을 물려 그 일로부터 멀리함으로써 그 일을 최종적으로 완성한다. 이른바 공성신퇴功成身退이다. 봄비의 공덕이 얼마나 무한한가. 이 무한한 공덕은 봄비의 '무성無聲'으로써 완성되는 것이다. 두보의 기쁨은 계속된다. 들길에는 비를 실은 검은 구름이 가득하다. 이 비는 밤새도록 내려 마른 대지에 필요한 수분을 충분하게 공급할 것이다. 어둠 속에서 홀로 빛나는 강가의 고깃배 불빛은 봄비로 인한 시인의 기쁨을 환하게 드러내는 비유적 표현으로 읽을 수도 있다. 마지막 두 구절은 다음날 새벽의 경치를 상상한 것이다. 봄비의 사랑과 헌신으로 피어난 붉은 꽃들로 성도 금관성은 찬란한 봄날 아침을 맞이할 것이라 기대하고 축복한 것이다. 천지에 봄을 몰아오는 '호우'처럼 세상에는 말없이 희생과 봉사의 삶을 사는 이들이 많다. 세상의 봄은 바로 이러한 사람들이 만들어내는 것이다. 꽃보다 아름다운 세상의 웃음들은 어느 누군가의 봄비 같은 눈물의 기도로 피어나는 것이려니.

왕유의 〈죽리관竹裏館〉

대나무 숲에서

홀로 그윽한 죽림에 앉아
거문고를 타다가 길게 휘파람도 분다.
아무도 모르는 깊은 숲
밝은 달이 찾아와 나를 비춘다.

獨坐幽篁裏,　(독좌유황리)
彈琴復長嘯。　(탄금부장소)
深林人不知,　(심림인부지)
明月來相照。　(명월래상조)

Dú zuò yōu huáng lǐ,
tán qín fù cháng xiào.
Shēn lín rén bù zhī,
míng yuè lái xiāng zhào.

주
석

1. 竹裏館(죽리관): 지은이 왕유가 만년에 거처하던 별장으로 집 주변에 대나무 숲이 있어서 붙은 이름이다.

2. 王維(왕유): 당나라 시인. 산수시山水詩로 유명하다. 독실한 불교 신자여서 '시불詩佛'로 불리며 시선詩仙 이백, 시성詩聖 두보와 이름을 나란히 했다. 시서화詩書畫에 모두 뛰어나 소동파蘇東坡가 그의 시화를 두고 "시 속에는 그림이 있고, 그림 속에는 시가 있다詩中有畫, 畫中有詩"라고 평하기도 했다. 만년에 장안에서 조금 떨어진 남전藍田에 망천별서輞川別墅라는 별장을 마련하여 유유자적한 삶을 살았다.

3. 幽篁(유황): 깊은 대나무 숲. '篁'은 대나무 숲이다.

4. 嘯(소): 휘파람을 불다.

5. 深林(심림): 깊은 숲. 여기서는 대나무 숲을 가리킨다.

6. 相照(상조): 나를 비추다. '相' 뒤에 '~하다'는 뜻의 동사가 올 경우에는 흔히 '나(너)를 ~하다'로 번역한다.

이 시는 왕유王維가 만년에 마련한 별장 망천별서에 속한 '죽리관'에서 지은 것으로 그윽하고 평화로운 공간에서 누리는 삶의 순연한 기쁨을 단순하고 평이한 언어로 잘 표현한 작품이다. 번잡한 세속의 삶을 떠나서 그윽한 죽림으로 들어온 시인은 홀로 고요 속에 침잠한다. 이른바 '홀로 앉음獨坐'의 세계이다. 얼마 만에 누리는 혼자만의 고요인가! 세상의 온갖 기심機心을 잊고 소슬 불어오는 바람에 흔들리는 대나무처럼 긴 호흡으로 평화롭게 흔들린다. 이것이 바로 장자가 말하는 '좌망坐忘'이 아니던가.

안회가 말했다. "저는 뭔가 된 것 같습니다." 공자가 물었다. "무슨 말인가?" "저는 인仁이니 의義니 하는 것을 잊어버렸습니다." "좋다. 그러나 아직 멀었다." 얼마 후 안회가 다시 공자를 뵙고 말했다. "저는 예禮니 악樂이니 하는 것을 잊어버렸습니다." "좋다. 그러나 아직 멀었다." 얼마 후에 안회가 다시 말했다. "저는 좌망坐忘하게 되었습니다." 공자가 깜짝 놀라 물었다. "좌망이라니, 그게 무슨 말이냐?" 안회가 말했다. "손발이나 몸을 잊어버리고 귀와 눈의 작용을 쉬게 합니다. 몸을 떠나고 앎을 몰아내는 것. 그리하여 '큰 트임大通'과 하나 됨, 이것이 제가 말씀드리는 좌망입니다." 공자가 말했다. "하나가 되면 좋다 싫다가 없지. 변화를 받아 막히는 데가 없게 된다. 너야말로 과연 어진 사람이다. 청컨대 나도 네 뒤를 따르게 해다오."

－《장자 · 대종사大宗師》

－ 오강남(1999), 《장자》, 현암사, 재인용

왕유가 안회처럼 완전한 좌망의 경지에 도달한 것인지는 모르겠지만, 우리도 때로는 세상의 온갖 분석적이고 논리적이고 계산적인 마음을 내려놓아야 하는 것은 아닐까? 그래야 비로소 온전한 쉼을 얻을 수 있는 것은 아닐까? 그런데 《장자》에는 '좌망'이 아닌 '좌치坐馳'라는 의미심장한 개념의 어휘가 등장한다. '앉아 있어도 내달린다'는 뜻이다. 모든 것을 내려놓겠다고, 모든 것을 잊고 이젠 쉬어야겠다고 하는 순간에도 머릿속은 여전히 분주하고 마음은 여전히 갈팡질팡 쉬지 못하는 상태를 가리키는 말이다.

저 빈 것을 보라.

텅 빈 방이 뿜어내는 흰빛.

행복은 고요함에 머무르는 것.

머무르지 못하면

이를 일러 '앉아서 달림坐馳'이라 하느니.

– 《장자 · 인간세人間世》

– 오강남(1999), 《장자》, 현암사, 재인용

쉴래야 쉴 수 없는 현대인들의 맹목적 치달림의 병폐를 잘 드
러낸 말이다. 텅 빈 방이 뿜어내는 흰빛의 환희라니. 우리는 언제
나 그런 흰빛의 순수를 체험할 수 있을까. 이 구절은 어쩌면 우리
내면의 모든 욕망을 비울 때 비로소 전능한 하느님의 임재를 느낄
수 있다는 말로도 해석할 수 있을 것이다. 고요히 앉아 기도한다
한들 마음이 욕망으로 치달린다면 거기 어떤 응답도 어떤 희열도
찾아오기 힘들지 않겠는가.

왕유가 고요함에 집중할 수 있었던 것은 환경적인 요인이 큰
것으로 보인다. 바로 '그윽한 대나무 숲幽篁'에 있었기 때문이다.
대나무는 무엇인가? 그것은 비움의 상징물이다. 대나무는 속이 텅
비어 있다. 그리고 그 비움으로 인해 세속의 욕망에 휘둘리지 않
는 절조 군자의 영예를 얻었다. 소동파蘇東坡는 다음과 같이 대나무
를 노래했다.

푸른 대나무집에서

고기 없이는 살아도

대나무 없인 살 수 없다네.

고기 없으면 몸이 마르지만

대나무 없으면 사람이 속되어진다네.

마른 몸이야 살찌울 수 있다지만

속된 선비는 종내 고칠 수가 없다네.

어잠승녹균헌於潛僧綠筠軒

寧可食無肉, (영가식무육)

不可居無竹。 (불가거무죽)

無肉令人瘦, (무육령인수)

無竹令人俗。 (무죽령인속)

人瘦尚可肥, (인수상가비)

士俗不可醫。 (사속불가의)

비움의 상징인 대나무숲에 고요히 앉아 있는 시인은 이미 '좌망'의 선경에 든 것으로 보인다. 그의 텅 빔에서 흰빛이 뿜어져 나온다. 바로 진정한 행복이요, 진정한 위로이며, 진정한 평안이다. 그 기쁨을 노래한 것이 둘째 구절이다. 거문고를 타고 휘파람을 분다. 이 구절은 표면적으로는 위진남북조魏晉南北朝 시대 세상의 소란함을 뒤로 한 채 죽림에서 유유자적 노닐었던 죽림칠현竹林七賢

의 모습을 그대로 계승한 것이다. 하지만 죽림칠현이 전제적 억압 정치에서 비롯된 불만을 해소하는 방편으로 거문고를 타고 휘파람을 불었다고 한다면 왕유의 경우에는 '좌망'에 들어 거기서 오는 기쁨을 표현하는 방편이었다는 점에서 차이를 보인다. 이러한 심오한 경지를 뉘 이해하랴. 적은 것을 비움으로써 오히려 큰 것으로 채우고, 하잘것없는 것을 버림으로써 오히려 가장 값진 것을 얻는 이 오묘한 비의를 뉘 이해하랴. 제3구의 '심림深林'은 바로 왕유가 도달한 깊은 경지를 말한 것이고, '인부지人知'는 그러한 깊은 경지를 이해해줄 사람이 없음을 말한 것이다. 이 깊은 깨달음, 이 광대한 환희를 누가 알 수 있을까? 아무도 알아주지 않으니 서운하지 않을까?《논어》에는 다음과 같은 구절이 나온다.

> 남이 나를 알아주지 않아도 성을 내지 않으면 그 사람이 바로 군자가 아니겠는가!(人不知不愠, 不亦君子乎。)

우리는 모두 남들이 알아주기를 바란다. 가족이 알아주기를 바라고, 친구가 알아주기를 바라고, 직원들이 알아주기를 바라고, 사장이 알아주기를 바란다. 그리고 알아주지 않으면 짜증을 내고 불평한다. 우리는 영원히 군자가 될 수 없는가. 그저 우리는 속인들의 무리에서 한 걸음도 벗어날 수 없는가. 그런데 이 말을 한 공자 역시 남들이 알아주지 않았다. 자신을 알아줄 군주를 찾아 14년간 천하를 주유하였으나 끝내 쓰이지 못했으니 남들이 공자를 알아보지 못한 것이 분명하다. 하지만 성내지 않았다. 그래서 군자가 되었다. 어떻게 그럴 수 있었는가? 바로 앞 구절보다 앞서 한 말에서 그 이유를 알 수 있다.

> 벗이 멀리서 찾아오면 또한 즐겁지 않겠는가!(有朋自遠方來, 不亦樂乎。)

자신을 알아준 소수의 벗이 있었다. 그 벗이 있었기에 다수의 사람이 몰라줘도 상관이 없다는 것이다. 불평하지 않고 즐거워하며 한평생을 산다는 것이다. 이 벗들은 공자와 함께 도를 추구하며 가치를 공유하는 사람들이다. 이 벗들은 공자와 같이 도를 배우고 그 배운 것을 익혀 실천하면서 거기서 오는 내밀한 기쁨으로 살아가는 사람들이다.

왕유의 시 마지막 구절에서 등장하는 '명월明月'은 바로 이러한 벗을 상징한다. 나를 환히 비추는 달은 나를 가장 잘 이해하고 묵묵히 나의 길을 응원하는 '지음知音'이다. 윤선도는 〈오우가五友歌〉에서 다음과 같이 달을 노래했다.

> 작은 것이 높이 떠서 천지를 다 비추니
> 밤중 광명이 너만한 이 또 있느냐.
> 보고도 말 아니하니 내 벗인가 하노라.

나를 가장 잘 이해하기에 아무 말을 하지 않아도 서로 기뻐하고 교통함에 아무런 문제가 없다. 왕유가 아무도 모르는 깊은 숲속에서도 거문고를 타고 휘파람을 불며 내밀한 기쁨을 맘껏 누릴 수 있었던 것은 바로 밝은 달과 같은 벗이 있기에 가능했던 것이다. 생각해보자. 우리가 삶에서 자주 분노하며 살아가고 있다면, 어쩌면 나를 가장 잘 이해해주는 달과 같은 벗이 부재하기 때문일지도 모른다. 혹은 그런 벗이 있다는 사실을 모르고 혼자 속상해하는 것일지도 모른다. 왜 없겠는가. 내가 맘을 비우면 그 빈 맘에 청량한 달빛을 부으며 찾아오는 참된 벗이 꼭 있기 마련이다. 유유상종이 아니런가.

무한경쟁의 시절이다. 사회든 직장이든 가정이든 경쟁의 가파른 속도로 피곤하다. 어디서 쉼을 얻으랴. 대나무 숲으로 가자. 시비, 귀천, 빈부의 이분법적 가치에 끝없이 표류하는 세속적 욕망을 씻어내는 참된 비움의 숲으로 가자. 거기에 진정한 쉼이 있고 참된 기쁨이 있으려니. 거문고 타고 휘파람 부는, 명월이 달빛을 가득히 붓는 비움의 숲으로 가자.

이백의 〈행로난行路難〉

인생길 고달파라

금잔의 미주는 한 말에 만금이요

옥반의 진미는 그 값이 만 전인데.

한 모금 한 입도 넘기기 어려워

잔도 젓가락도 다 던져버렸노라.

시퍼런 검을 빼어들고 뛰쳐나가

사방팔방 노려보는데 가슴만 막막하다.

황하를 건너자 했더니 얼음이 강을 막고

태항산을 오르려 했더니 눈이 산에 가득하네.

푸른 시내에 한가로이 낚시 드리웠던 사람이여

해 뜨는 곳으로 가는 배의 꿈이여!

인생길의 어려움이여, 어려움이여!

수많은 갈림길에서 나는 지금 어디 있는가!

큰바람이 일어 물결 높은 날이 반드시 오리니

구름 돛을 곧장 펴고 드넓은 창해를 넘어가리라.

金樽淸酒斗十千,　(금준청주두십천)

玉盤珍羞直萬錢。　(옥반진수치만전)

停杯投箸不能食,　(정배투저불능식)

拔劍四顧心茫然。 (발검사고심망연)

欲渡黃河冰塞川, (욕도황하빙색천)

將登太行雪滿山。 (장등태항설만산)

閑來垂釣碧溪上, (한래수조벽계상)

忽復乘舟夢日邊。 (홀부승주몽일변)

行路難, 行路難, (행로난, 행로난)

多歧路, 今安在。 (다기로, 금안재)

長風破浪會有時, (장풍파랑회유시)

直掛雲帆濟滄海。 (직괘운범제창해)

Jīn zūn qīng jiǔ dǒu shí qiān,

yù pán zhēn xiū zhí wàn qián.

Tíng bēi tóu zhù bù néng shí,

bá jiàn sì gù xīn máng rán.

Yù dù Huáng hé bīng sāi chuān,

jiāng dēng Tài háng xuě mǎn shān.

Xián lái chuí diào bì xī shàng,

hū fù chéng zhōu mèng rì biān.

Xíng lù nán, xíng lù nán,

duō qí lù, jīn ān zài.

Cháng fēng pò làng huì yǒu shí,

zhí guà yún fān jì cāng hǎi.

1. 斗十千(두십천): 한 말이 만금이다. '십천+千'은 '만萬'.

2. 玉盤珍羞(옥반진수): 옥쟁반에 담긴 진수성찬

3. 直萬錢(치만전): '直'는 '値'와 같이 '가치'라는 말이다. '직'이 아니라 '치'로 읽는다. 음식 값이 만 전이나 된다는 말이다.

4. 停杯投箸(정배투저): 술잔을 멈추고 젓가락을 던지다. 술도 음식도 먹지 못한다는 말이다.

5. 拔劍四顧(발검사고): 칼을 빼어들고 사방을 바라보다.

6. 心茫然(심망연): 마음이 아득하다, 마음을 종잡을 수 없다.

7. 冰塞川(빙색천): 얼음이 강물의 흐름을 막아버리다. '塞'은 '막다'.

8. 太行(태항): 태항산. 중국 산서 지역에 위치한 매우 높은 산이다. '行'은 '행'이 아니라 '항'으로 읽는다.

9. 閑來垂釣(한래수조): 한가롭게 와서 낚시를 드리우다. 이 구절은 미끼도 없는 곧은 낚시를 하면서 자신을 써줄 군주를 기다리던 강태공姜太公의 일화를 인용한 것이다.

10. 乘舟夢日邊(승주몽일변): 배를 타고 태양 가까이 가는 꿈을 꾸다. 이 구절은 은나라의 유명한 재상 이윤伊尹이 임금에게 발탁되기 전에 배를 타고 해와 달이 있는 곳으로 가는 꿈을 꾸었다는 고사를 인용한 것이다.

11. 行路難(행로난): 길을 가는 어려움. 인생길의 어려움을 말한다.

12. 多歧路(다기로): 많은 갈림길

13. 今安在(금안재): 지금 어디에 있는가. '安'은 '편안하다'의 뜻이 아니라 '어디'라는 뜻의 의문사이다. 이 구절은 자신

의 현주소를 묻고 있는 말이다.

14. 長風破浪(장풍파랑): 긴 바람이 물결을 깨다. 큰바람이 불어와 높은 파도를 일으킨다는 말이다.

15. 會有時(회유시): 틀림없이 때가 올 것이다. '會'는 강한 추측을 나타내는 말이다. 여기서 '時'는 물결을 깨치고 큰바람이 불어오는 때로, 위기이지만 동시에 자신의 꿈을 이룰 수 있는 기회를 가리킨다. 아주 좋은 기회가 반드시 올 것이란 말이다.

16. 直掛雲帆(직괘운범): 곧장 구름같이 높은 돛을 걸다. '直'은 '바로'의 뜻으로 주저하지 않고 곧장 돛을 건다는 말이다.

17. 濟滄海(제창해): 넓은 바다를 건너가다. 자기 평생의 큰 꿈을 이룬다는 의미이다.

이백은 꿈을 이루기 위해 동분서주했으나 거듭되는 실패로 인해 고민이 깊어지고 감정이 격해졌다. 어느 날 이백의 처지를 잘 아는 친구가 그를 위로하기 위해 성대한 잔치를 열어주었다. 만금에 해당하는 술이 준비되었고, 만 전이나 되는 진미가 상에 가득 차려졌다. 술을 마다할 이백이 아니지 않은가. 한번 마시면 삼백 잔을 마시는 이백이 아닌가. 자신이 타고 온 준마도, 자신이 입고 온 천금의 가죽옷도 모조리 술로 바꿔서 한번 깊게 취하여 만고의 근심을 잊던 이백이 아니던가. 하지만 입으로 가져가려던 술잔은 그대로 멈춰버렸다. 술이 당기지 않는다. 술잔을 내려놓고 젓가락을 들었다. 입안이 바짝 마르고 모래라도 씹은 듯 까끌하다. 입맛이 없지만 나를 위로해주기 위해 잔치를 베푼 친구의 성의를 생각해서 억지로라도 좀 먹어야겠다. 그러나 음식이 도저히 넘어가지 않는다. 결국 젓가락을 던져버렸다. 가슴이 답답해 견딜 수가 없다. 자리를 박차고 밖으로 나와 검을 빼 들고 격하게 외친다.

"황하를 건너렸더니 얼음이 가로막는구나! 태항산에 오르렸더니 눈이 가득 내리는구나! 강물을 건너 꿈을 이룰 저 피안의 세계로 가는 길을 막는 자들이여! 이제 한 걸음이면 올라설 것만 같은 정상으로 가는 길을 막아서는 세상이여!"

이백의 격한 음성이 밤공기를 가르며 사라진다. 빼 들은 시퍼런 칼날에 달빛이 흔들린다. 얼마가 지났을까. 격렬한 감정이 훑고 지나간 깊은 내면으로부터 희미한 음성이 들린다.

"위대한 정치가요 군사가였던 강태공은 팔십 노인이 되어 주 문왕으로부터 부름을 받았다. 무엇을 그리 조급하게 굴 것이 있느냐. 네 나이 겨우 마흔이다. 그가 위수에서 낚시로 세월을 낚았듯이 너도 때를 기다려라. 역사상 가장 위대한 재상인 은나라 이윤을 보라. 그가 아직 노비의 신분이었으나 해와 달이 있는 곳으로 가는 꿈을 꾸고 결국 은나라 탕왕에게 발탁되어 최고의 재상이 되지 않았는가. 꿈을 잃지 말아야 한다!"

분노와 원망의 감정과 인내와 희망의 생각이 이백의 가슴에 거대한 소용돌이를 일으킨다. 참으로 어렵구나! 꿈을 찾아가는 길은 참으로 어렵구나. 수많은 갈림길에서 나는 지금 어느 방향으로 가는 건가! 좌절의 길로 가는가, 희망의 길로 가는가. 체념의 길인가, 인내의 길인가, 부정의 길인가, 긍정의 길인가. 되는 대로 흘러가는 길인가, 꿈을 좇아가는 길인가. 지금 나는 어디에 있는가.

마침내 이백은 자신이 가고 있는 길, 앞으로 가야 할 길을 세상에 선포한다. "큰바람이 물결을 치며 불어오는 날이 분명히 오리라. 그날에 나는 구름 같은 돛을 높이 달고 저 넓은 바다를 거침없이 건너가리라!" 희망의 길이요, 낙관의 길이요, 확신의 길이다. 분명히 큰바람이 불어오는 그날이 올 것이다. 그 바람을 타고 나는 붕새처럼 날아 저 남쪽 천지까지 훨훨 날아갈 것이다. 그때를 기다리며 날개의 힘을 기르자. 큰바람 같은 큰 기회가 펼쳐질 날이 분명하게 올 것이니 그날에 나의 재주, 나의 능력, 나의 경험은 내 꿈의 세계로 나를 이끌어갈 돛이 될 것이다. 구름 같은 돛이 되도록 재주를, 능력을, 경험을 키우고 기르며 때를 기다리면 될 것이다.

꿈이 어찌 쉽게 이루어지랴. 또 쉬이 이루어지는 꿈이면 그것이 어찌 꿈다운 꿈이 되랴. 만난의 어려움이 있어 꿈이 꿈이 되는 것이려니, 지금 한 모금 물도 밥도 넘기기 어려운 좌절이 있다 해도 이백처럼 가슴에 시퍼런 칼날 하나 독하게 숨기고 때를 기다리며 살아야 하지 않겠는가. 때가 되면 바람은 불어올 것이다. 모든

돛을 준비한 자들을 위해, 모든 날개를 준비한 자들을 위해 큰바
람은 불어올 것이다.

태항산

1.5

두보의 〈망악望嶽〉

태산을 바라보며

태산은 대저 어떠한가

제와 노에 걸쳐 그 푸름이 끝이 없구나.

조물주는 신령함과 수려함을 모아놓았고

산의 남북은 어두움과 밝음이 다르도다.

씻긴 가슴엔 높은 구름이 일고

터질 듯한 눈으로 새들이 날아 돌아온다.

언젠가 반드시 저 꼭대기에 올라

자그마한 뭇 산들을 한번 굽어보리라.

岱宗夫如何? (대종부여하)

齊魯靑未了。 (제로청미료)

造化鍾神秀, (조화종신수)

陰陽割昏曉。 (음양할혼효)

蕩胸生曾雲, (탕흉생층운)

決眦入歸鳥。 (결자입귀조)

會當淩絕頂, (회당능절정)

一覽衆山小。 (일람중산소)

Dài zōng fū rú hé?

Qí Lǔ qīng wèi liǎo.

Zào huà zhōng shén xiù,

yīn yáng gē hūn xiǎo.

Dàng xiōng shēng céng yún,

jué zì rù guī niǎo.

Huì dāng líng jué dǐng,

yī lǎn zhòng shān xiǎo.

<table>
<tr><td>주석</td><td></td></tr>
</table>

주석

1. 岱宗(대종): 태산. 중국의 오악五嶽 중에서 으뜸으로 치는 동악東嶽 태산은 지금 산동성 태안泰安에 있다. '대산岱山', '대악岱嶽'으로도 불렸는데, 여기서 '대종'이라고 한 것은 예부터 태산을 오악의 으뜸이요, 뭇 산들의 조종祖宗으로 여겼으므로 으뜸의 뜻을 갖는 '종'자를 붙여 말한 것이다. 역대 제왕 중 큰 공을 이룬 자들이 이곳에 올라 하늘에 제사를 지냈다.

2. 夫如何(부여하): 대저 어떠한가. '부夫'는 발어사發語詞로 의문의 어기를 강조한다.

3. 齊魯(제로): 제나라와 노나라. 춘추전국시대에는 태산을 경계로 하여 태산 북쪽은 제나라요, 태산 남쪽은 노나라였다. 이 구절은 태산의 넓은 크기를 설명한 것이다.

4. 靑未了(청미료): 푸름이 끝이 없다. '료了'는 '끝나다'의 뜻.

5. 造化(조화): 조물주, 대자연

6. 鍾神秀(종신수): 신령함과 수려함을 모으다. 이 구절은 조물주가 태산만을 특별히 사랑하여 온갖 신령한 기운과 수려한 자태를 태산에만 모아놓았다는 말이다.

7. 陰陽(음양): 산의 남쪽과 북쪽을 가리킨다.

8. 割昏曉(할혼효): 저녁과 새벽을 나누다. 이 구절은 산의 남쪽은 이미 새벽처럼 밝은데 산의 북쪽은 아직 저녁처럼 어둑하다는 뜻으로 그만큼 산이 높고 크다는 말이다.

9. 蕩胸(탕흉): 가슴을 씻다, 흉금을 씻어내다.

10. 生曾雲(생층운): 높은 구름이 일다. '曾'은 '층層'과 같은 뜻으로 '층'으로 읽는다. 이 구절은 높이 구름이 일어나서 가슴의 온갖 근심과 염려를 씻어낸다는 말이다.

11. 決眥(결자): 눈가가 찢어지다.

12. 入歸鳥(입귀조): 산으로 돌아오는 새들이 들어오다. 이 구절은 눈을 크게 뜨고 산새들을 바라본다는 말이다.

13. 會當(회당): 반드시 ~할 것이다.

14. 凌絶頂(능절정): 산꼭대기에 오르다.

15. 一覽(일람): 한번 바라보다.

16. 衆山小(중산소): 뭇 산들이 작다. 마지막 두 구절은 태산 꼭대기에 올라서서 발 아래 펼쳐지는 작은 산들을 굽어보겠다는 말이다.

이 시는 시성 두보가 청년 시절에 지은 역작으로 시 전체에 호매한 기백이 넘쳐흐른다. 주석가 중에서는 이 시에 대해 "글은 적으나 힘이 커서 태산과 겨룰 만하다"고 평가하거나, "두보의 전체 시 중에서 가장 뛰어난 시"라고 평하는 사람도 있다. 이 시에서 가장 유명한 구절은 마지막 두 구절 "반드시 산꼭대기에 올라 자그마한 뭇 산들을 내려다보리라(會當淩絕頂, 一覽衆山小)"인데, 지금까지도 많은 사람들이 즐겨 인용한다. 특히 중국 최고위급 지도자들이 외교 회담에서 자주 인용하여 서방에도 많이 알려졌다. 물론 이 구절을 빌려 중국이 언젠가 세계 최강의 나라가 될 것이라는 자신감을 표현한 것이다.

이 시는 두보가 과거시험에서 낙방한 후에 훌쩍 떠난 여행길에서 지은 작품이다. 독서가 만 권을 넘고 글에는 신명이 깃들어 있다고 자부하던 두보였지만 답안지 작성에는 별 재주가 없었던지 낙방의 고배를 마시고 말았다. 주변의 시선이 부담스러웠던 두보는 봇짐을 싸 훌쩍 여행을 떠난다. 그리고 제齊(지금의 산동성)와 조趙(지금의 하남성과 산서성) 지역을 거침없이 쏘다녔다. 멋진 친구들을 사귀고 그들과 함께 겨울 숲에서 매사냥도 하고 봄이 온 누대에서 음주 가무도 하면서 거칠 것이 없이 한 시절을 보냈다. 이 시절의 모습에 대해 두보는 만년에 지은 장편 회고시 〈장유壯遊〉에서 "제나라 조나라 사이에서 멋대로 노닐던 시절, 살진 말 타고 비싼 가죽옷 걸치고 제법 폼나게 놀았지"라고 회고했다. 한바탕 실컷 놀고 난 후 두보는 산동성 연주兗州로 가서 그곳에서 가족들과 떨어져 홀로 벼슬살이하고 있던 아버지 두한杜閑을 찾아뵙는다. 아버지에게 호된 질책을 받았는지 자애로운 권고를 받았는지는 알 수 없지만 아버지의 뜰에서 아들은 비로소 자신의 삶을 잘 수습하였던 것 같다. 연주로부터 멀지 않은 곳에 태산이 있다. 오악독존五嶽獨尊! 동악 태산은 예부터 오악 중에서 으뜸으로 치는 명산이요, 천자들이 하늘에 제사 지내는 성산이었다. 초여름 햇살이 연주성 고루에 쏟아지던 날 두보는 아버지께 하직 인사를 올리고 태산을 향해 길을 떠난다.

구절양장 십팔반 산길을 하염없이 오른다. 끝없이 이어지는 길을 따라 생각도 끊임없이 이어진다. 나는 누구인가, 나는 무엇인가, 나의 삶의 목표는 무엇인가, 내가 가야 할 길은 어떤 길인가. … 제법 따가운 초여름 햇살에 땀이 흥건하다. 잠시 쉬어갈까? 가까운 곳에 널찍한 바위가 있고 그 바위 사이에 소나무가 굳세게 뿌리박아 자라고 있었다. 바위에 올라 봇짐을 소나무 가지에 걸어두고 그늘 아래 앉아 올라온 산길을 뒤돌아본다. 아, 끝없이 펼쳐진 푸른 태산이여! 저 끝없는 푸르름이여! '청미료靑未了', 청미료, 청미료… 태산은 대저 어떠한가, 북쪽으로 제나라까지 남쪽으로 노나라까지 그 푸름이 끝이 없구나! 나 두보는 대저 어떤 사람인가, 저 태산과 같이 푸름이 끝이 없는 존재 아닌가! 태산의 푸름은 곧바로 두보 자신의 청춘, 푸른 청춘으로 환치되었다. 젊은 꿈, 젊은 기개는 결코 다하지 않았다는 선언이다. 둘러보니 태산의 온갖 기험한 봉우리들이 수려하기 그지없다. 조물주가 이곳 태산만을 유독 편애한 탓이런가. 신령스러운 봉우리, 수려한 골짜기들만 따로 뽑아서 이곳 태산에 집중적으로 들여놓았단 말인가. 조물주가 편애한 것이 어찌 태산뿐이랴. 나 역시 하늘의 편애를 입어 태어난 뛰어난 천재가 아닌가. 태산은 드넓어 북쪽 골짜기는 이미 어둡지만 남쪽 봉우리들은 아직도 밝다. 뉘 어둔 북쪽 골짜기만을 보며 어둡다 탄식하는가. 과거科擧의 실패도 그저 한 골짜기에 깃든 한 조각 어둠일 뿐이거늘 어찌 과거過去에 집착하여 암울해 할 것이 있으랴. 나에게는 아직도 햇빛 찬란한 봉우리들이 저렇게 높고 저렇게 찬연하거늘. 바람이 산기슭을 불어간다. 산을 씻은 바람이 내 가슴도 훑고 지난다. 산에는 높이 구름이 일고 내 마음에도 희망의 구름이 뭉게뭉게 피어오른다. 태산과 내가 일체가 된 듯 가슴이 터질 것 같다. 한 무리 지친 새들이 날아 돌아온다. 산은 넉넉한 가슴으로 새들을 품에 안는다. 나 또한 저 태산처럼 넓은 가슴이 되어 만상을 다 품어줄 것이다. 새들이 날아 돌아간 능성이 너머로 신비롭게 우뚝 솟은 태산의 정상 옥황정이 아련히 보인다. 불끈 다리에 힘이 솟고 가슴에 의욕이 넘친다. 천고를 진동한 명구가 탄생하는 순간이다. "내 반드시 저 산꼭대기에 올라 자그마한 봉우리들을 한번 굽어볼 것이다.(會當淩絕頂, 一覽衆山小。)" 이러한 다짐처럼 두보는 시인으로서 최고의 봉우리에 올라 시성詩聖의 칭호를 얻게 되었다. 스스로 거대한 봉우리가 되어 천년 세월을 넘어 여전히 뭇 산들을 굽어보며 호령하고 있다.

실패의 그늘에 주저앉고 싶을 때 불끈 일어나 산으로 가자. 거기서 아직도 끝나지 않는 '푸름'을 보자. 그리고 나 또한 '젊음이 끝나지 않았다'고 선언하자. 또 거기 하늘이 빚어낸 수려한 봉우리들을 바라보면서 나 또한 하늘이 빚어낸 걸작이라 자찬해보자. "하늘이 나와 같은 재주를 내었으니 반드시 쓸 날이 있을 것이다 (天生我材必有用-이백의 〈장진주〉 구절)"라고 하지 않았던가. 산바람이 불어오면 마음의 바닥을 뒤집어 먼지 같은 근심을 탈탈 털어버리고, 혹여 구름이라도 피어오르면 그것이 하늘이 내게 주는 상서로운 희망의 메시지라 여기자. 산새들도 날아와 우리의 영혼에 날개를 달아줄 것이다. 그러면 다음과 같이 호기롭게 말하는 거다, 중국어로. "후이 땅 링 쥐에 딩, 이 란 쯍 산 시야오!(會當凌絕頂, 一覽衆山小。)"

태산 십팔반

1.6

왕유의 〈종남별업終南別業〉

종남산 별장에서

중년에 자못 도를 좋아하였거니

늦은 나이에야 종남산 자락에 집을 지었네.

흥이 나면 매번 홀로 나서느니

이 유쾌한 일이야 그저 나만 알 뿐이라.

걷다가 걷다가 물길 끊어지는 곳

앉아서 바라보는 하늘엔 구름이 피어나고,

우연히 숲 노인을 만나면

담소하느라 돌아갈 것도 잊는다네.

中歲頗好道,　(중세파호도)

晚家南山陲。　(만가남산수)

興來每獨往,　(흥래매독왕)

勝事空自知。　(승사공자지)

行到水窮處,　(행도수궁처)

坐看雲起時。　(좌간운기시)

偶然值林叟,　(우연치림수)

談笑無還期。　(담소무환기)

Zhōng suì pō hào dào,

wǎn jiā Nán shān chuí.

Xìng lái měi dú wǎng,

shèng shì kōng zì zhī.

Xíng dào shuǐ qióng chù,

zuò kàn yún qǐ shí.

Ǒu rán zhí lín sǒu,

tán xiào wú huán qī.

1. 中歲(중세): 중년

2. 頗(파): 자못, 제법

3. 好道(호도): 도를 좋아하다.

4. 晩(만): 늦게, 늦은 나이에

5. 家(가): 집을 짓다.

6. 南山(남산): 왕유가 은거하며 살던 종남산終南山을 가리킨다.

7. 陲(수): 가장자리

8. 興來(흥래): 흥이 일다, 흥이 나다.

9. 每(매): 매번

10. 獨往(독왕): 혼자 산길을 나선다는 말이다.

11. 勝事(승사): 즐거운 일, 유쾌한 일

12. 空(공): 그저, 부질없이

13. 自知(자지): 나 스스로만이 알 뿐이다. 남들은 모른다는 말이다.

14. 水窮處(수궁처): 물이 끝나는 곳. 이 구절은 시냇물을 거슬러 올라가 물길이 끝나는 곳까지 이르렀다는 말이다.

15. 坐看(좌간): 앉아서 바라보다.

16. 雲起(운기): 구름이 피어나다.

17. 時(시): 여기서는 앞 구 '處'에 맞춰 대를 이루기 위해 쓴 것으로 따로 해석하지 않아도 된다.

18. 値(치): 만나다.

19. 林叟(임수): 숲에 사는 노인. 은자隱者를 가리킨다.

20. 無還期(무환기): 돌아갈 기약이 없다. 숲에 사는 은자를 만나 담소를 나누느라 집에 언제 돌아갈지 모르겠다는 말이다.

이 시는 만년에 종남산 자락에 별장을 지어 살던 왕유가 자연 속에 노니는 벅찬 기쁨을 적은 것이다. 왕유는 상서우승尙書右丞이라는 높은 벼슬까지 하였지만 자연에 대한 애호가 남달라서 '반사반은半仕半隱', 즉 반은 벼슬하고 반은 은거하는 생활을 견지한 것으로 유명하다. 첫 구절에서 중년부터 도를 좋아했다고 하였는데, 여기서 도는 불교를 가리킨다. 왕유는 '시불詩佛'의 칭호를 가지고 있을 정도로 불교에 대한 신심이 독실한 시인이었다. 물론 왕유가 이렇게 불교의 도에 경도된 것은 황제 주변의 간신배들이 권력을 전횡하는 부패한 세상에 대한 염증에서 비롯된 면이 강하다. 부패한 세상에 온몸으로 맞서 싸우는 것보다는 못하겠지만 그 부패한 세상으로부터 도피하는 것도 당시 지식인들이 취한 그 나름대로의 소극적인 저항의 몸짓이었다. 도가 있으면 나아가고, 도가 없으면 숨는다. 조정에는 간신들과 무능력자들만 가득하고, 산속에 물가에 재야에 현자와 능자가 많다는 것은 나라가 잘못 돌아가도 한참 잘못 돌아간다는 것을 온 세상에 보여주는 것이니 말이다. 그런데 이 비린내 진동하고 악취가 가득한 세상을 떠나 어디로 갈 것인가? 왕유는 거의 같은 시기에 쓴 것으로 보이는 〈수장소부酬張少府〉라는 시에서 다음과 같이 말한다.

장소부에게 화답하다

만년에 오직 고요함을 좋아하였느니
인간 만사에 관심이 없다네.
스스로 돌아보매 뾰족한 수가 없어
그저 옛 숲으로 돌아갈 뿐이네.
솔바람 불어 허리띠를 풀고
산 달은 거문고 타는 사람 비추네.
그대 궁통의 이치를 묻는가
어부의 노랫소리 포구에 깊이 들려온다네.

晚年惟好靜, (만년유호정)
萬事不關心。 (만사불관심)
自顧無長策, (자고무장책)

空知返舊林。 (공지반구림)

松風吹解帶, (송풍취해대)

山月照彈琴。 (산월조탄금)

君問窮通理, (군문궁통리)

漁歌入浦深。 (어가입포심)

인간 만사에 관심이 없기 때문에 뾰족한 수가 없는 것인지, 스스로 별 뾰족한 수가 없어서 만사에 관심을 끊은 것인지는 확실하지 않지만 어쨌든 시인은 세상의 명리名利에 대한 관심을 버리고 오직 자신이 좋아하는 '고요함靜'을 추구하기 위해 '옛 숲舊林'으로 돌아간다. 옛 숲은 고향이요, 자연이다. 또한 무엇인가 일이 꼬이고 뒤틀어지고 엉켜서 엉망이 되었을 때 다시 돌이켜보는 처음 자리, 즉 초심이요 첫사랑일 수도 있다. 기억해두자. 스스로 돌아보아 아무런 '장책'이 없을 때, 그때는 우리의 '옛 숲'이 우리를 부르는 때라는 것을! 제2구의 '남산 자락南山陲'은 바로 시인이 돌아간 옛 숲이다. 남산은 장안長安(지금의 시안)의 남쪽에 있는 큰 산 종남산이다. 그 종남산 자락에 '망천별서輞川別墅'라는 별장을 짓고 왕유는 자연 속에서 삶을 시작한다. 그곳에서의 삶은 세상에서 입은 상처에 대한 치료이면서 동시에 새롭게 만들어갈 삶에 대한 모색이다. 그가 노는 모습을 들여다보자. 제3구에서 '흥이 일면 매번 혼자 나선다'고 한 말에서 '흥興'이 바로 옛 숲에서의 그의 삶을 개괄한다. 매사 흥을 따라 사는 것이다. 어떤 강요도 억압도 의무도 명령도 없다. 그저 만사 흥을 따라서 걷기도 하고 앉기도 하고 만나기도 하고 이야기도 한다. 흥이 일면 가고 흥이 사라지면 돌아가는, 이른바 '승흥이행乘興而行, 흥진이반興盡而返'이 아닌가.

옛날 산음(지금의 절강성 소흥)에 서성書聖 왕희지王羲之의 셋째 아들 왕휘지王徽之가 살았다. 한밤중에 눈이 그치고 달빛이 사방을 환히 비추자 휘지가 흥이 일어 홀로 달빛 아래 술잔을 기울이고 시를 읊조리고 있었는데, 홀연 섬땅(지금의 절강성 승현)에 살고 있는 멋진 친구 대안도戴安道가 보고 싶어졌다. 곧바로 작은 배를 준비해 이백 리 물길을 거슬러 올라갔다. 밤이 거의 다할 무렵에 비로소 대안도의 집 앞까지 이르렀는데 휘지가 돌연 배를 돌리는 것이 아닌가. 무슨 까닭이냐 물으니 휘지가 말했다. "본시 흥이 일어 왔거니와 이제 흥이 다하여 돌아가는 것이다. 꼭 대안도를 만날 것이 무에 있으랴!"

그런데 사람들은 이러한 '흥'에 따라 사는 옛 숲에서의 '유쾌한 삶의 재미勝事'를 모른다. '그저 나만 알 뿐인空自知' 일이다. 흥이 일어 집을 나서서 숲길을 걷는다. 졸졸 흐르는 시냇물을 따라간다. 맑은 물을 따라 하염없이 걷다보니 마음조차 한없이 맑아진 듯하다. 내가 물이 되고 물이 내가 된 듯, 경계가 허물어진 황홀한 순간 물길이 끝났다. 어, 이제 무얼하지? 에이, 고민할 것 뭐 있어? 그냥 털썩 바위에 앉았다. 명랑한 새소리가 찾아오고 상큼한 숲의 향기가 덮쳐온다. 솔바람이 지나가다 날 보고 다가와 손을 내밀어 내 허리춤에 묶인 허리띠를 훌렁 풀어버린다('松風吹解帶'-〈장소부에게 화답하다〉). 하, 좋다! 모든 묶인 것으로부터의 자유! 멀리 하늘을 보니 내 꼴을 내려다보던 구름이 빙그레 웃으며 유유자적 한가롭게 떠간다. 물아일체物我一體!

지나가던 숲에 살던 노인이 물아일체의 흔연한 기쁨에 젖어 있는 나를 발견하고 말을 걸어온다. "아니, 거기서 혼자 뭐하는 거요?" "왜요? 제가 좀 이상한가요?" "아니, 당신 모습이 마치 마른 나무인 것 같기도 하고, 고요한 바위인 것 같기도 하고, 얼이 좀 빠져 있는 것도 같기도 하고…." 허어, 이 노인네, 장자의 '좌망坐忘'의 경지를 말하고 있구만. 숲에 사는 은자가 틀림없으렷다. "노인께서는 남곽자기의 '나는 나를 잊었다吾喪我'는 말씀을 들어보셨습니까? 제가 잠시 그런 경지를 맛보았던 것 같습니다." 노인이 빙그레 웃으며 말을 받는다. "글쎄올시다. 나는 그저 하늘의 퉁소 소리만 들으며 지낼 뿐이니 남곽인지 북곽인지 하는 사람 따위 모른다오." 하아, 역시나! 하늘의 퉁소는 바로 장자에서 말하는 '천뢰天籟'이다. 오직 자신을 잃어버린 사람, 자신의 집착에서 벗어난 자유인만이 하늘의 소리를 들을 수 있는 것이 아닌가! "선생님이야말로 진정한 자유인이시로군요!" 내가 감탄의 눈으로 노인을 바라보자, 노인은 어린애의 해맑은 얼굴이 되어 나뭇가지를 들어 땅을 치며 노래한다.

해와 달과 어깨동무
우주를 끼어 차고

모두와 하나가 된다네.

모든 것 혼잡한 대로 그냥 두고

낮은 자리 높은 자리 관심 없다네.

사람들 빠릇빠릇

성인은 어리숙

만년 세월 온갖 일

오로지 완벽의 순박함 그대로

모든 것들이 모두 그러함 그대로

그리하여 서로가 감싸 안는다네.

노인의 노래가 끝나기를 기다려 나도 한 곡 빼 들었다.

홀로 그윽한 죽림에 앉아

거문고를 타다가 길게 휘파람도 분다네.

아무도 모르는 깊은 숲

밝은 달이 찾아와 나를 비춘다네.

"자네, 거문고도 타시는가?" 노인이 반색하며 묻는다. "예, 조금 만지작거리는 정도입니다." "호오, 그래? 그럼 내일 거문고 안고 한 번 더 오시는 게 어떠신가? 내가 산중에서 담근 맛 좋은 머루주 한 동이 준비함세." "허어, 벌써 입에 침이 도는군요!"

노인을 이별하고 돌아오는 길, 말간 산 달이 떠서 소나무 사이로 조용히 내가 돌아가는 길을 비추고 있었다. 아, 오래된 옛 숲에 사는 이 즐거움이여!

뾰족한 대책이 없는 고단한 삶에 지쳤을 때 우리의 옛 숲으로 돌아가자. 한동안 조용히 그 숲에 기대어 살자. 숲이 우리를 치료하고 우리를 이끌어 가도록, 그 숲이 손잡아 이끄는 대로 우리를 맡기어 살자. 마음에 들려주는 음성을 따라 가라 하면 가고 앉으라 하면 앉고 거기서 쉬어라 하면 쉬자. 그러다 보면 내가 숲이 되고 내가 물이 되고 내가 구름이 되어 세상이 알지 못하는 깊은 평안과 기쁨을 누리게 될 것이다. 그리고 훗날 누군가 그대에게 세상의 이치를 물을 때, 궁하고 통하는 세상의 이치를 물을 때, 그때 산중의 은자처럼 포구의 어부처럼 유유자적 여유롭게 노래할 수 있을 것이다.

이백의 〈월하독작月下獨酌〉

달빛 아래 홀로 술 마시다

꽃 사이에 놓인 술 한 동이
친한 벗 없어 홀로 마시네.
잔 들어 밝은 달을 초청했더니
그림자까지 따라와 셋이 되었구나.
달은 술 한 모금 못하고
그림자도 그저 내 뒤만 따를 뿐이지만.
잠시 이 둘을 데리고서
이 봄날 한껏 즐겨보리라.
내가 노래하니 달이 오락가락
내가 춤을 추니 그림자도 얼씨구.
술 깨 있을 때는 서로 기쁨을 나누고
술 취한 후에는 각자 흩어져 가네.
영원히 변함없는 사귐을 맺어
저 먼 은하수에서 서로 만나기를.

花間一壺酒,　(화간일호주)
獨酌無相親。　(독작무상친)
擧杯邀明月,　(거배요명월)

對影成三人。　(대영성삼인)

月既不解飲,　(월기불해음)

影徒隨我身。　(영도수아신)

暫伴月將影,　(잠반월장영)

行樂須及春。　(행락수급춘)

我歌月徘徊,　(아가월배회)

我舞影零亂。　(아무영영란)

醒時同交歡,　(성시동교환)

醉後各分散。　(취후각분산)

永結無情遊,　(영결무정유)

相期邈雲漢。　(상기막운한)

Huā jiān yī hú jiǔ,

dú zhuó wú xiāng qīn.

Jǔ bēi yāo míng yuè,

duì yǐng chéng sān rén.

Yuè jì bù jiě yǐn,

yǐng tú suí wǒ shēn.

Zàn bàn yuè jiāng yǐng,

xíng lè xū jí chūn.

Wǒ gē yuè pái huái,

wǒ wǔ yǐng líng luàn.

Xǐng shí tóng jiāo huān,

zuì hòu gè fēn sàn.

Yǒng jié wú qíng yóu,

xiāng qī miǎo yún hàn.

1. 一壺酒(일호주): 술 한 동이.

2. 邀明月(요명월): 밝은 달을 초대하다. '邀'는 초청하다, 부르다.

3. 成三人(성삼인): 세 사람이 되다. 달, 그림자, 이백 자신까지 모두 셋이란 말이다.

4. 旣(기): ~한 데다가. 일반적으로 어떤 상황이 이미 이러이러한데 또 다른 상황까지 더하게 된다는 뜻을 갖는 문장에 쓰이는 부사로서, 여기서는 다음 구절까지 이어져 달이 술 한 모금 마실 수 없는 데다가, 또 그림자도 나만 졸졸 따라다닐 뿐인 열악한 상황이라는 말이다.

5. 不解飮(불해음): 술을 마실 줄 모른다. '解'는 '能'의 뜻.

6. 徒(도): 다만, 그저

7. 隨我身(수아신): 내 몸을 따라다니다. 그림자가 내 뒤만 졸졸 따라다닐 뿐이지, 뭐 하나 제대로 할 수 있는 게 없다는 말이다.

8. 暫(잠): 잠시

9. 伴月(반월): 달을 짝하다, 달과 함께하다.

10. 將影(장영): 그림자를 데리고 놀다. '將'은 '가져오다', '데리고 오다'는 뜻이다.

11. 須及春(수급춘): 반드시 봄날에 딱 맞춰야 한다. 이 구절은 이 좋은 봄날을 놓치지 말고 즐겁게 놀아야 한다는 말이다.

12. 月徘徊(월배회): 달이 배회하다. 달이 구름 사이로 지나가는 모습이 마치 배회하는 듯하다는 말이다.

13. 零亂(영란): 어수선하다. 그림자가 어지럽게 흩어지는 모습을 말한 것이다.

14. 各分散(각분산): 각자 헤어지다. 밤이 깊어 달도 기울고, 술에 취해 이백도 잠이 들었고, 결국 그림자도 사라졌다는 말이다.

15. 永結(영결): 영원히 맺다.

16. 無情遊(무정유): 무정한 사귐, 변치 않는 영원한 사귐. 감정에 따라 좌우되는 '유정有情'한 사귐이 아니라는 말이다.

17. 相期(상기): 서로 기약하다, 약속하다.

18. 邈雲漢(막운한): 먼 은하수. '邈'은 '멀다'의 뜻. 마지막 두 구절은 이백이 달에게 한 말이다.

이 시는 이백이 현종의 부름을 받아 장안으로 가 황제의 측근에서 한림봉공으로 일하던 시기, 그러니까 그의 이름과 시가 온 장안을 진동하던 시기에 지어진 작품이다. 이백이 황제에게 부름을 받은 것은 42세 나이였으니, 25세에 청운의 푸른 꿈을 안고 고향을 떠나 천하를 떠돈 지 무려 17년의 세월이 흐른 뒤였다. 이 장구한 세월 동안 희망도 많았고 절망도 많았다. 무한한 격정으로 하늘 끝까지 솟구치기도 했지만 끝 모를 침울로 바닥 끝까지 가라 앉기도 한 세월이었다. 하지만 '하늘이 내게 재주를 주었으니 반드시 나를 써줄 것이다(天生我材必有用)', '언젠가는 큰 바람이 물결을 깨치고 불어올 것이다(長風波浪會有時)'라는 굳은 신념으로 버티고 또 버텼다. 이 세월 동안 이백의 시가 천하를 덮었다. 그의 시는 하늘에서 온 노래였다. 이백이 장안에 가서 하지장賀知章이라는 문단의 영수에게 시 〈촉도난蜀道難〉을 보였을 때, 하지장은 그에게 '적선謫仙'이라는 별명을 붙여주었다. 하늘에서 귀양 온 신선이란 말이다. 곧 이백이 쓴 시가 이 세상의 언어가 아니라는 찬사였다. 이백의 시가 가 닿는 곳마다 사람들은 천상의 소리를 듣고 하늘의 음악에 도취되었다. 그리고 황제는 결국 이백을 장안으로 불렀다. 이백이 장안으로 가기 위해 집을 떠나면서 지은 시를 보면 "앙천대소하며 문을 나서나니, 내 어찌 초야에 묻혀 살 사람이더냐!"라고 했으니 그가 장안행에 많은 기대를 걸었음을 알 수 있다.

하지만 이백의 벼슬길은 순탄하게 열리지 않았다. 그의 재주는 황제와 대신들을 충분히 놀라게 했고, 황제는 마침내 그에게 큰 벼슬을 주고자 했지만, 문제는 황제의 총애를 독점하고 있던 양귀비와 환관 고력사였다. 특히 고력사는 당시 황제 측근의 최고 권력자로서 모든 대신들조차 어렵게 대하던 존귀한 신분이었는데, 이백의 눈에는 그저 거세당한 일개 환관에 불과했던 것이다. 이백의 이러한 안하무인의 태도에 비위가 상한 고력사가 양귀비에게 이백에 대한 참언을 늘어놓았고, 양귀비는 베갯머리에서 황제한테 이백에게 불리한 말을 전했다. 결국 황제는 이백에게서 맘이 멀어져갔고, 정식 관원에 임명하려던 일도 미루어졌다. 이렇게 이백의 정치적 야망이 위태롭게 흔들리던 시기에 지어진 것이 바로 이 시이다.

꽃 사이에 술이 놓여 있다고 했으니 계절은 봄이다. 이 좋은 계절이 왔고 좋은 술이 있는데 문제는 친구가 없다. 마음 터놓고 저간의 쌓였던 답답한 울분을 쏟아낼 친한 친구 하나 없다니. 그간 이백의 주변에서 그의 시에 환호하고 그의 재주에 감탄하던 사람들이 얼마나 많았는데, 어떻게 술 한잔 나누며 속 이야기를 나눌 사람이 하나도 없다는 말인가. 사람들은 그가 홀로 술잔을 기울이고 있는 모습을 보면서 '인생 헛살았다'고 코웃음을 쳤을지도 모른다. 흥, 그렇다고 내가 기죽을 것이라면 착각이다, 세상 사람들아! 나 이백은 하늘에서 귀양 온 신선인 것을 모르는가. 내가 하늘 궁전에서 살고 있을 때 노상 함께 노닐었던 친구 하나 있었지. 환한 웃음을 밝히면서 묵묵히 내 모든 이야기를 들어주던 정말 멋진 친구, 나의 지음知音이 이제 찾아올 거야. 어 저기 오고 있군. 어서 오시게! 자, 얼른 오셔서 자리하시게, 내 한잔 올리겠네.

밝은 달은 그렇게 이백에게 찾아왔다. 환한 얼굴 푸른 눈빛으로 오랜 친구인 이백을 찾아왔다. 그리고 오는 길에 동무 하나 더 데려왔으니 바로 이백의 그림자였다. 옳거니! 둘만 놀자면 좀 심심할 수도 있거니 셋이면 더욱 생기가 나지 않겠는가! 한국 사람들은 셋만 모이면 고스톱인가 뭔가도 한다는데. 자, 그대들 왔으니 이 봄밤 근사하게 놀아보세. 먼저 한잔하시게. 뭐 술은 사양한다고? 괜히 한잔했다가 얼굴 붉어지면 온 세상이 어두워지니 안 된다는 말이렷다. 흐흐, 알겠네. 그럼 그림자 당신은 어떤가? 뭐가 그리 수줍어서 자꾸만 내 뒤로 숨는가. 그려, 그려, 알겠네. 그저 내 곁에만 있어주게. 술은 내 혼자 다 마시겠네. 본시 나보다 300년쯤 뒤에 올 소동파라는 친구가 말하길, "내가 술을 마시는 것보다, 친구의 목으로 술이 넘어가는 소리를 듣는 것이 더 행복하다"고 했으니 그대들은 그저 내가 술 마시는 꼴을 감상이나 하면서 마냥 행복해 하시게나!

이백이 노래한다. "그대는 보지 못했는가. 황하의 물이 하늘로부터 내려와 미친 듯 흘러 바다로 가서는 다시 돌아오지 못함을. 그대는 보지 못했는가. 대갓집 밝은 거울 속, 아침에 푸른 실 같던 머리칼이 저물녘 흰 눈처럼 하얗게 됐다네. 인생은 득의하면 즐겨야 하는 법, 달빛이 빈 잔에 부서지게 해서는 안 될 것이라." 호탕한 이백의 노래가 밤공기를 가르며 멀리 메아리친다. 달이 웃는다. 그의 웃음을 따라 천하가 잠시 더욱 밝아진다. 갑자기 이백이 일어나 검을 빼어들고 춤을 추기 시작한다. 그림자도 그와 함께 덩실덩실 춤을 춘다. 춤사위가 격렬해지면서 이백이 허물어지듯 외친다. "황하를 건너자 했더니 얼음장이 가로막고, 태항산을 오르고자 했더니 눈이 산에 가득하네. 내 앞길을 막는 무리들이여! 내 꿈을 걷어차는 세상이여!" 흐느끼는 듯, 하소연하는 듯, 원망하는 듯 이백의 노래와 춤이 끝없이 이어진다. 이백의 깊은 절망과 고독을 이해한다는 듯, 동정한다는 듯 달이 조용히 고개를 끄덕인다. 밤 깊어 삼경이 될 때까지 이백이 달과 그림자에게 들려준 속이야기는 끝이 없었다. 술도 다 떨어져가고 이백도 취했다. 이젠 헤어져야 할 시간이다. "나 이제 취했으니 그대 그만 가시게, 내일 또 생각이 있거들랑 더 밝은 달빛 안고 찾아오시게." 서쪽으로 돌아가는 달에게 이백이 큰 소리로 외친다. "그대 내 진실한 벗이여, 우리 영원히 무정한 사귐을 사귀도록 하세. 세상 사람들처럼 감정에 휩쓸리는 그런 부박한 우정이 아닌, 환경이 바뀌고 세월이 바뀌고 천하가 바뀐다 해도 언제나 처음처럼 변함없는 '무정한 사귐'을 사귀도록 하세." 달이 고개를 돌려 환히 밝은 웃음을 보낸다. 서산 봉우리 너머로 돌아가는 달을 끝까지 전송하면서 이백이 외친다. "어이, 하늘 친구! 언젠가는 먼 은하수에서 서로 만나는 거야! 은하수 강물에 발을 담그고 신선이 마시는 유하주流霞酒 한잔하도록 하세. 그땐 얼굴 붉어질까 술 못한다고 사양하진 마시게나. 자네 대신 다른 뭇별들이 더 빛나도록 내가 수를 써놓을 테니까 말야. 흐흐, 아이고 졸립다. 안녕."

나를 깊이 이해하기에 이러쿵저러쿵 많은 말이 필요 없는 진실한 벗, 세상에 이런 벗이 얼마나 있으랴. 수많은 관계와 넘치는 대화 속에서도 우리가 이토록 외로운 것은 그중에 진실한 벗이 없기 때문이 아니겠는가. 이백이 만년에 이르렀을 때 그의 외로움은 더 깊고 넓었다. 비록 시명詩名이야 진즉에 천하를 덮었지만 평생에 꿈꾸었던 정치적 야망은 더욱 멀어진 상태였다. 그가 만년에 노닐

던 선성宣城의 경정산敬亭山에서 지은 시 〈독좌경정산獨坐敬亭山〉을
보면 그의 외로움을 달래준 또 다른 벗을 만나게 된다.

홀로 경정산에 앉아

뭇 새들 다 높이 날아가 버리고
외론 구름만 홀로 한가롭게 가고 있구나
서로 바라보아 싫증나지 않을 손
오직 경정산 너뿐이로구나!

衆鳥高飛盡, (중조고비진)

孤雲獨去閑。 (고운독거한)

相看兩不厭, (상간양불염)

只有敬亭山。 (지유경정산)

모두 떠나가버렸다. 자신을 향해 환호하던 모든 팬들도, 자신
을 이끌어주겠다던 고관대작들의 허튼 약속도, 장생불사를 꿈꾸게
했던 도사들의 금단 비술도 다 사라져버렸다. 이제 자신은 저 조
각구름처럼 정처 없이 홀로 간다. 누군가 흘러가는 자신을 바라보
며 웃음 짓는다. 누군가 했더니 오호라, 경정산 그대였구나! 그래,
언제 바라보아도 싫증나지 않는 유일한 대상. 내가 그렇듯 그대도
내가 싫증나지 않은가? 경정산이 푸른 웃음으로 그렇다 끄덕인다.
"아, 아무리 보고 또 봐도 싫지 않은 손, 오직 경정산 그대뿐이로

다!" 평생 자연을 예찬하며 사랑했던 시인은 외로운 만년에 그가 사랑했던 자연으로부터 위로받고 사랑받아 행복했던 것이다. 지음知音이 있는가? 그러면 이 시를 빌려 이렇게 말할 것이다. "서로 바라보고 바라보아도 질리지 않는 것은 오직 그대 아무개뿐이로다!"

두보의 〈방병조호마房兵曹胡馬〉

방 병조의 호마를 노래하다

방 병조의 호마는 대원국의 명마

칼끝처럼 불거진 마른 골격.

두 귀는 깎은 대나무처럼 오똑하고

네 발굽은 바람이 든 듯 가볍게 달리네.

향하는 곳 멀다 할 곳 어디 있으랴

진실로 생사를 맡길 만하다네.

그대 이토록 용맹스럽고 날쌔니

만 리라도 마음대로 달릴 수 있겠네.

胡馬大宛名, (호마대원명)

鋒棱瘦骨成。 (봉릉수골성)

竹批雙耳峻, (죽비쌍이준)

風入四蹄輕。 (풍입사제경)

所向無空闊, (소향무공활)

真堪托死生。 (진감탁사생)

驍騰有如此, (효등유여차)

萬里可橫行。 (만리가횡행)

Hú mǎ dà wǎn míng,

fēng léng shòu gǔ chéng.

Zhú pī shuāng ěr jùn,

fēng rù sì tí qīng.

Suǒ xiàng wú kōng kuò,

zhēn kān tuō sǐ shēng.

Xiāo téng yǒu rú cǐ,

wàn lǐ kě héng xíng.

주석

1. 房兵曹(방병조): 방씨 성의 병조참군. 병조참군은 군무를 담당하는 작은 벼슬아치이다.

2. 胡馬(호마): 서역에서 난 준마

3. 大宛(대원): 한나라 때 서역에 있던 나라 이름. 좋은 말이 많이 배출되었다.

4. 鋒棱(봉릉): 칼날의 모, 뾰족한 물건의 끝부분. 이 구절은 호마의 마른 골격이 마치 칼끝처럼 툭툭 불거져 있다는 말이다.

5. 竹批(죽비): 대나무를 깎다. 이 구절은 호마의 두 귀가 마치 대나무를 사선으로 깎아놓은 듯 날카롭게 쫑긋 솟았다는 말이다.

6. 四蹄輕(사제경): 네 발굽이 가볍다. 이 구절은 호마가 나는 듯 가볍게 달린다는 말이다.

7. 所向(소향): 향하는 곳마다. 이 구절은 호마가 워낙 빠르게 잘 달려서 아무리 먼 곳일지라도 멀다고 할 것이 못 된다는 말이다.

8. 堪(감): ~할 수 있다.

9. 托死生(탁사생): 생사를 맡기다. 이 구절은 말이 훌륭해서 주인이 자신의 목숨을 맡길 만하다는 말이다.

10. 驍騰(효등): 씩씩하게 달리다.

11. 可橫行(가횡행): 마음껏 내달릴 수 있다.

이 시는 두보가 이십대 후반 청춘의 뜨거운 피가 끓어오르던 시기를 통과하면서 지은 작품이다. 당시 두보는 낙양에서 열린 과거시험에 낙방하고는 훌쩍 여행길에 올랐다. 하북성과 산동성 곳곳을 누비고 다니며 훌륭한 벗을 사귀어 성품을 바로하고 명산과 대천을 바라보며 호연한 기상을 길렀다. 이 여행길에서 우연히 방씨 성의 병조참군을 알게 되었는데, 그는 아주 멋진 호마를 타고 있었다. 두보가 말을 매우 좋아하였음은 그가 남긴 시 중에 말이나 말 그림을 노래한 시가 제법 많다는 사실을 통해서 알 수 있다.

늠름한 호마는 젊은 두보의 마음을 단박에 사로잡았다. 두보는 이 말이 서역 대원국에서 온 명마임을 금방 알아보았다. 예부터 대원국에서는 좋은 명마가 많이 났다. 붉은 땀을 흘리며 하루에 천 리를 달린다고 하는 한혈마汗血馬도 바로 이 대원국에서 나는 준마이다. 방 병조의 호마는 생김새부터 보통 말들과 달랐다. 뼈 마디마디가 칼날처럼 툭툭 불거져 나올 정도로 군살이 하나 없이 탄탄하고 날렵한 몸매를 갖추었으며 두 귀는 오뚝해서 마치 대나무를 깎아놓은 듯했다. 호마의 멋진 모습에 반한 두보가 말을 어루만지며 삼매경에 빠져 있는 모습을 보고 방 병조가 웃으며 고삐를 건네준다. "자, 맘껏 달려보시오!" 호마가 달린다. 짧은 발목, 높은 발굽으로 서리 내린 들판을 짓밟으면서 힘차게 달린다. 바람이 네 발에 든 듯, 번개라도 잡을 듯 쏜살같이 달려간다. 순식간에 넓은 들판을 가로질러 왔다. 말머리를 돌려 출발점을 바라보니 언덕 위에 서서 손을 흔드는 방 병조의 모습이 점처럼 까마득하다. 씩씩거리는 말을 토닥이며 달래면서 다시 돌아간다. 호마의 귀에서는 바람이 일고 호마의 발은 땅 위의 허공을 달리는 듯하다. 방 병조가 빙그레 웃으며 묻는다. "내 말이 어떻소?" 두보가 상기된 얼굴로 고삐를 돌려주며 말한다. "이런 말이라면 진실로 생사를 맡길 만하겠습니다!" 방 병조가 흐뭇한 얼굴로 말을 타고 돌아가며 두보를 향해 소리친다. "내가 보니 당신 또한 범상치 않은 명물임이 틀림없소. 말로 치자면 대원국의 명마일게요. 허허허!"

  방 병조와 헤어져 돌아오는 길, 두보의 가슴에 새로운 격정이 솟구친다. 본래부터 삐쩍 말라서 사람들로부터 말라깽이라고 놀림을 받기도 했는데, 어쩌면 이 골상은 칼날처럼 불거져 솟은 명마의 모습을 닮은 것인지도 모른다는 생각이 들었다. 갑자기 귀가 어떻게 생겼는지 궁금해졌다. 마침 때는 가을이라 길가의 조그만 웅덩이 물이 거울처럼 맑다. 그곳에 비춰 보니 두 귀가 쫑긋하니 과연 아까 방 병조 호마의 귀와도 좀 닮았다는 생각이 들었다. 그래, 그럼 한번 달려볼까? 달리기라면 자신 있다. 열다섯 나이 이후 달리기로는 마을에서 나를 따를 자가 없었으니까. 두보가 달린다. 남루한 청포 옷자락 휘날리면서 낯선 들판을 가로질러 획획 바람을 가르며 두보가 달린다. 이 젊은 청춘에 거칠 것이 무에랴. 아무리 넓은 들판도, 아무리 낯선 환경도, 아무리 의지할 곳 없는 광야일지라도 이 준족의 젊은 청춘이 가지 못할 곳이 어디 있으랴. 턱밑으로 숨이 차오를 때까지 한참을 달려 고갯마루에 이르렀다. 땀이 비오는 듯하다. 손으로 얼굴에 흐르는 땀을 훔치고는 깜짝 놀라 손을 펴본다. 땀이 핏빛처럼 붉은 게 아닌가. 그럼 내가 한혈마처럼 핏빛 땀을? 눈을 비비고 바라보았더니 그건 피가 아니었다. 고개 너머 타오르는 저녁놀이 홀로 우뚝 서 있는 두보의 전신을 붉은 기운으로 감싸고 있었다.

알 수 없는 신비로운 격정에 사로잡힌 두보가 외친다. "내 장차 이러한 용기와 강인함으로 만 리 온 세상을 맘껏 달려볼 것이다!" 얼마를 그러고 서 있었을까? 날은 시나브로 어두워지고 고개 아래 마을에서는 저녁 짓는 연기가 가을바람에 살랑대며 오르고 있었다. 문득 한기와 함께 배고픔이 밀려왔다. 오래된 팽나무 한 그루 당산목으로 서 있는 마을 입구를 지나 마을 한가운데 자리 잡은 제법 큰 기와집으로 가서 하루 숙식을 청했다. 다행히 경제적으로 풍요롭고 치안이 안정된 개원開元 호시절이었던 터라 허許씨 성을 가진 주인은 선뜻 사랑방을 내주었고 소박한 밥상을 차려주었다. 사랑방 뒤 편 대숲에 서걱이던 가을바람이 두보의 꿈속까지 찾아와 푸른 벌판을 달리는 호마의 갈기를 힘차게 드날렸다. 다음날 하직인사를 하려고 주인이 있는 대청으로 올랐더니 거기에 멋진 그림 한 폭이 걸려 있었다. 흰 비단에 그려진 푸른 매 그림이었다. 당장이라도 날아오를 듯이 몸을 꼿꼿이 세우고 있는 것이 그냥 그림 밖으로 뛰쳐나올 것 같은 느낌이 들었다. 서역 호인의 푸른 눈을 닮은 듯, 흘겨보는 듯, 노려보는 듯 매의 움푹 들어간 눈에선 매서운 신기가 느껴졌다.

"그 그림 어디가 그렇게 맘에 드시오?" 어느새 주인이 나와서 그림 감상에 넋을 잃고 있는 두보에게 말을 건넸다. "주인이 부르면 금세라도 그림 밖으로 박차고 날아올 듯 생동감이 넘치는 좋은 그림입니다." 주인이 대견하다는 듯이 말했다. "젊은이는 그림에 대해 조예가 깊은 것 같구려." "제가 처음 대청마루에 올랐을 때 문득 바람과 서리의 서늘한 기상을 느꼈는데 알고보니 바로 이 그림에서 번져나오는 기운이었습니다." 주인이 껄껄 웃으며 말한다. "시를 쓰시오?" "예, 저의 조부께서는 당대 최고의 시인이셨습니다. 저는 이제 조금 글자를 엮는 정도일 뿐입니다." "조부의 함자가 어떻게 되는가?" "측천무후 시절 수문관직학사를 지내신 양양襄陽 사람 두심언杜審言입니다." 주인이 깜짝 놀라 두보의 손을 잡았다.

"자네 조부가 지은 〈매화와 버들이 강을 건너며 봄이 오는구나 梅柳渡江春〉라는 시는 초당의 오언율시 가운데 제일이 아닌가. 그 유명한 분의 손자를 예서 보다니!" 주인 허씨는 감격에 겨워 떠나려던 두보를 눌러앉히고는 종을 불러 주안상을 후하게 차리라 명했다. 며칠 동안 두보는 허씨 집안의 상객으로 대접을 극진히 받으며 지냈다. 가을 호수에 배를 띄워 놀기도 하고 늦가을 매미가 시끄럽게 우는 숲길을 지나 창포가 시든 냇가에서 잘 익은 마름을 따먹기도 했다. 얼마가 지났을까. 계절이 깊어져 고향의 푸른 담요가 점점 그리워지는 날, 두보는 주인 허씨를 작별하고 길에 올랐다. 두보가 떠나간 허씨의 대청마루에 걸린 푸른 매 그림 옆에는 두보가 주인의 부탁으로 쓴 제화시題畵詩 한 수가 걸려 있었다.

매그림

흰 비단에 바람과 서리가 일어나니
푸른 매 그림이 기이하구나.
몸을 솟구쳐 교활한 토끼를 낚아챌 듯
흘겨보는 눈은 수심 어린 서역의 호인과 같구나.
다리에 매어단 실은 잡아 뗄 수 있을 듯 빛나고
처마와 기둥 사이에서 부르면 날아올 듯.
어느 때에나 범상한 새들을 쳐서
털과 피를 들판에 뿌릴까!

화응畵鷹

素練風霜起, (소련풍상기)
蒼鷹畵作殊。 (창응화작수)
攫身思狡兔, (송신사교토)

側目似愁胡。 (측목사수호)

條鏃光堪摘, (도선광감적)

軒楹勢可呼。 (헌영세가호)

何當擊凡鳥, (하당격범조)

毛血灑平蕪。 (모혈쇄평무)

눈만 뜨면 잘난 사람이 천지인지라 늘 기죽어 살기 십상인 시절이다. 돈 많은 사람, 지위 높은 사람, 많이 아는 사람, 잘생긴 사람, 그중에 나는 어디에도 속하지 못한 듯 우울한 세상이다. 이런 날에는 어디 강가라도 나가서 한번 달려보자. 힘차게 달려보자. 달리다보면 게으름의 군살이 빠지면서 칼날처럼 불거진 천리마의 골격처럼 탄탄하고 날렵한 몸매를 얻게 될지도 모른다. 달리고 달리다보면 어쩌면 우리 겨드랑이에 큰 날개가 돋고 마침내 푸른 하늘로 날아올라 맘껏 누비며 호령하는 멋진 매 한 마리가 될 수도 있으려니!

왕유의 〈송원이사안서送元二使安西〉

안서로 가는 원이를 보내며

위성에 아침 비가 먼지를 적시니

객사의 버들은 새로 푸르구나.

그대 권하노니 술 한잔 더하시게

서쪽으로 양관을 나서면 친한 벗이 없으려니.

渭城朝雨浥輕塵,　(위성조우읍경진)

客舍青青柳色新。　(객사청청류색신)

勸君更盡一杯酒,　(권군갱진일배주)

西出陽關無故人。　(서출양관무고인)

Wèi chéng zhāo yǔ yì qīng chén,

kè shě qīng qīng liǔ sè xīn.

Quàn jūn gèng jìn yī bēi jiǔ,

xī chū Yáng guān wú gù rén.

1. 渭城(위성): 지명. 섬서성 서안 서북쪽에 있는 도시로, 진秦이 도읍했던 함양咸陽이다. 옛날 장안에서 서역으로 나서자면 이곳을 지나야 했다.
2. 浥(읍): 젖다, 적시다.
3. 客舍(객사): 여관
4. 陽關(양관): 서역에 설치한 관문 이름. 감숙성 돈황敦煌 서북쪽에 있다.

이 시는 왕유가 안서(지금의 신강 쿠처庫車)로 사신 가는 벗 원이元二를 전송하면서 지은 송별시이다(원이에 대해서는 알려진 것이 없다. '이二'는 같은 형제 항렬에서 두 번째라는 뜻이다). 이 시는 장구한 중국 문학사에 명멸했던 수많은 송별시 가운데 가장 많이 사랑받은 작품이다. 이 작품의 저작 시기는 안녹산의 난이 막 평정된 후였다(안녹산의 난 이전으로 보는 설도 있다). 난은 끝났지만 당조唐朝는 전쟁의 후유증을 크게 앓고 있었다. 중원의 반란군을 진압하기 위해 서북 변방을 지키던 병력의 상당 부분을 소모했기 때문에 변방의 경계가 극도로 허술해져 서북방의 강력한 이민족인 토번의 침략이 거듭되었고, 또 중앙 권력이 약해지자 그 틈을 타고 지방 곳곳에서 크고 작은 변란이 이어져 가뜩이나 허약해진 당 왕조를 도리깨질하고 있었다. 이렇게 정국이 불안하고 사회가 혼란한 시절에 원이가 안서 먼 곳으로 사신을 떠나게 된 것이다. 안서로 가자면 장안 서북쪽에 있던 위성渭城을 지나야 했는데, 위성은 일찍이 진나라가 수도로 삼았던 함양咸陽이다. 왕유는 위성까지 원이를 배웅하기로 했다. 아침 일찍 장안 대안탑 거리에서 만난 원이는 거듭된 송별연에서의 음주 탓인지 피로가 얼굴에 가득한 모습이었다. "어제도 전별 자리가 있었는가? 몰골이 말이 아니구만!" 원이가 미간을 잔뜩 찌푸리면서 대답했다. "말도 마시게. 어젠 파교瀟橋까지 갔다네." "파교라면 장안에서 동쪽으로 십 리 길이 넘을 텐데 거기까지 가서 송별연을 했다고? 서쪽으로 가야 할 자네를 동쪽에서 전송하는 건 또 뭔가?" "글쎄 말이야. 친구 녀석들이 전별연은 꼭 파교에서 해야 된다고 고집부리는 바람에 어쩔 수 없었네. 마침 안서로 출발하기까지는 시간도 여유가 있고 해서 유람 삼아 갔었네." 파교는 장안성 동쪽을 흘러가는 위수의 지류인 파수瀟水에 세워진 다리인데, 그 근처에 한나라 문제의 침릉이 있어 파릉瀟陵이라 불리기도 했다. 이곳 파교는 장안 동쪽으로 먼 길을 떠나는 객을 전송하는 곳으로 유명한 곳이다. 파교 부근에는 특히 버들이 많이 심겨 있어서 사람들은 너도나도 버들가지를 꺾어 떠나는 사람에게 건네며 석별의 정을 표했다. 그래서 이 다리를 '애간장 끊어지는 다리'라는 뜻의 '단장교斷腸橋'로 부르기도 했고, '사랑이 끝나는 다리'라는 뜻의 '정진교情盡橋'로 부르기도 했다. 버들솜이 날리는 늦봄에는 그 모습이 마치 눈이 펄펄 날리는 듯하다고 해서 '파교풍설瀟橋風雪'이라는 말까지 생겨 관중팔경關中八景의 하나로 이름을 날리기도 했다.

"허허 감성이 풍부하신 그 친구들 덕에 제대로 갖춘 전별연을 하셨겠구만!" "술이 몇 순배 돌고 나자 한 친구가 청아한 목소리로 이별 노래를 부르는데, 최근 새로 유행하는 이백의 〈절양류折楊柳〉가 아니겠는가. 전별연을 위해 단단히 준비를 했더라니까!"

버들가지를 꺾다

녹수를 스치는 수양버들
봄바람에 요염하게 흔들리는 시절,
꽃은 옥문관의 눈처럼 희고
잎은 창가의 안개처럼 따스하여라.
미인은 긴 그리움에 매여
이 봄날 경치에 마음 슬퍼지누나.
잡아당겨 춘색을 한 가지 꺾어
임 계신 먼 서역으로 부친다네.

垂楊拂綠水, (수양불록수)

搖艶東風年。 (요염동풍년)

花明玉關雪, (화명옥관설)

葉暖金窗烟。 (엽난금창연)

美人結長想, (미인결장상)

對此心凄然。 (대차심처연)

攀條折春色, (반조절춘색)

遠寄龍庭前。 (원기룡정전)

'절양류'는 '버들가지를 꺾는다'는 뜻으로 군역을 위해 멀리 변방으로 나가 있는 남자를 그리워하는 여인들의 탄식의 노래이다. 한나라 때부터 줄곧 같은 제목하에 여러 작품들이 창작되어 이별의 노래로 활용되었다. 버들가지를 꺾어주는 '절류'의 행위는 '유柳'의 발음이 머무른다는 뜻의 '유留'와 같기 때문이다. 떠나지 말고 이곳에 머물러달라는 마음을 전하는 것이다. 그래서 객을 보내는 포구에 심겨진 수많은 버드나무들은 늘 가지를 꺾이는 수난을 당해야 했다. 특히 파교의 버드나무들이 그랬다. 또 혹자는 어느 곳에 이식을 해도 잘 자라는 버드나무처럼 어디에 가든지 그곳에서 뿌리를 잘 내리고 적응하기를 바라는 마음을 전하는 것으로 해석하기도 한다.

"버들솜 날리는 저문 봄날 파교에서 듣는 절양류라! '연년류색, 파릉상별(年年柳色, 灞陵傷別)'이라 하지 않았던가! 슬픈 이별을 위해 일부러 그곳 파교를 찾은 셈이로군. 그래 멋진 '절양류'를 선물받았으니 자네도 근사한 유별시留別詩 한 수 남겼겠지." 유별시는 보내는 사람들이 써준 송별시에 답하여 떠나는 사람이 남은 사람들에게 써주는 시이다.

"내 문재文才가 보잘것없지 않은가. 엉성하게 썼다가는 웃음을 살 것 같아서 차라리 이백의 유명한 유별시 〈금릉주사유별金陵酒肆留別〉을 대신 읊었다네."

금릉 술집에서 이별하다

버들솜 바람에 날려 향기 가득한 주점
오나라 아가씨 술을 걸러 객에 권하고,
금릉의 젊은이들 찾아와 전송하느라
떠나는 사람 머무는 사람 모두 술잔을 비우네.
그대 저 동으로 흐르는 장강수에 물어보시게,
석별의 마음 누가 더 길고 긴지를.

風吹柳花滿店香,　(풍취류화만점향)
吳姬壓酒勸客嘗。　(오희압주권객상)
金陵子弟來相送,　(금릉자제래상송)
欲行不行各盡觴。　(욕행불행각진상)
請君試問東流水,　(청군시문동류수)
別意與之誰短長。　(별의여지수단장)

"그 시는 마지막 두 구절이 기발하지 않은가? 석별의 정을 장강수에 견주었으니 과연 이백다운 멋진 표현이지. 마침 그곳 파교 아래로 동으로 흐르는 파수가 있었으니 참 적절한 인용이었군 그래." "이백의 유별시를 읊었더니 다른 친구가 냉큼 또 이백이 쓴 송별시 〈송우인送友人〉을 꺼내지 않았겠나. 마치 무슨 이백 시 낭송 경연장처럼 되어버렸다네. 하하…" "하긴 벗을 보내면서 〈송우인〉을 읊지 않을 수는 없지. 우리 함께 읊어보세나."

벗을 보내며

청산은 북곽에 비껴 있고
백수는 동성을 감돌아 흐르네.
이곳에서 한번 이별하면
만 리를 가는 외론 쑥대 신세,
뜬구름은 가는 나그네의 마음이요
지는 노을은 보내는 벗의 정회라.
손 흔들며 떠나가나니
홀로 가는 말이 쓸쓸히 우는구나.

青山橫北郭, (청산횡북곽)
白水繞東城。 (백수요동성)
此地一爲別, (차지일위별)
孤蓬萬里征。 (고봉만리정)
浮雲遊子意, (부운유자의)
落日故人情。 (낙일고인정)
揮手自茲去, (휘수자자거)
蕭蕭班馬鳴。 (소소반마명)

원이와 함께 송별연과 관련된 이런저런 이야기를 나누는 동안 우리 일행은 벌써 한나라 때 왕들의 무덤이 죽 늘어서 있는 오릉五 陵을 지나고 있었다. 한고조의 장릉長陵에 올라서는 "큰바람이 일어 구름을 날리누나(大風起兮雲飛揚, - 고조의 〈대풍가大風歌〉)"라 호탕하게 외치기도 했고, 한무제의 무릉茂陵을 찾아서는 "젊음이 얼마런가 늙음을 어찌하리(少壯幾時兮奈老何, - 무제의 〈추풍사秋風辭〉)"를 읊으며 늙어가는 서로의 처지를 한탄하기도 했다. 진시황의 아방궁 옛터를 지날 때쯤 해는 벌써 서산에 기울고 있었다. 황폐한 옛 궁궐터에는 봄풀만 무성히 자라 옛 자취를 더듬는 나그네의 마음을 더욱 아득하게 했다. 위성의 객사는 아방궁 옛터에서 멀지 않은 곳에 있었다. 연이은 송별연에 피곤이 쌓였던지 원이는 저녁상을 물리기가 무섭게 곯아떨어졌다. 천둥 같은 코 고는 소리를 들으면서 왕유는 내일 송별연 자리에서 쓸 시를 구상하느라 쉽게 잠을 이루지 못했다. 특별한 시를 쓰고 싶었다. 근간에 나오는 송별시들은 하나같이 이별의 정한을 슬프게만 묘사한 '상별傷別'류요, 암울하게 넋을 녹이는 '소혼消魂'류가 아닌가. 보내는 아쉬운 정을 표현하는 것이야 송별시에서 피할 수는 없겠지만 눈물과 탄식의 여성적인 정서만 가지고는 좋은 시가 될 수 없는 것이다. 그래서 "천하에 지기만 있다면야 하늘 끝도 이웃이려니, 헤어지는 길에 아녀자처럼 눈물 뿌리지 말자(海內存知己, 天涯若比鄰。無爲在岐路, 兒女共霑巾。)"는 초당初唐의 젊은 천재 시인 왕발王勃의 송별시가 특별히 환영을 받았던 것 아닌가. 극도로 불안한 이 시절에 먼 곳 서역으로 사신을 떠나는 원이에게는 특히 밝고 씩씩한 송별시가 필요할 것이다. 씩씩한 기상의 송별시를 생각하니 기상이 남달랐던 고적高適이란 시인의 시 〈별동대別董大〉가 떠오른다.

동형과 헤어지며

천 리 누런 구름에 해는 어둑한데
북풍은 기러기에 불고 눈은 분분히 날린다.
앞길에 벗이 없다고 걱정하지 마시게
천하에 누가 그대를 모르겠는가.

千里黃雲白日曛,　(천리황운백일훈)

北風吹雁雪紛紛。　(북풍취안설분분)

莫愁前路無知己,　(막수전로무지기)

天下誰人不識君。　(천하수인불식군)

광활하고 삭막한 변방의 기상을 주로 노래한 변새시邊塞詩의 시
인답게 고적高適의 송별시는 그 기개가 씩씩하기 이를 데 없다. '천
리千里', '황운黃雲', '북풍北風'과 같은 용어만 봐도 버들가지 꺾어 눈
물 떨구며 정인을 보내는 유약한 시들하고는 사뭇 다르다. 이 시
의 주인공인 '동대董大'는 당나라 개원開元, 천보天寶 연간에 활동했
던 칠현금七弦琴의 대가 동정란董庭蘭이다. 그가 잠시 실의낙백하여
떠돌다가 저양睢陽에서 고적을 만났는데, 당시 고적 또한 아직 뜻
을 이루지 못하고 천하를 떠돌던 시절이었다. 고적 스스로 품고
있는 탁월한 재능이나 꿈꾸는 원대한 이상으로 보자면 금객琴客 동
정란에 못할 바 아니었으니, 이 시는 피차 헤어지는 마당에 상대
를 격려하는 응원이면서 동시에 자신을 향한 주문이기도 했을 것

이다. "지금 우리를 알아주는 이 없다고, 삭막한 세상이라 탄식하지 맙시다. 천하가 이미 그대와 나를 다 알고 있소. 조만간 우리를 알아줄 사람, 우리의 가치가 빛나는 시절을 만나게 될 것이요." 이 송별시의 축원처럼 고적의 시명은 천하에 알려졌고 관로官路도 활짝 열려 정관계에서 그의 명성도 혁혁하게 되었다. 안녹산의 난 이후 사천절도사를 거쳐 산기상시散騎常侍에 임명되었고 마침내 발해현후渤海縣侯에 봉해지기까지 했으니 말이다. 이 시를 읊조릴 때마다 매번 북풍한설을 뚫고 의연하게 길을 가는 거인의 모습이 떠오른다. 얼마나 멋진 시인가! 먼 사막 밖으로 가는 원이에게도 이런 시 한 수 써서 줄 수 있다면 얼마나 큰 힘이 될까! 한동안 천둥처럼 코를 골던 원이는 무슨 달콤한 꿈이라도 꾸는지 배시시 웃기까지 한다. 전별연 자리에서 어여쁜 가기歌妓가 정다운 추파라도 보냈는가. 원이는 유독 정이 많아 친구들이 많았고 여인들도 많았다. 이 다정다감한 친구를 감동시키려면 어떤 멋진 송별시를 써야 하는가? 아름다운 송별시를 생각하니 자연스레 이백의 절창 〈황학루송맹호연지광릉黃鶴樓送孟浩然之廣陵〉이 떠오른다.

이백이 양주揚州로 가는 맹호연孟浩然을 전송하면서 지은 이 시는 준수한 젊은 이백이 그려낸 그림처럼 아름다운 송별시이다. 호북湖北 안륙安陸에서 신혼의 단꿈에 젖어 있던 이십대 후반의 이백은 그곳에서 멀지 않은 양양襄陽에 살고 있던 유명한 시인 맹호연을 알게 되었다. 맹호연은 이백보다 12살 연상이었으나 둘은 아주 절친한 벗이 되어 시로써 창화하며 행복한 교유를 했다. 이백은 맹호연을 너무나 존경하여 〈증맹호연贈孟浩然〉이라는 시를 그에게 바쳤는데, 이 시에서는 "천하의 풍류남 맹 선생님, 저 이백이 사랑합니다(吾愛孟夫子, 風流天下聞)"라고 애정을 직접 고백하기도 했고, "그대의 높은 산을 어찌 오를 수 있으랴, 예서 그저 맑은 향기를 맡을 뿐이라네(高山安可仰, 徒此揖淸芬)"라는 표현을 써서 맹호연에 대한 숭모의 마음을 숨김없이 드러내기도 했다. 어느 해 봄날 맹호연이 강남의 명소인 양주로 여행을 떠난다는 말을 듣고 이백은 그를 전송한다는 구실로 호북성 동남단에 위치한 무한武漢까지 따라가서 함께 노닐었다. 그리고 얼마 후 무한 장강 변에 세워진 유명한 누각 황학루黃鶴樓에서 맹호연을 전송한다. 두 사람 모두 이름난 대시인이었으니 최고의 송별시는 예정된 것이나 다름이 없었다. 계절은 백화가 만발한 춘삼월이었고 친구는 강남 최고의 도시 양주로 흥분과 설렘을 안고 여행을 떠나려 하고 있었다.

황학루 이별

내 벗은 서쪽 황학루를 이별하고
봄꽃 흐드러지는 춘삼월 양주로 내려가네.
외론 배 먼 그림자 푸른 하늘로 사라지고
오직 장강의 물결만 하늘 끝으로 흘러가는구나.

황학루송맹호연지광릉黃鶴樓送孟浩然之廣陵

故人西辭黃鶴樓, (고인서사황학루)

煙花三月下揚州。(연화삼월하양주)

孤帆遠影碧空盡, (고범원영벽공진)

唯見長江天際流。(유견장강천제류)

얼마나 그림같이 아름다운 송별시인가. 장강 변에 전설처럼 아름답게 우뚝 서 있는 황학루, 연화삼월의 강남 꽃 천지, 꽃향기가 시 밖으로 물씬물씬 풍겨온다. 풍류가객과 절세가인들이 넘쳐나는 강남 양주로 가는 벗에 대한 부러움이 제2구에 가득하다. 함께 갈 수만 있다면 얼마나 좋으랴. 이제 벗은 배를 타고 황학루를 떠났다. 하지만 이백은 전별의 장소를 떠나지 못한 채 맹호연이 탄 배를 하염없이 바라보고 있다. 그의 배가 푸른 하늘 속으로 가물가물 사라져 소멸될 때까지 말이다. 그리고 마침내 하늘 끝에 아무것도 보이지 않게 되었을 때 이백은 스스로 장강의 물결이 되어 맹호연을 따라간다. 하늘 끝까지…. 맹호연이 탄 배의 뱃전을 두드리는 물결에 담긴 이백의 정회가 얼마나 가슴 벅차게 하는가. 물론 이 시를 전별자리에서 지어 맹호연에게 준 것이라고 한다면 후반 2구는 맹호연을 보낸 후의 이백의 모습을 예견하여 쓴 것이 될 것이다. 이 시 구절을 읊으면서 맹호연은 또 몇 번이나 고개 돌려 황학루를 바라보았을까. 그리고 그리움의 강물 되어 뱃전에 부딪는 이백의 마음의 물결에 또 얼마나 감동하며 행복해 했을까?

왕발의 송별시에서 시작해 고적, 이백의 시까지 더듬다보니 벌써 오경이다. 비가 오려는지 바람이 이는 소리가 창밖으로 들린다. 일어나 창문을 여니 비를 머금은 습습한 바람이 객사의 버들가지를 살랑살랑 날리고 있었다. 그간 오랫동안 비가 오지 않아 장안에서 함양까지 오는 길도 마른 먼지가 펄펄 날렸는데, 이제 반가운 비가 내리면 먼 길 가는 원이에게도 좋은 일이지 않은가. 마른 먼지를 적시는 아침 비라, 아침 비에 젖어 더욱 푸르러진 객사의 버들이라, 나는 그대 떠나는 길에 살포시 내리는 아침 비, 그대의 가는 길에 그대의 옷깃에 그대의 어깨에 내리는 가랑비 되어 그대와 함께 가리라. 후훗, 너무 유치한가? 나는 그대 머문 객사의 버들을 씻는 가랑비, 버들가지 꺾어 이별의 정한을 전하는 섬섬옥수 위로 떨어지는 가랑비, 눈물인가, 빗물인가. 후후, 무슨 유행가 가사 같군. 왕유는 비 맞은 중처럼 혼자 중얼거리다가 혼자 웃다가 하면서 가물가물 꿈속으로 빠져 들어갔다. 꿈속에서 왕유는 한 전별연에 참석해 이별주 몇 잔으로 이미 그윽하게 취한 상태였다. 한 친구가 웃으며 잔을 건네면서 말했다. "어이 친구, 한 잔 더 하셔, 먼 타향으로 가면 거기 자네한테 술 권할 친구 하나 있겠어? 어여 한잔 더 하셔!"

이백의 〈조발백제성早發白帝城〉

아침 백제성을 이별하고

아침 채색 구름 속에서 백제성을 이별하고
천 리 강릉길을 하루 만에 돌아간다네.
강 양쪽으로 원숭이 울음소리 끊임없이 이어지는데
가벼운 배는 벌써 만첩 산을 지났구나.

朝辭白帝彩雲間,　(조사백제채운간)
千里江陵一日還。　(천리강릉일일환)
兩岸猿聲啼不住,　(양안원성제부주)
輕舟已過萬重山。　(경주이과만중산)

Zháo cí Bái dì căi yún jiān,
qiān lǐ Jiāng líng yī rì huán.
Liǎng àn yuán shēng tí bù zhù,
qīng zhōu yǐ guò wàn chóng shān.

1. 早發(조발): 일찍 출발하다.

2. 白帝城(백제성): 서한 말 촉蜀 지역을 다스리던 백제 공손술公孫述이 쌓은 성. 봉절奉節 구당협瞿唐峽 부근에 있다.

3. 辭(사): 작별하다, 이별을 고하다.

4. 彩雲(채운): 채색 구름

5. 江陵(강릉): 지금의 호북성 형주시荊州市

6. 啼不住(제부주): 끊임없이 울다. '주住'는 멈춘다는 뜻이다.

7. 萬重山(만중산): 첩첩산중. 삼협을 통과하는 구간에 끝없이 이어진 산들을 가리킨다.

장강삼협 풍경

이 시는 숙종 황제와 영왕永王 이린李璘의 권력 투쟁에 연루되어 멀고 먼 야랑夜郞으로 유배를 가던 이백이 백제성에 이르러 사면령을 받고 다시 강릉으로 돌아오면서 그 주체할 수 없는 감격과 환희를 노래한 것으로 지금까지도 인구에 회자되는 천고의 절창이다. 육십 가까운 나이에 들어선 이백에게 하늘 끝 불모의 땅 야랑으로의 유배는 살아서 다시 돌아올 수 없는 길을 가는 것이었을 터, 그 절망의 끝에서 들려온 사면의 소식은 그야말로 복음 중에 복음이었으리라. 이백의 감격과 환희는 시 곳곳에서 선명하게 드러난다. 백제성을 둘러싸고 있는 영롱한 채색 구름은 길고 긴 절망의 어둔 밤을 통과하여 마침내 희망의 밝은 아침을 맞은 이백의 찬란한 기쁨을 상징한다.

안녹산이 반란을 일으켜 당조가 혼란에 빠지고 장안과 낙양이 함락되자 촉으로 피신한 현종은 두 아들 이형李亨(훗날의 숙종)과 이린李璘으로 하여금 각기 군대를 이끌고 남북에서 협공하여 안녹산 군대를 저지할 것을 명했다. 태자인 이형은 북쪽에서 군대를 모아 장안과 낙양을 수복하도록 하고, 영왕 이린은 남쪽에서 군대를 이끌고 동쪽으로 가서 안녹산의 본거지를 공략하도록 하는 조치였다. 마침 남쪽 여산廬山에서 머물고 있던 이백이 영왕 이린의 부름을 받았고 그는 사직을 안정시키고 창생을 구한다는 일념에 기꺼운 마음으로 영왕의 막부에 참여했던 것이다. 이백은 영왕의 군대를 칭송하는 〈영왕동순가永王東巡歌〉10수를 지어서 구국의 전쟁에 참여한 기쁨을 노래하기도 했는데, 얼마 지나지 않아서 상황이 급

변했다. 태자 이형이 스스로 황제에 올라 연호를 지덕至德으로 바꾸고 아버지 현종을 태상황으로 밀어내버렸으며, 동생 영왕에게 군대를 거두고 현종에게로 돌아가라는 명령을 내린 것이다. 영왕이 숙종의 명을 거부하자 황제는 영왕을 토벌하라는 명령을 내려 군대는 패하고 영왕은 죽임을 당했다. 그리고 이백은 내란 부역죄라는 죄명으로 심양의 감옥에 갇히게 되었다. 일 년 정도 감옥에 갇혀 있다가 야랑으로 유배되어 심양 감옥을 출발한 것이 작년 봄이었다. 얼마나 어두운 밤의 시간들이었던가! 얼마나 가슴을 치며 통곡하고 절망했던가! 옥살이 한 해, 유배길 한 해, 그 이 년 동안의 어둠을 뚫고 찾아온 백제성의 사면의 아침! 이제 이백은 아침 햇살의 축복을 받으며 강릉으로 귀로에 오른다. 강릉까지는 천 리 여정이다. 중간에 칠백 리 삼협三峽의 험한 뱃길을 지나가야 한다. 이 험한 물길을 거슬러 올라오던 것이 지난해 겨울이었다. 그때의 참담한 심정을 이백은 〈상삼협上三峽〉이라는 시에 오롯이 적었다.

삼협을 오르며

무협에 끼어 있는 푸른 하늘이여
끝없이 그리로 흘러가는 장강이여
강물은 문득 다 흘러간 듯한데
푸른 하늘은 여전히 가 닿을 수 없구나.
사흘 낮 황우협
사흘 밤 황우협

세 번의 아침

세 번의 저녁

어느새 하얗게 머리칼 세었구나.

巫山夾靑天,　(무산협청천)

巴水流若玆。　(파수류약자)

巴水忽可盡,　(파수홀가진)

靑天無到時。　(청천무도시)

三朝上黃牛,　(삼조상황우)

三暮行太遲。　(삼모행태지)

三朝又三暮,　(삼조우삼모)

不覺鬢成絲。　(불각빈성사)

　삼협의 거센 물결을 거슬러 올라가는 뱃길이었으므로 삼 일 밤
낮을 가도 황우협 언저리에서 맴돈다고 한 것이다. 하지만 배를
삼킬 듯한 협곡의 두려운 물결도, 살을 에는 듯한 혹한의 겨울바
람도 기약 없는 유배의 길을 가는 이백의 심연에 소용돌이치고 있
는 절망에 비하면 아무것도 아니었다. 그렇게 두 달 동안 모진 고
생을 한 끝에 이듬해 봄에야 겨우 백제성에 닿았던 것이다. 그런
데 이제 그 길을 다시 간다. 죄인이 아닌 자유인의 몸으로 다시 간
다. 그의 가벼워진 몸을 실은 배가 두 달 여정 천 리 길을 하루 만
에 사뿐하게 돌아간다. 백제성에서 강릉까지는 강물의 흐름을 따

라가는 뱃길이라서 아침에 출발하면 저녁에 닿을 수 있었다. 하지만 이 두 번째 구절은 이백을 태운 배의 속도가 빠르다는 사실보다는 그의 마음의 가벼움을, 무거운 절망을 다 벗은 뒤의 후련함을 표현한 것으로 보는 것이 좋다. 지난 겨울 삼협을 오르던 이백을 거칠게 막아섰던 겨울바람도 어느새 봄바람으로 바뀌어 이백이 탄 배를 부드럽게 밀어주었을 것이다. 사람이 바뀌면 세상도 함께 바뀌는 것 아닌가! 바뀐 것은 비단 바람만이 아니었다. 셋째 구에 등장하는 협곡 양쪽 기슭에서 우는 원숭이들의 울음소리도 바뀌었다. 삼협에는 원숭이가 많이 살았다. 그래서 원숭이들의 울음소리가 종종 협곡에 메아리쳤는데, 이 울음소리는 뱃길을 가던 사람들의 마음을 흔들었다. 어부들은 이 길을 가면서 다음과 같이 노래했다.

파동 삼협,
길고 긴 무협에 들리는 원숭이 울음소리
그 소리 세 번 듣고 그만 울고 말았지요.

巴東三峽巫峽長, (파동삼협무협장)
猿鳴三聲淚霑裳。 (원명삼성루점상)

특히 가을바람이 부는 계절에 이곳을 지나는 길손들은 너나없이 원숭이 울음소리에 애간장이 끊어졌다. 두보도 깊은 가을 무협에 메아리치는 원숭이 울음소리를 듣고 "바람 급하고 하늘 높은데 원숭이 울음소리 슬프구나(風急天高猿嘯哀 –〈등고登高〉)"라고 써서 만리타향에서의 외로운 마음을 적었다. 고향을 떠난 나그네나 멀고 먼 곳으로 귀양 가는 유배객의 경우에는 이 원숭이 울음소리가 주는 울림은 각별했으리라. 그런데 이백이 사면을 받아 강릉으로 귀환하는 이 시기에 협곡을 울리는 원숭이 울음소리는 어느 한구석에도 쓸쓸하거나 애처로운 느낌이 없다. 그것은 오히려 시인의 사면과 귀환을 축하해주는 환호성이나 팡파르처럼 들린다. 사람의 처지가 달라지니 그 사람을 둘러싼 환경이 주는 의미가 확연하게 바뀐 것이다. 그 축하의 노래가 삼협 칠백 리 길 내내 이어지는 것이니 얼마나 신나고 즐거운 장면인가. 이 이백의 시에 이르러 원숭이 울음소리는 슬픈 것이라는 고정된 틀에서 벗어난 것이다. 마지막 구절은 이백을 실은 배가 첩첩 산이 이어지던 삼협의 험한 뱃길을 빠른 속도로 벗어나서 넓은 장강으로 나온 상황을 설명한 것인데, '만첩 산'과 같이 끝없이 이어지던 생의 장애물을 모두 벗어나서 이제는 넓고 잔잔하게 흐르는 강물처럼 평안하고 고요한 삶으로 나아가고자 하는 소망을 담은 것으로 이해해도 좋을 듯하다. 이렇게 이백은 환희의 찬가를 부르며 자유의 날개를 달고 일상으로 돌아왔다.

이 시에 대한 역대의 평가가 후한데, 명대 양신楊愼 같은 사람은 이 시가 "바람과 비를 놀라게 하고 귀신을 울게 만든다(驚風雨而泣鬼神 –《승암시화升庵詩話》)"고 할 정도였다. 많은 사람들이 이 시를 즐겨 인용하고 낭송하는 것은 이 시 행간에서 용출하는, 천 년 긴 세월 속에서도 시들지 않고 생생하게 다가오는 시인의 환희와 감격 때문일 것이다. 유형의 땅으로 가는 것처럼 절망하고 삼협의 거센 물결을 거슬러 올라가듯 고단한 사람들은 이백처럼 자신에게도 도달할 백제성을 꿈꾸며 이 노래를 불렀을 것이다.

시성 두보에게도 환희의 찬가가 있다. 두보의 시 대부분이 침울하고 비장한 풍격을 띠고 있어 이 환희의 찬가는 대단한 희소성의 가치를 지닌다. 이백의 환희의 찬가에 견주어도 손색이 없다. 바로 〈문관군수하남하북聞官軍收河南河北〉이라는 시이다.

하남하북의 수북소식을 듣다

검각 밖에서 전해진 수복 소식이여
처음 듣자마자 펑펑 울었네.
아내와 아이들도 벙글벙글
서책을 주섬주섬 기뻐 미칠 것 같네.
대낮부터 맘껏 술 마시며 노래 부르나니
푸른 봄에 짝을 지어 고향으로 돌아가리라.
곧바로 파협을 출발해서 무협을 지나
금방 양양으로 내려가서 고향 낙양까지 향하리라.

劍外忽傳收薊北, (검외홀전수계북)
初聞涕淚滿衣裳。(초문체루만의상)

卻看妻子愁何在,　(각간처자수하재)

漫卷詩書喜欲狂。　(만권시서희욕광)

白日放歌須縱酒,　(백일방가수종주)

青春作伴好還鄉。　(청춘작반호환향)

即從巴峽穿巫峽,　(즉종파협천무협)

便下襄陽向洛陽。　(변하양양향낙양)

　전쟁으로 고향 낙양을 떠나 타지를 전전하다 만 리 먼 사천으로 흘러들어온 지도 여러 해, 두보는 어서 속히 전쟁이 끝나 고향에 돌아갈 날만 기다리고 있었다. 마침내 광덕廣德 원년(763) 봄 관군이 반란군의 수중에 있던 하남과 하북을 수복했다는 소식이 전해졌다. 두보의 고향인 낙양은 하남에 속했으므로 이제는 고향으로 돌아갈 희망이 생긴 것이다. 수복 소식을 듣자마자 감격에 겨워 펑펑 울어 옷이 축축해졌다. 늘 수심에 겨워 웃음을 잃어버린 늙은 아내도, 떠돌이 생활에 지쳐 풀죽은 아이들도 기쁜 소식에 함박웃음이다. 시인은 벌써 고향으로 돌아갈 생각에 서책들을 챙기는데, 너무 들뜬 나머지 손발이 덩실거리느라 일이 제대로 될 리가 없다. 대충대충 상자에 쑤셔 넣는다. 그러고는 기뻐서 미칠 것 같다고 소리친다. 기뻐서 미칠 것 같다는 뜻의 '희욕광喜欲狂'처럼 탐나는 말이 또 있을까? 이제 진짜 미치기 전에 기쁜 마음을 풀어내야 한다. 그래서 등장한 것이 술과 노래이다. 밝은 태양이 빛나는 백주 대낮에 맘껏 술을 마시면서 크게 노래를 불러 기쁨을 표시한다. 그다음 구절의 "푸른 봄에 짝을 이루어 고향으로 어서 돌아가리라"라는 말은 어쩌면 두보가 여럿이 함께 부른 노래의 가사일 수도 있을 것이다. 마지막 두 구절은 배를 타고 고향으로 돌아가는 여정을 차례로 쓴 것인데, 두 구절 안에서 지명이 네 번이나 쓰였고 '협峽'과 '양陽' 두 글자는 중복해서 쓰였음에도 불구하고 전혀 억지스럽지 않고 물 흐르듯이 자연스럽다. 두보 가족을 실은 배가 쏜살같이 삼협 칠백 리 길을 넘고 한수漢水를 타고 올라 양양을 지나 고향 낙양으로 향하고 있다. 아니 두보의 마음은 벌써 고향 집에 도착해서 사립문을 밀고 있는 중이다. 평생에 그리운 동생들의 목소리가 환청처럼 들린다. 청대 포기룡浦起龍은 이 시를 두고 '두보의 일생 중에서 가장 유쾌한 시'라고 평했다.

고단한 일상에서 환희의 찬가를 부르기가 어디 쉽겠는가. 하지만 일생 중 누구나 감격과 환희의 시절을 갖고 있기 마련이다. 짧지만 강렬했던, 한순간의 감격과 환희에 대한 추억은 어쩌면 우리의 길고 긴 고단한 삶을 버티게 만드는 힘이 될 수도 있을 것이다. 그러니 우리도 환희의 찬가 한 곡쯤은 갖고 있어야 하지 않을까? 이백처럼 죄 사함의 감격을 노래할 수도, 두보처럼 회복의 기쁨을 노래할 수도 있으려니, 그 환희의 찬가에 우리의 삶은 만첩 산을 통과해 가는 가벼운 배처럼 즐거이 순항할 수 있으려니.

두보의 〈월야月夜〉

달밤

오늘 밤 부주에 뜬 달
규중에서 혼자 바라보고 있겠지.
멀리 가엾은 어린것들
장안을 그리워하는 엄마의 마음 알 리 없겠지.
향기로운 밤안개에 구름 같은 머리카락이 젖고
맑은 달빛 아래 옥 같은 팔은 시리울 터.
어느 때나 달빛 비치는 휘장에 기대어
함께 마른 눈물 자국 비춰 볼까?

今夜鄜州月，　(금야부주월)

閨中只獨看。　(규중지독간)

遙憐小兒女，　(요련소아녀)

未解憶長安。　(미해억장안)

香霧雲鬟濕，　(향무운환습)

淸輝玉臂寒。　(청휘옥비한)

何時倚虛幌，　(하시의허황)

雙照淚痕乾。　(쌍조루흔간)

Jīn yè Fū zhōu yuè,

guī zhōng zhǐ dú kàn.

Yáo lián xiǎo ér nǚ,

wèi jiě yì Cháng ān.

Xiāng wù yún huán shī,

qīng huī yù bì hán.

Hé shí yǐ xū huǎng,

shuāng zhào lèi hén gān.

1. 鄜州(부주): 오늘날 섬서성 부현鄜縣 일대. 안녹산의 난을 피하여 두보의 가족들이 잠시 머물던 곳이다.

2. 閨中(규중): 일반적으로는 부녀자가 거처하는 방을 의미하나 여기서는 규중에 거처하는 사람, 곧 두보의 아내를 가리킨다.

3. 只獨看(지독간): 그저 홀로 달을 바라보다.

4. 遙憐(요련): 멀리서 가여워하다.

5. 小兒女(소아녀): 어린 자식들. 이 구절은 멀리 떨어져 있는 장안에서 두보가 부주에 있는 어린 자식들을 가여워한다는 말이다.

6. 未解(미해): 이해하지 못하다.

7. 憶長安(억장안): 장안을 그리워하다. 이 구절은 어린아이들이 아직은 철이 없어 멀리 장안에 있는 남편을 그리워하

는 어미의 심정을 이해하지 못할 것이라는 말이다.

8. 香霧(향무): 향기로운 안개. 밤안개를 시적으로 표현한 것이다.

9. 雲鬟(운환): 구름처럼 풍성하고 탐스러운 머리

10. 淸輝(청휘): 맑은 달빛

11. 玉臂(옥비): 옥처럼 하얀 팔. 이 구절은 달빛 아래에서 오래토록 서성이며 장안의 자신을 그리워하고 있을 부인의 모습을 상상하며 묘사한 것이다.

12. 虛幌(허황): 달빛이 비치는 투명한 휘장

13. 雙照(쌍조): 함께 달빛을 쐬다.

14. 淚痕乾(누흔간): 눈물 자국이 마르다. '乾'은 통상 '마를 건'으로 읽지만 여기서는 운(韻)자로 쓰였으므로 본음인 '간'으로 표기하였다.

천보 14년(755) 11월 9일, 안녹산과 사사명이 황제의 어명을 받들어 양국충을 죽이는 것을 거짓 명분으로 삼아 15만 군사를 이끌고 동북방으로부터 남하하기 시작했다. 당시 당 왕조는 병력을 서북쪽에 집중하느라 중원 지역 수비가 허술했으므로 안녹산의 군대는 파죽지세로 낙양을 점령했다. 천보 15년(756) 정월, 안녹산은 낙양에서 국호를 연燕, 자신을 웅무황제雄武皇帝라 칭했다. 이미 수차례 안녹산의 난의 조짐을 서술했던 두보는 당시 봉선奉先에서 가족들과 함께 있었다. 전쟁의 판도가 어려워지자 두보는 가족들을 데리고 백수白水로 이주하여 당시 백수현위를 지내던 외삼촌 집에 기거했다. 그러나 얼마 후 안녹산의 군대에 의해 동관潼關이 함락되면서 백수도 적의 수중에 들어갔으므로 두보는 가족을 이끌고 북쪽을 향해 피난길에 올랐다. 일 년 뒤에 쓴 〈팽아행彭衙行〉이란 작품에는 당시의 고생이 핍진하게 그려져 있다.

팽아행

옛날 피난 시절을 생각하니

북으로 가며 험난한 곳을 지났었네.

밤 깊은 팽아성의 길

달은 백수산을 비추고 있었지.

식구들 오랜 시간을 걷다보니

사람을 만나도 얼굴 부끄러웠다네.

새들이 들쭉날쭉 우는 골짜기에는

행인들 돌아오는 것도 보이지 않았네.

철없는 딸은 배고프다 소리치니

울음소리 호랑이 들을까 두려워.

끌어안고 입을 막았더니

몸을 비틀며 성을 내고 소리를 질렀네.

어린 아들은 철이 좀 든 것인 양

쓴 오얏이나마 찾아서 먹었다네.

열흘 동안 반은 소나기가 내려

진흙탕 길에서 서로 이끌어주었다네.

비를 막아줄 것이 아무것도 없이

미끄러운 길에서 옷은 차갑기만 했지.

어떤 때는 너무도 힘이 들어

종일토록 겨우 몇 리를 갈 수 있을 뿐이었다네.

들과일로 식량을 충당하고

낮은 가지로 서까래를 삼았다네.

(후략)

두보 가족은 천신만고 끝에 부주에 도착하여 강촌羌村에 거주하
게 되었다. 그가 강촌에 가족을 안돈시킬 무렵 천보 15년 7월 숙종
이 영무靈武(지금의 영하寧夏 영무현)에서 즉위했다는 소식이 전해졌
다. 두보는 가족들을 부주에 머무르게 하고 홀로 숙종의 행재소로
떠났다. 가을이 깊어가는 8월 무렵이었다. 하지만 연주延州에서 영
무로 가는 도중 안녹산의 반군에 붙잡혀 당시 이미 함락된 장안으
로 압송되었다. 다행히 두보는 당시 지위가 높지 않고 명성이 크
지 않아서 반군의 주목을 받지 않았으며, 다른 관리들처럼 낙양으
로 압송되어 위직僞職을 강요받는 일은 면할 수 있었다.

앞에 소개한 시 〈월야〉는 두보가 안녹산의 반군에 포로로 잡혀
장안성에 연금되어 있던 이 시기에 쓴 작품이다. 가족에 대한 염
려와 그리움이 얼마나 컸겠는가. 장안성에서 홀로 바라보는 가을
달, 두보의 마음은 그 시린 달빛을 타고 멀리 부주의 가족들에게
로 간다. 두보의 마음이 찾아간 그곳 부주의 강촌에는 배고프다

칭얼대는 아이들을 다독여 재우고 멀리 황제의 행재소로 떠난 남편의 소식을 기다리며 그리움과 걱정에 잠 못 이루는 부인이 마당을 나와 서성이고 있다. 구름처럼 탐스러운 아내의 머리칼에는 차가운 밤안개가 자욱하게 내리고 옥같이 하얀 팔에는 시린 달빛이 부서지고 있다. 얼마나 그리운 자태런가. 참으로 기나긴 힘겹고 어려운 시절을 함께 지나온 두보 부부의 정은 남달랐을 것이다. 언제 전쟁이 끝나고 가족에게로 돌아갈 수 있을까? 얼마의 시간이 지나야 달빛 휘영한 창가에서 아내의 마른 눈물 자국을 확인할 수 있을 것인가.

두보가 부주 강촌으로 가서 가족들을 다시 만난 것은 지덕 2년 (757) 가을 무렵이다. 이 시기 두보는 장안을 탈출해 봉상鳳翔에 있던 숙종의 행재소로 가서 황제로부터 좌습유左拾遺 벼슬을 받았다. 하지만 정치적 파벌 싸움에 휘말려 황제의 미움을 사게 되었고, 황제는 그를 내칠 심산으로 명을 내려 조정을 떠나 부주로 가서 가족을 만나게 했던 것이다. 난리 통에 가족과 헤어진 뒤 거의 일 년여 만에 돌아왔을 때의 극적인 상황은 〈강촌羌村〉에 감동적으로 그려져 있다.

강촌

험준한 붉은 구름이 서쪽에 일고
햇살은 평지에 내린다.
사립문에 참새들 시끄럽나니

길손이 천 리 길을 돌아왔음이라.

처자식은 내가 살아 있음에 깜짝 놀랐다가

놀라움이 가시자 다시 눈물을 닦네.

세상이 어지러워 떠돌게 되었으니

살아 돌아온 것 우연으로 이루었네.

이웃 사람들 울타리에 가득하여

감탄하며 흐느끼기도 하네.

밤이 깊어 다시 촛불을 잡고

마주 대하니 꿈인 듯 싶네.

峥嶸赤雲西,　(쟁영적운서)

日腳下平地。　(일각하평지)

柴門鳥雀噪,　(시문조작조)

歸客千里至。　(귀객천리지)

妻孥怪我在,　(처노괴아재)

驚定還拭淚。　(경정환식루)

世亂遭飄蕩,　(세란조표탕)

生還偶然遂。　(생환우연수)

鄰人滿牆頭,　(인인만장두)

感歎亦歔欷。　(감탄역허희)

夜闌更秉燭,　(야란갱병촉)

相對如夢寐。　(상대여몽매)

이 시의 마지막 두 구절은 〈월야〉의 마지막 두 구절에 대한 완벽한 대구이다. "언제나 달빛 비치는 휘장에 기대어 나란히 눈물 자국 마른 것을 달빛에 비춰보리오"라며 안타까워하던 시인은 마침내 "밤이 깊어 다시 촛불을 잡고 마주 대하니 꿈인 듯 싶네"라고 재회의 벅찬 감동을 말하고 있다. '달빛'이 '촛불'로 바뀐 것뿐이다. 희미한 촛불 아래 서로의 얼굴에 남아 있는 눈물 자국을 닦아주는 두보 부부의 다정한 모습이 따사롭기 그지없다. 거의 같은 시기에 지은 유명한 〈북정北征〉에도 당시 상황이 자세하게 묘사되어 있다.

북으로 가다

한 해를 넘기고 초가집에 이르니
처자는 옷을 온 군데 기워 입었네.
통곡 소리에 솔바람 맴돌고
슬픈 샘물도 함께 나직이 흐느끼는데.
평소에 귀여워했던 아이
얼굴빛이 눈보다 하얗고,
아비를 보고는 등 돌리고 우는데
때가 잔뜩 낀 발엔 버선도 없구나.
침상 앞의 두 어린 딸은
꿰매고 기워 겨우 무릎을 가렸네.
(중략)
내 어찌 행낭 속에 비단이 없겠느냐

추위에 떠는 너희를 구하리라.

분과 눈썹먹 또한 보따리 풀고

따뜻한 이불도 늘어놓았더니,

여윈 아내 얼굴에 다시 화색이 돌고

철모르는 딸 머리를 스스로 빗네.

엄마를 따라 못하는 게 없어

아침 화장이라며 손 가는 대로 찍어 바른다네.

한참 붉은 분을 바르더니

어지럽게 눈썹을 굵다랗게 그렸네.

살아 돌아와 어린것들을 마주 대하니

배고픔과 갈증도 잊을 것만 같네.

이것저것 물으며 다투어 수염을 잡아당기지만

누가 이런다고 화내며 꾸짖을 수 있겠는가.

반군에 갇혀 있을 때의 근심을 돌이켜 보며

뒤섞여 어지럽게 떠들어도 달게 받아들인다네.

가장 없이 일 년여를 버텨온 두보 가족들의 궁상스러운 분위기는 두보가 가져온 선물로 인해 금방 활기차고 시끌벅적한 행복한 분위기로 바뀌었다. 화장품을 덕지덕지 얼굴에 바르고 두보의 수염을 잡아당기며 장난질하는 아이들은 바로 〈월야〉 시에서 어미가 장안에 있는 아비를 그리는 심정도 헤아리지 못한다고 했던 그 철부지 아이들이다.

이렇게 만난 두보 가족은 이후로는 다시 헤어지지 않았다(사천 성도로부터 친구 엄무를 전송하러 면주로 갔다가 전란에 막혀 가을 한 철을 가족들과 떨어져 지낸 적은 있었지만, 금세 돌아와 가족들을 데리고 다시 사천을 떠돌았다). 계속된 전란 속에서 보다 안정된 삶의 조건을 찾아 이곳저곳 떠돌 때도 두보 가족은 항상 함께였다. 부주 강촌에서 장안으로, 다시 장안에서 화주로, 다시 화주에서 진주로, 다시 진주에서 동곡으로, 동곡에서 마침내 성도 초당으로 이주할 때까지 늘 함께였다. 상원 원년(760) 성도 완화계에 초당을 짓고 비교적 안정된 생활을 누리던 시기에 지은 〈강촌江村〉에는 두보 가족들의 평화로운 일상이 짧지만 인상 깊게 묘사되고 있다.

맑은 강이 한 번 굽어 마을을 안고 흐르나니
긴 여름날 강촌에는 일마다 그윽하구나.
저절로 왔다 갔다 하는 것은 대들보 위의 제비요
서로 살갑게 친근한 것은 강 위의 갈매기로다.
늙은 아내는 종이 위에 바둑판을 그리고
어린 아들은 바늘을 두드려 낚싯바늘을 만드네.
병 많은 몸 오직 필요한 것은 약 몇 가지러니
미천한 몸이 이것밖에 또 무엇을 구하랴.

농사일이 한가로워진 여름날 종이 위에 바둑판을 그려서 남편을 초청하는 늙은 아내가 바로 〈월야〉의 달빛 속에 서 있던 구름 같은 머리칼의 아름다운 부인이다. 〈월야〉의 철부지 아들도 이젠 제법 커서 제 스스로 바늘을 두드려 낚싯바늘을 만들 줄 알게 되었다. 대들보 위를 수시로 드나드는 제비들은 건강하게 자란 아이들의 모습이요, 물가에서 서로 살갑게 친근한 갈매기는 바로 두보 부부의 다정한 모습이다. 바둑판을 다 그린 부인이 방금 낮잠에서 깨어나 멍하니 강물을 바라보고 있는 남편을 부른다. 남편이 몸을 일으켜 부인이 앉아 있는 물가 정자 쪽으로 나가면서 웅얼거린다. "내기 바둑이나 한판해서 마누라한테 술이나 한잔 얻어 먹어볼까…"

왕유의 〈산거추명山居秋暝〉

산촌의 가을 저녁

빈산에 새로 비 내린 후
저물녘 완연한 가을 날씨라.
밝은 달은 소나무 사이로 비치고
맑은 샘물이 돌 위로 흘러가네.
대숲 길로 빨래하는 여인들 수런대며 돌아가고
연잎을 흔들며 고깃배 내려간다네.
꽃들이야 제멋대로 다 졌어도
나는야 이 산중에 오래오래 머물러 있으려네.

空山新雨後,　　(공산신우후)

天氣晚來秋。　　(천기만래추)

明月松間照,　　(명월송간조)

清泉石上流。　　(청천석상류)

竹喧歸浣女,　　(죽훤귀완녀)

蓮動下漁舟。　　(연동하어주)

隨意春芳歇,　　(수의춘방헐)

王孫自可留。　　(왕손자가류)

Kōng shān xīn yǔ hòu,

tiān qì wǎn lái qiū.

Míng yuè sōng jiān zhào,

qīng quán shí shàng liú.

Zhú xuān guī huàn nǚ,

lián dòng xià yú zhōu.

Suí yì chūn fāng xiē,

wáng sūn zì kě liú.

1. 暝(명): 어둡다, 해가 지다.

2. 空山(공산) : 빈산. 가을 산이나 겨울 산을 가리킨다.

3. 天氣(천기): 날씨

4. 晚來(만래): 저녁 무렵

5. 竹喧(죽훤): 대나무 숲길이 시끌벅적하다. 빨래하고 돌아 가는 여인들의 수다와 웃음소리로 대나무 숲길이 소란스 럽다는 말이다.

6. 浣(완): 빨래하다.

7. 蓮動(연동): 연잎이 흔들리다. 이 구절은 고깃배가 지나가 면서 연잎이 흔들리는 모양을 묘사한 것이다.

8. 隨意(수의): 제멋대로

9. 春芳(춘방): 봄꽃

10. 歇(헐): 그치다, 쉬다. 여기서는 꽃이 졌다는 말이다.

11. 王孫(왕손): 원래는 귀족의 자제를 가리키는 말이었으나 나중에는 산중에 은거하는 사람을 가리키는 말로 활용되었다. 여기서는 왕유 자신을 가리킨다.
12. 可留(가류): 머물 수 있다, 머물 만하다.

　서기 755년 발발한 안녹산의 난 이후로 세상만사에 흥미를 잃은 왕유는 허명뿐인 상서우승尚書右丞 벼슬을 조정에 걸어놓고 대부분의 시간을 망천輞川 별장이 있는 종남산에서 보냈다. 이른바 '반관반은半官半隱'인데 기실 조정에 있을 때조차도 마음이 산중을 헤매고 있었으니 '반관'이랄 수도 없었다. '일관구은一官九隱'이라 해야 할까?

　젊은 시절 뛰어난 재주와 방자한 패기로 가없는 청운의 꿈을 좇던 그가 자연으로 눈을 돌린 것은 30세 무렵 부인을 잃은 뒤부터였다. 사랑하는 사람을 잃고 형언할 수 없는 상실감에 빠져 있던 그를 보듬어 위로해준 것은 바로 자연이었다. 왕유는 자연이 들려주는 노래를 듣고 산수시를 썼으며, 자연이 빚어놓은 그림을 보고 문인화를 그렸다. 그렇게 시를 쓰고 그림을 그리는 동안 그의 마음의 병도 차츰 나아져갔던 것이다.

　하지만 다시 시련이 찾아왔다. 범양 절도사 안녹산이 반란을 일으켜 파죽지세로 관군을 격파하고 마침내 장안 도성을 함락시켰으며 수많은 조정 대신들을 포로로 잡은 뒤 자신의 조정에서 벼슬할 것을 강요했던 것이다. 왕유 역시 명망이 높았던 탓에 위관僞官

직을 피해갈 수 없었는데, 이 일은 결국 왕유를 사지로 몰아넣었다. 난리가 평정된 후 조정은 내란 부역죄라는 중대한 범죄 혐의로 왕유를 옥에 가두었고 왕유의 목숨은 내일을 기약하기 어려운 상황에 처하게 되었다. 다행히 당시 형부시랑刑部侍郎으로 상당한 실권을 가지고 있던 동생 왕진王縉이 황제에게 간절히 호소했고, 또 왕유가 포로로 있을 당시 임금을 그리워하며 시를 지었다는 사실이 알려지면서 극형은 면할 수 있었다. 벼슬이 강등된 것으로 죽음의 그물을 벗어난 왕유는 진절머리를 치며 종남산 자연의 품속으로 더욱 깊숙이 파고들었다.

늙어가매 오로지 고요함만을 좋아하느니
세상만사 아무런 관심도 없어라.
스스로 돌아보매 내게 무슨 재주가 있으랴
그저 옛 숲으로 돌아가는 일만 있을 뿐.

晚年惟好靜, （만년유호정）
萬事不關心。（만사불관심）
自顧無長策, （자고부장책）
空知返舊林。（공지반구림）

－〈수장소부酬張少府〉 중

그가 돌아온 옛 숲, 젊은 시절 아내를 잃고 극한 상심에 젖어 위태로운 날을 보내던 시절에 그를 안고 어르던 어머니의 품 같던 그 옛 숲에 왕유는 상처 입은 짐승처럼 절룩이며 다시 돌아온 것이다. 마침 숲은 여름 더위가 꺾이고 아침저녁으로 선선한 가을바람이 불어오던 시절이었다. 왕유가 도착한 삼 일 뒤 가을을 재촉하는 비가 온종일 내렸다. 대청마루에서 비 오는 종남산을 하염없이 바라보던 왕유는 스스로 산이 되어 비를 맞는다. 스스로 무욕의 빈산이 되어 하늘의 새 비를 맞으며 지난날의 얼룩을 닦는다. 이윽고 저물녘에 비가 개고 동쪽으로 말간 산달이 떠오른다. 그리고 그 달과 함께 의젓한 소나무가 찾아와 사립문을 밀고 들어온다. 버선발로 나가 그들을 맞이했더니 오호라 어찌 이 둘뿐이랴! 그 뒤로 푸른 돌 위로 흘러가는 맑은 시냇물이 그윽한 음성으로 왕유의 이름을 부르며 다가오지 않는가! 이 맑고 숭고한 벗들에 둘러싸여 나와 너의 경계를 잊고 물아일체의 기쁨을 누리고 있던 왕유의 귓가에 환청처럼 아득한 노랫소리가 들린다. 그 소리에 이끌려 나아가보니, 달과 소나무를 데리고 맑은 물과 푸른 돌을 데리고 나아가보니 그 소리는 동구 밖으로 이어지는 대숲 길에서 들리는 빨래하고 돌아오는 산촌 여인들이 부르는 노래였다. 거친 노동으로 그을린 여인들의 얼굴은 달빛으로 하얗게 분을 바른 듯 아름답고 순수했으며, 투박한 음성으로 부르는 여인들의 노래는 대숲에 부는 바람처럼 자연스럽고 정감이 넘쳤다. 자연과 사람이 서로의 몸을 섞어 풀어내는 이 황홀한 연출에 왕유의 심장이 고동쳤다. "이곳에 인생의 진실한 의미가 있으나 그것을 표현할 말을 잊었다

(此中有眞意, 欲辨已忘言)”는 도연명의 구절이 바로 이런 것인가!

감정이 절정을 향해 치닫고 있을 때 돌연 누군가 인사를 건넨다.

“우승 어른, 달빛이 좋습니다. 거기 그렇게 서 계시니 마치 달빛 아래 노니는 신선 같습니다그려.”

고개를 돌려 바라보니 산 아래 포구에 사는 우계愚溪 선생이 조그만 고깃배를 타고 지나가면서 인사한 것이다.

“아! 우계 선생, 오늘은 많이 늦으셨네요. 고기 많이 잡으셨습니까?”

“고기요? 고기는 못 잡고 달빛만 잡아 가득 싣고 돌아갑니다.”

“하아, 그것도 좋지요. 돌아가서 그 달빛 잘 요리해서 맛있게 드십시오.”

“그러지요. 고기가 잡히는 날에는 고기를 굽고, 달빛이 잡히는 날에는 달빛을 굽고, 고기도 잡고 달빛도 잡은 날에는 달빛 고기 매운탕을 끓이고.”

“하하, 창랑수 물이 맑으면 갓끈을 씻을 것이요, 창랑수 물이 탁하면 발을 씻을 것이요, 옛 어부가 불렀던 이 창랑가보다 더 근사한 말인 것 같소! 달빛 고기 매운탕 끓이는 날에 한번 불러주시오.”

우계는 하하 웃고는 고깃배를 저어 떠나갔다. 연밥이 영글어 가는 못에 가득 쌓인 달빛을 헤치며 웅얼웅얼 뱃노래를 부르며 돌아갔다. 어부 우계 선생은 세상을 피해 살고 있는 은자이다. 언젠가 강기슭에서 땔감을 줍던 그를 만나 노닥거리던 적이 있었다. 그는 유학儒學은 물론이고 불학佛學과 도학道學에도 이해가 깊었다.

뱃노래를 부르며 달빛 속으로 사라져가는 그의 뒷모습을 바라보던 왕유에게 까마득한 옛날 시인 굴원屈原이 은자 어부를 만나 이야기를 나누었던 장면이 선연하게 떠올랐다. 굴원이 쫓겨나 강과 호수를 떠돌며 물가에서 걸으며 시를 읊는데, 안색이 초췌하고 몸은 비쩍 말랐다. 어부가 보고는 물었다.

어부: 그대는 조정의 고관인 삼려대부가 아니오? 어째서 여기까지 오셨소?

굴원: 온 세상이 탁하고 나만 홀로 맑으며, 모두가 취해 있건만 나 홀로 깨어 있어 결국 이렇게 쫓겨났다오.

어부: 성인은 사물에 매어 있지 않으며 세상과 함께 옮겨가는 법이오. 세상 사람들이 모두 탁하면 당신도 그 탁한 물에 뛰어들어 함께 물결을 휘젓고 난리를 치면 될 것이요, 모두가 술에 취했다면 당신도 그 술지게미라도 먹고 값싼 막걸리라도 마시며 어울리면 되지 어째서 생각을 깊게 하고 행동을 고상하게 해서 스스로 쫓겨나도록 만들었단 말이오?

굴원: 새로 머리를 감으면 반드시 모자를 털어 쓰고 새로 목욕을 하면 반드시 옷을 털어 입는 법이오. 어떻게 깨끗한 몸으로 더러운 것을 받아들일 수 있겠소. 그럴 바엔 차라리 상수에 몸을 던져 물고기 뱃속에 장사 지내는 것이 낫소. 어떻게 순결한 몸으로 세상의 먼지를 뒤집어쓸 수 있겠소?

어부가 빙그레 웃고는 노를 저어 떠나가면서 노래를 불렀다.

어부: 창랑의 물이 맑으면 내 갓끈을 씻을 수 있다네. 창랑의 물이 흐리면 내 발을 씻으면 된다네.

어부는 결국 떠나갔고 다시는 굴원과 대화하지 않았다. 왕유는 이런저런 생각에 잠겨 배회하다가 집으로 돌아와 서재에 들었다. 책상에는 엊그제 도착한 장소부張少府의 편지가 뜯기지도 않은 채 그대로 방치되어 있었다. 편지의 내용은 보지 않아도 알 만한 것이었다. 종남산에 은거하듯 살고 있는 왕유의 생활을 탐탁지 않아 하는 그가 적극적 출사를 재촉하는 내용일 것이다. 이전에 그가 왕유에게 시를 보내 인간 세상의 궁하고 통하는 도리에 대해 물었던 적이 있었다. "잘 나가면 온 세상을 아울러 구하고, 궁하게 되면 자신의 몸을 홀로 잘 보양한다(達則兼濟天下窮則獨善其身)"는 맹자의 이야기야 궁통의 도리로서 이미 익히 알고 있는 것 아닌가. 그런데도 그가 이 궁통의 도리를 왕유에게 묻는 까닭은 물론 충분히 짐작할 수 있었다. 지금은 '독선기신獨善其身'할 때가 아니라는 것이다. 지금은 조정에 나아가 군주를 섬기고 백성을 구제할 때라는 것이다. 한가롭게 자연 속에서 청풍이니 명월이니 하며 희롱할 때가 아니라는 것이다. 왕유의 재주에 깊은 신뢰를 보내고 있는 장소부로서는 그럴 만도 했다. 하지만 그는 왕유가 조정으로부터 얻은 상처가 얼마나 깊은 것이었는지 몰랐다. 그리고 그를 치료하고 감화하는 자연의 힘이 얼마나 위대하고 심오한지 몰랐다. 그래서 왕유는 그때 그에게 보내는 답시를 쓰면서 이렇게 말했다.

"그대 궁통의 도리를 묻는구료

깊은 포구에 들려오는 어부의 노랫소리를 듣게나."

(君問窮通理, 漁歌入浦深。)

그런데 이 시를 쓴 왕유의 뜻을 못 알아들었는지 장소부는 그 뒤에도 안부를 묻는 편지 끝에 항상 왕유의 적극적인 출사를 권하곤 했다. 이번에도 개봉해서 확인하니 이전과 별반 다를 게 없다. 이번 글에서 장소부는 〈초은사招隱士〉라는 초사의 한 구절을 인용해서 왕유를 산중에서 불러내고 있었다.

은자 노닐며 돌아오지 않고

봄풀만 무성하게 자라났도다.

은자여 돌아오라

산중은 오래 머물 곳이 아니러니.

王孫游兮不歸,　　(왕손유혜불귀)

春草生兮萋萋。　　(춘초생혜처처)

王孫兮歸來,　　　(왕손혜귀래)

山中兮不可久留。 (산중혜불가구류)

편지를 내려놓고 창 너머 바라보니 밝은 달은 벌써 산등성이 가까이 높이 솟아 있고 어디선가 달빛에 잠이 깬 산새의 울음소리

가 아련히 들려왔다. 왕유는 붓을 들어 장소부에게 보낼 시를 한
수 쓰기 시작했다.

빈산에 새로 비 내린 후
저물녘 완연한 가을 날씨라.
밝은 달은 소나무 사이로 비치고
맑은 샘물이 돌 위로 흘러가네.
대숲 길로 빨래하는 여인들 수런대며 돌아가고
연잎을 흔들며 고깃배 내려간다네.
꽃들이야 제멋대로 다 졌어도
나는야 이 산중에 오래오래 머물러 있으려네.

이백의 〈증왕윤贈汪倫〉

왕윤에게 주다

이백이 배를 타고 막 떠나려 할 제
홀연 강 언덕 위로 발을 구르며 노래하는 소리 들리네.
도화담 맑은 물이 천 길 깊다 해도
나를 보내는 왕윤의 저 정만큼은 깊지 않으리라.

李白乘舟將欲行,　(이백승주장욕행)
忽聞岸上踏歌聲。　(홀문안상답가성)
桃花潭水深千尺,　(도화담수심천척)
不及汪倫送我情。　(불급왕윤송아정)

Lǐ bái chéng zhōu jiāng yù xíng,
hū wén àn shàng tà gē shēng.
Táo huā tán shuǐ shēn qiān chǐ,
bù jí Wāng Lún sòng wǒ qíng.

1. 汪倫(왕윤): 인명. 안휘성 남쪽 경현涇縣 도화담桃花潭 마을의 주민으로 이백을 도화담으로 초청한 장본인이다. 전통적인 주석서에서는 왕윤을 평범한 촌민으로 보았으나 최근 연구에 따르면 왕윤은 이백이나 왕유와 같이 유명한 시인들과 교류했던 지역의 명사였다고 한다.

2. 將欲行(장욕행): 장차 떠나려 하다. 이 구절은 이백이 경현 도화담에 놀러왔다가 이제 막 돌아가려고 배에 올랐다는 말이다.

3. 踏歌(답가): 발을 구르며 부르는 노래. 여럿이 함께 발을 구르며 노래하는 집체가요의 일종이다. 이 구절은 왕윤과 마을 사람들이 강가에서 답가를 부르며 이백을 전송한다는 말이다.

4. 桃花潭(도화담): 안휘성 경현 서남쪽으로 백여 리를 흐르는 강물로 청익강靑弋江의 상류 지역이다. 물이 맑고 깊다.

천보 3년 봄 장안 궁정의 파란만장한 생활을 끝내고 다시 야인으로 돌아온 이백은 여러 지역을 여행하며 마음을 달랬다. 낙양에서 두보를 만나 함께 하북과 산동 여러 지역을 여행했고, 두보와 헤어진 후에는 강동의 명승지를 두루 여행했으며 멀리 북쪽 유주까지 가서 변새의 풍광을 구경하기도 했다. 그러던 어느 해 안휘성 선성宣城에서 벼슬하고 있던 친척 아우인 이소李昭가 편지를 보내 그를 선성으로 초청했다. 풍광이 수려한 선성은 이백이 가장 흠모하는 남조南朝의 사조謝眺라는 시인의 자취가 선명한 곳이었으므로 이백은 그의 초청에 선뜻 응해서 선성으로 갔다. 선성의 풍광은 이백의 고향과 흡사했다. 성 동쪽을 흐르는 완계宛溪는 고향 청련향 앞을 흐르는 반강盤江을 연상시켰다. 완계는 반강만큼 크지는 않으나 맑아서 바닥까지 보였다. 성 북쪽의 경정산敬亭山은 청련향의 광산匡山을 연상시켰다. 경정산은 광산만큼 높지는 않지만 맑고 그윽하여 마음을 편안하게 해주었다. 고향과 같은 친근함에서 였을까? 이곳 선성에서 피는 두견화를 보고 이백은 다음과 같은 애틋한 시를 썼다.

선성의 두견화

촉국에서 들었던 두견새 울음소리
선성에서 또 보게 된 두견화.
한 번 울 적마다 애간장 한 번 끊어지느니
삼춘 삼월에 내 고향 삼파가 그립구나.

선성견두견화宣城見杜鵑花

蜀國曾聞子規鳥, (촉국증문자규조)
宣城還見杜鵑花。 (선성환견두견화)
一叫一回腸一斷, (일규일회장일단)
三春三月憶三巴。 (삼춘삼월억삼파)

삼파는 파군巴郡, 파동巴東, 파서巴西 삼군으로 이백의 고향이 있는 촉을 두고 하는 말이다. 두견새가 피를 토하듯 울어서 붉게 피어난 꽃이 두견화라는 설화는 바로 이백의 고향이 있는 촉의 전설에서 나온 이야기이다. 두견새 울음소리에 애간장 끊어지는 날이면 이백은 어김없이 기紀 노인의 술집을 찾았다. 기 노인이 빚은 '노춘老春'이라는 색이 맑고 맛이 강한 좋은 술 때문이었다. 노춘의 맛에 얼마나 반했던지 이백은 훗날 기 노인이 죽은 뒤에 너무 아쉬워하며 다음과 같은 시를 지어서 애도하기도 했다.

기노인을 그리며

기씨 노인 저승에 살아서도
여전히 노춘을 빚고 있으련만.
저승에는 나 이백이 없으니
그 맛 좋은 술을 누구에게 팔려나.

곡선성선양기수哭宣城善釀紀叟

紀叟黃泉裏, (기수황천리)

還應釀老春。 (환응양로춘)

夜臺無李白, (야대무이백)

沽酒與何人。 (고주여하인)

하지만 이백의 가슴 깊은 곳에는 이 맛 좋은 노춘으로도 달래지 못하는 깊은 좌절감과 격한 울분이 자리하고 있었다. 이백의 친척 어른인 이화李華를 모시고 사조루謝朓樓에 올라 쓴 〈배시어숙화등루가陪侍禦叔華登樓歌〉에 이런 좌절과 울분이 잘 드러나 있다.

이화 어른을 모시고 누대에 오르다
칼을 뽑아 물을 갈라도 물은 다시 흐르듯
술잔 들어 시름을 녹여도 시름은 더 시름겹다.
세상사 마음대로 되지 않느니
내일 아침 머리 풀고 조각배 타고 떠나련다.

抽刀斷水水更流, (추도단수수갱류)
擧杯消愁愁更愁。 (거배소수수갱수)
人生在世不稱意, (인생재세불칭의)
明朝散髮弄扁舟。 (명조산발농편주)

뜻대로 되지 않는 세상사에 마음 상하는 날에는, 술로도 달래지 못하는 좌절감을 어쩌지 못하는 날에는 선성 북쪽을 병풍처럼 두르고 있는 경정산을 찾았다. 경정산에 홀로 앉아서 떠가는 구름을 보고 있자면 이백 스스로 산이 된 듯 그렇게 평안할 수 없었다.

뭇 새들 높이 날아 사라지고
외론 구름 홀로 한가롭게 떠간다.
아무리 보아도 물리지 않는 것

오직 경정산 너뿐이로구나.

"아무리 보아도 물리지 않는 것, 오직 경정산 너뿐이로구나"라는 말에서 경정산에 매료된 이백의 흔연한 모습보다는 세상으로부터 소외된 이백의 외로운 모습이 읽힌다. 높이 날아 사라진 뭇 새들처럼 이백의 재주에 환호하던 헤아릴 수 없이 많았던 무리들도 다 떠나버렸다. 그 새들이 다 떠나간 텅 빈 하늘을, 그 추억 속의 하늘을 자신은 한 조각 구름이 되어서 이리저리 무의미하게 떠돌고 있을 뿐이다. 이렇게 이백의 외로움이 극에 달해갈 즈음에 안휘성 남쪽 경현涇縣 도화담에 살고 있는 왕윤이라는 사람으로부터 편지가 도착했다. 내용은 자신의 동네를 방문해주십사 요청하는 것이었는데, 이 편지의 구절 중 "저희 마을에는 십 리에 걸쳐 복사꽃이 피어 있고 마을에는 주점이 만 개나 됩니다"라는 구절이 이백의 마음을 끌었다. 절경과 미주美酒를 마다할 이백이 아니었다. 십 리에 걸쳐 복사꽃이 피어 있다면 이는 필시 무릉도원이 아닌가. 그곳에 술집이 만 곳이나 된다니, 작은 촌마을에 무슨 술집이 만 곳이나 되겠는가마는 좀 과장했다손 치더라도 술집이 제법 많을 것은 틀림없는 일이었다. 이백은 뱃길로 도화담을 찾아갔다. 도화담 마을은 물이 맑기로 유명한 청익강靑弋江의 상류에 있는 아름다운 곳이었다. 나루터까지 왕윤이 주민들과 함께 나와 이백을 맞았다. 이백이 십 리 복사꽃과 술집 만 곳이 있는 곳을 물었더니, 왕윤이 멋쩍게 웃으면서 말했다. "우리 동네 앞을 흐르는 맑은 강물이 이름이 도화담桃花潭입니다. 십 리에 걸쳐 흐르지요. 그리고 우리 동네에 술집 한 곳이 있는데 그 술집 주인의 성이 만가萬家입니다." 전혀 예상치 못한 답변에 이백이 한바탕 크게 웃었더니, 왕윤이 거듭 머리를 조아리며 말했다. "저는 오랫동안 대인의 시명을 흠모하여 왔습니다. 그런데 얼마 전 대인께서 이곳에서 멀지 않은 선성에 와 계신 것을 알았습니다. 그래서 꼭 초대하여 뵙고 싶은 간절한 마음에 이렇게 얕은꾀를 썼습니다. 대인께서 너그러운 마음으로 용서해주시기를 바랍니다." 이렇게 해서 이백은 물 맑은 도화담 마을에서 왕윤과 촌민들로부터 융숭한 대접을 받으며 유쾌한 날을 보내게 되었다. 울적했던 마음도 얼마간 치유가 되었다. 그렇게 여러 날을 지낸 뒤 마침내 돌아갈 날이 되어 이백은 왕윤과 작별하고 배에 올랐다.

이백은 자신이 마치 옛날 무릉도원을 방문했다가 다시 세상으로 돌아가던 어부라도 된 듯 도화담에서 지낸 날들이 비현실적으로 느껴졌다. 사공이 삿대를 밀어 배를 출발시켰다. 그때 강기슭 마을 쪽으로부터 여럿이 부르는 노랫소리가 꿈결처럼 아득하게 들려왔다. 고개를 돌려 바라보니 왕윤을 필두로 많은 수의 촌민들이 손에 손을 잡고 발을 굴러가며 자신을 전송하는 노래를 부르는 것이 아닌가. 그중에는 만가 주점의 만씨 성의 사내도 있었고, 도화담에서 물고기를 잡아 가져다주었던 어부 황씨도 있었고, 오동통 살찐 닭을 선물로 들고 왔던 이름 모르는 젊은 아낙도 있었다. 그들이 환한 얼굴로 춤을 추면서 송별의 노래를 부르는 모습은 이백에게 말할 수 없는 감동을 주었다. 이백은 서둘러 사공에게 배를 다시 돌리라고 부탁하고는 지필묵을 꺼내들었다. 그리고 정감이 넘치는 아름다운 시를 한 편 써내려갔다.

이백이 배를 타고 막 떠나려 할 제
홀연 강 언덕 위로 발을 구르며 노래하는 소리 들리네.
도화담 맑은 물이 천 길 깊다 해도
나를 보내는 왕윤의 저 정만큼은 깊지 않으리라.

두보의 〈강남봉이구년江南逢李龜年〉

강남에서 이구년을 만나다

기왕의 저택에서 얼마나 자주 보았던가
최구의 집에서는 또 몇 번을 들었던가.
지금 한창 풍경 좋은 강남 땅
꽃이 지는 시절 그대를 또 만났구료.

岐王宅裏尋常見,　(기왕택리심상견)
崔九堂前幾度聞。　(최구당전기도문)
正是江南好風景,　(정시강남호풍경)
落花時節又逢君。　(낙화시절우봉군)

Qí wáng zhái lǐ xún cháng jiàn,
Cuī jiǔ táng qián jǐ dù wén.
Zhèng shì Jiāng nán hǎo fēng jǐng,
luò huā shí jié yòu féng jūn.

1. 李龜年(이구년): 당나라 성당盛唐 개원開元, 천보天寶 연간에 활동했던 음악가. 특히 노래를 잘 불러 현종玄宗의 총애를 받고 궁정 음악가로 활동했다. 안녹산의 난 이후로 강남 땅을 유랑하며 노래를 팔아 호구하는 처지가 되었다.

2. 岐王(기왕): 당 현종의 동생으로 이름은 이범李範. 음률에 뛰어났다.

3. 尋常(심상): 늘, 자주

4. 崔九(최구): 최척崔滌. 현종 때 전중감殿中監 벼슬을 지냈으며 중서령中書令 최식崔湜의 아우이다. 궁중에 출입하며 현종의 총애를 받았다. 같은 항렬의 형제 중 아홉 번째였으므로 '최구'라고 한 것이다.

5. 江南(강남): 장강 남쪽 지역. 여기서는 호남성湖南省 일대를 가리킨다.

6. 落花時節(낙화시절): 음력 3월 늦은 봄을 가리킨다. 늙어가는 사람이나 쇠락해가는 사회를 비유하기도 한다.

7. 君(군): 여기서는 이구년을 가리킨다.

때는 영태永泰 원년(765) 4월, 나의 오랜 친구이자 절대적인 후원자였던 엄무嚴武가 돌연 세상을 떠났다. 그리고 주인을 잃은 성도成都는 다시 대란에 빠졌다. 이곳 성도에 더 머물 이유가 없어진 나는 가족을 이끌고 장강을 따라 가주嘉州, 융주戎州, 유주渝州, 충주忠州를 거쳐서 운안雲安으로 갔다. 운안에 이른 뒤 병이 깊어져서 이듬해 대력大曆 원년(766) 봄까지 머물렀다. 이 시기에 지은 〈상징군과 이별하다別常徵君〉에서 "아이가 부축해도 외려 지팡이를 짚어야 하는 신세/ 온 가을 지나도록 병으로 누웠다네/ 백발 머리 새로 감았더니 더욱 숱이 적고/ 겨울옷은 몸이 말라 헐렁하기만 하네"라고 할 정도로 내 건강은 아주 염려스러운 상황이었다.

대력 원년 늦봄 어느 정도 건강이 회복되자 운안을 떠나 기주夔州로 향했다. 기주는 사천성 삼협의 하나인 구당협瞿塘峽 부근이다. 그곳에서 우리 가족은 대력 3년(768) 봄까지 대략 2년간을 보냈다. 이 시기 역시 경제적으로 여전히 어려웠지만 나는 430수나 되는 많은 시를 지었다. 이는 내 전체 작품의 10분의 3을 넘는 양이니 평균적으로 매달 20여 수를 쓴 셈이다. 인생의 저물녘에서 쓴 이 시기의 시들 속에 나는 낙조의 장엄한 색채를 담고자 했다. 전과 같이 노골적인 사회적 비판이나 분개를 표면에 드러내지 않고, 깊은 우수와 비애 속에 세상에 대한 선의와 애정을 담고자 했다. 이 시기 지은 시 중에서 가장 애착이 가는 시는 칠언율시 〈등고登高〉이다. 이 시를 쓰고 더욱 깊어진 향수 때문에 나는 한동안 많이 아팠다.

높은 곳에 올라

바람 급하고 하늘 높은데 원숭이 울음 슬프다.
물가 맑고 모래 흰 곳에 새는 날아 돌아온다.
끝도 없이 낙엽은 쓸쓸히 지는데
다함없는 장강은 꿈틀꿈틀 오는구나.

만 리 슬픈 가을 늘 나그네 되어

백 년 병 많은 몸 홀로 누대에 오른다.

간난에 머리 하얗게 센 것 심히 한스러운데

노쇠하여 근래 들어 탁주잔조차 멈추었어라.

風急天高猿嘯哀,　(풍급천고원소애)

渚淸沙白鳥飛回。　(저청사백조비회)

無邊落木蕭蕭下,　(무변낙목소소하)

不盡長江滾滾來。　(부진장강곤곤래)

萬里悲秋常作客,　(만리비추상작객)

百年多病獨登臺。　(백년다병독등대)

艱難苦恨繁霜鬢,　(간난고한번상빈)

療倒新停濁酒杯。　(요도신정탁주배)

대력 3년(768) 정월 나는 고향으로 돌아갈 결심을 하고 기주를 출발해 삼협을 지나 호북성湖北省 강릉江陵으로 나왔다. 이곳에서 한수漢水를 따라 북상하면 고향 낙양까지 갈 수 있기 때문이다. 하지만 지방에서 일어난 변란으로 고향으로 가는 북행길은 막혔고, 어쩔 수 없이 머물게 된 강릉에서 생활은 어렵기만 했다. 나는 마지막으로 호남湖南으로 가기로 결정했다. 호남에는 친한 벗들이 많이 살고 있었고, 특히 형주荊州 자사 위지진韋之晉은 나와 각별한 사이이니 그에게로 가면 도움을 받을 수 있을 것이라 생각했던 것이다. 형주로 가는 길에 악양岳陽 동정호洞庭湖에 들렀다. 동정호 호변에 세워진 악양루에 올라 바다와 같이 광활하기 그지없는 호수를 대하니 내 떠도는 신세가 더욱 초라해져서 심히 서글퍼졌다.

〈등악양루登岳陽樓〉를 지어서 "오와 초는 동남으로 나뉘었고, 해와 달이 밤낮으로 떠오른다(吳楚東南坼, 乾坤日夜浮。)"라고 말해 동정호의 광활함을 그럴듯하게 묘사하기도 했는데, 이 시의 5, 6구에서 "친척도 친구도 한 자 소식 없고, 늙고 병들어 외로운 배 한 척 있을 뿐(親朋無一字, 老病有孤舟。)"이라는 신세 한탄은 당시 내가 처한 가혹한 현실을 그대로 반영한 것이다. 악양에서 겨울을 보내고 대력 4년(769) 봄 거센 풍랑에 시달리며 마침내 형주에 도착해서 오랜 벗 위지진을 만났다. 하지만 반가움도 잠시, 위지진은 타지로 발령이 나서 형주를 떠났고, 전근한 지 얼마 안 되어 갑작스럽게 세상을 뜨고 말았다. 천 리 길을 찾아왔건만 나는 다시 의지할 곳을 잃어버렸다. 친구를 잃은 상심과 생활에 대한 염려로 내 건강은 극도로 나빠졌다.

나는 담주潭州로 가서 무너져가는 몸과 마음을 추스리면서 그곳의 인사들과 이러구러 교유하면서 대력 4년을 보냈다. 그때 소환蘇渙이라는 친구가 찾아와 좋은 시우詩友가 되어주었기에 어려운 시절을 그나마 버틸 수 있었다. 그리고 대력 5년(770) 봄 왕년의 저명한 음악가 이구년李龜年을 만났던 것이다.

꽃잎이 날리는 늦은 봄날 담주의 저잣거리에서 사람들에게 노래를 들려주는 길거리 악사가 있었다. 그의 청아한 노랫가락에 떠들썩하던 저잣거리가 한순간 고요해졌다.

그리움

홍두는 남국에서 나지요

봄이 와 몇 가지나 싹이 났나요?

그대여 이 홍두를 많이 많이 따주세요

홍두는 그리움 하염없이 깊어지게 하는 것이니까요.

紅豆生南國, (홍두생남국)

春來發幾枝。(춘래발기지)

願君多采擷, (원군다채힐)

此物最相思。(차물최상사)

유명한 왕유王維의 〈상사相思〉라는 시에 곡을 붙인 노래였다. 그리움을 노래한 왕유의 〈상사〉는 본래 왕유가 이구년이라는 가수에게 준 시여서 〈강상증이구년江上贈李龜年〉으로 불리기도 했는데, 가사가 단순하면서도 비유와 함축이 깊고 노랫가락 또한 애절하여 많은 사람들이 즐겨 불렀다.

멀고 먼 남국에 와서 왕유의 〈상사〉를 듣자니 벌써 세상을 떠난 왕유가 너무나 그립다. 구슬픈 노랫가락이 끊어질 듯 끊어질 듯 여리게 반복되며 이어지는 동안 가수의 목소리에 정한이 가득 배어나고 둘러선 사람들 역시 소맷자락으로 눈물을 닦고 있었다.

멀찌감치 서서 노랫가락에 의지해 아련한 개원 성세의 지난 시절을 더듬던 나는 이토록 사람의 마음을 흔드는 가수가 누군지 궁금해졌다. 사람들을 헤치고 앞으로 나갔다. 앞쪽에는 백발이 성성한 노인이 자리에 앉아 거문고 반주에 맞추어 눈을 지그시 감고 노래를 부르고 있었다. 노인의 행색을 자세히 살피던 나는 그만 놀라서 숨이 콱 막혔다. 그는 바로 개원 성세에 현종의 총애를 한몸에 받던 궁정 악사 이구년이었다. 노래뿐만 아니라 피리에도 뛰어났고, 특히 현종이 좋아했던 갈고羯鼓라는 북 연주에도 발군의 실력을 보여주었던 사람, 작곡에도 뛰어나 그가 창작한 〈위천곡渭川曲〉은 황제로부터 극찬을 받았다.

현종이 이끌던 악단 이원제자梨園弟子의 리더로서 그가 현종에게 받았던 총애는 대단했다. 왕공 귀인들은 늘 그를 초청하여 노래를 듣는 것을 영광으로 알았고, 그가 받은 사례금은 엄청난 액수여서 낙양에 건축한 집은 그 규모가 권문세족의 저택을 뛰어넘는 수준이었다. 그런데 지금 내 눈앞에 보이는 저 초라한 늙은이가 정말 그 이구년이 맞는 것일까? 그의 모습 어디에서도 그 시절의 영화를 찾아볼 수가 없었다. 내가 처음 그를 본 것은 개원 시절 낙양의 문단에서 활동을 시작하던 즈음이었다.

현종의 동생인 기왕岐王 이범李範의 집이 낙양에 있었는데, 기왕은 문학과 음악에 조예가 깊어서 시인과 가객들이 항상 그의 집에 넘치고 있었다. 나도 시인 선배들을 따라 그 집에 드나들면서 이구년의 노래를 몇 번인가 들을 수 있었다. 전중감殿中監 최척崔滌의 집에서도 이구년의 노래를 들을 수 있었는데, 최척은 당시 재상이었던 중서령 최식崔湜의 동생으로 현종 황제의 특별한 사랑을 받았던 인물이다. 그는 궁중에 자주 출입하면서 이구년과 특별한 사귐이 있었던지 이구년이 자주 그의 집에 들렀다. 젊은 시절 이구년의 목소리는 청아하면서도 힘이 있어서 듣는 이들을 늘 매혹시켰다. 내가 천보 연간에 벼슬을 구하기 위해 장안으로 이사해 십 년간 권문세족의 식객으로 신산한 세월을 보내는 동안에도 이구년은 장안에서 제일 잘나가는 가객이었다. 식객들의 말석에 자리한 나는 늘 멀리서 들리는 그의 애잔한 노랫소리를 들으며 남은 술잔을 쓸쓸히 기울이곤 했다. 내가 회상에 젖어 있는 동안 노래가 끝나고 사람들이 흩어지고 있었다. 나는 자리를 걷고 돌아서고 있는 이구년에게 가서 정중히 인사를 올렸다.

"이 악사 어른, 전 좌습유 낙양 사람 두보가 인사 올립니다!"

노인이 고개를 돌려 흐린 눈빛으로 두보를 바라보았다.

"뉘신지…."

"이 악사께서는 저를 잘 모르실 겁니다만, 저는 어른을 잘 알고 있습니다. 개원 연간에 낙양의 기왕의 집에서, 전중감 최척의 집에서 어른을 몇 차례 뵌 적이 있사옵고, 천보 연간 장안에 있을 적에는 먼 발치에서 어른께서 노래하시는 모습을 자주 뵈었더랬습니다."

이구년이 눈이 빛나면서 입가에 미소가 가득 번졌다. 그는 주름지고 야윈 두 손을 내밀어 내 손을 따뜻하게 잡았다.

"반갑소, 두 대인!"

나는 그와 함께 근처 주막으로 갔다. 이구년은 어지간히 목이 말랐던지 연거푸 술 석 잔을 마셨다. 그리고 나서 나를 빤히 쳐다보면서 말했다.

"좌습유 두보라고 했소? 현종 임금 시절에 좌습유를 지냈소?"

"아닙니다. 숙종 임금 때 좌습유를 지냈습니다. 현종 때는 병조에서 무기고를 관리하는 솔부주조참군率府冑曹參軍이라는 미관말직을 지냈습니다."

이구년의 눈이 빛났다.

"혹시 황제께 〈삼대례부三大禮賦〉를 올려서 집현전에 불려가 시험을 치렀던 사람 아니오?"

"아니 그 일을 어찌 아십니까?"

"하하, 당신이 지은 〈삼대례부〉가 황제께 전달되었던 날 궁정에서 큰 잔치가 있었다오. 그날 주상께서 막 노래를 끝낸 나를 불러서는 〈삼대례부〉를 보여주셨소. 기가 막힌 문장이라면서 연신 칭찬하시고는 명을 내려 이 글의 작자를 집현원으로 불러서 문장을 시험하라 하셨소. 나는 속으로 큰 문장가가 났으니 대단한 벼슬자리를 얻게 될 것이라 생각했는데, 겨우 솔부참군이었구료."

나는 그런 이야기는 더 이상 하고 싶지 않았다. 지금도 그 시절 생각을 하면 울화가 치밀어 오르기 때문이다. 얼마나 기대하고 얼마나 설레었던가. 집현원의 내로라하는 학사들이 위시하는 자리에서 얼마나 의기양양 문재文才를 뽐냈던가. 하지만 내게 돌아온 것은 무기고를 관리하는 창고지기에 불과했다. 나는 화제를 돌렸다.

"이 악사 어르신, 전 한림 봉공 이백李白을 통해 어르신의 이야기를 들었습니다. 그 이야기는 몇 번이고 들어도 즐겁고 유쾌했습니다. 모란이 피던 침향정의 이야기 말입니다."

노인의 얼굴이 아득해졌다. 그리고 그의 쭈글쭈글한 얼굴이 일그러지면서 노래 한 자락이 흘러나왔다.

청평조사

구름은 님의 치마, 꽃은 님의 얼굴
봄바람 난간을 스칠 제 이슬꽃 짙어라.
군옥산에 만난 선녀런가
달나라 누대에서 만났던 선녀런가.

청평조사 清平調詞

雲想衣裳花想容, (운상의상화상용)
春風拂檻露華濃。 (춘풍불함로화농)
若非群玉山頭見, (약비군옥산두견)
會向瑤臺月下逢。 (회향요대월하봉)

이구년의 아득한 노랫자락 한 소절을 타고 나는 정확히 26년 전인 천보 3년 낙양의 봄날로 돌아갔다. 모란이 한창 피던 늦봄 현종 황제로부터 황금을 하사받고 산으로 돌아가던 태백 형을 나는 낙양에서 처음으로 만났다. 그는 이미 천하의 주목을 받고 있던 대시인이었다. 천상으로부터 온 듯 아름다운 그의 시와 분방하기 그지없는 그의 삶이 만들어낸 일화들은 설화가 되고 전설이 되어서 온 세상으로 퍼져나갔다.

낙양에서 이제 막 문단을 들락거리며 문인들의 말석을 차지하고 있던 나에게는 그저 하늘같이 아득한 경지였다. 낙양 문단에서는 그를 환영하는 거창한 잔치를 열었고, 나 역시 문단의 풋내기 시인이었던 탓에 태백 형을 볼 수가 있었다. 나로서는 가까이하기에는 너무 먼 그였는데 그가 술이 그윽하게 취하여 내 쪽으로 건들건들 다가와서는 내가 지은 〈태산을 바라보며望岳〉의 마지막 구절을 큰소리로 외치며 내 어깨를 쳤을 때 내 가슴은 터질 듯했다.

"내 반드시 태산 꼭대기에 올라, 자그마한 산봉우리들을 다 굽어보리라(會當凌絶頂, 一覽衆山小。) 이 얼마나 대단한 기백인가! 여보게 두보 선생, 아니지 나보다는 한참 어리니 아우라 불러도 되겠지. 여보게 두보 아우, 나는 자네의 시를 보고 새로운 시대가 열릴 것을 직감했소. 위대한 시인이 이끄는 위대한 시의 시대가 곧 도래하게 될 것이야. 자, 내가 위대한 시인에게 바치는 존경의 술을 한잔 받으시오."

그날 이후 나는 태백 형과 호형호제하는 막역한 사이가 되었고, 천보 3년 가을이 깊어질 때까지 함께 개봉, 제남 등지를 여행하며 우의를 돈독히 했다. 이 여행은 내 평생에 잊을 수 없는 값진 날들이었으니, 나는 그가 동서남북을 횡행하며 경험했던 온갖 흥미진진한 이야기를 빠짐없이 들었을 뿐 아니라 그의 정치적 이상과 좌절, 문학적 성취에 대한 자부와 고민에 대해서도 낱낱이 이해할 수 있었다. 그야말로 나에게는 충실하기 그지없는 세상 공부요, 문학 수업이었던 것이다. 그해 가을이 막 깊어가는 산동성 노군魯郡의 범십范十 은자를 찾아가는 길에 그가 들려줬던 천보 2년 흥경궁 침향정에서 있었던 궁정宮庭 일화는 얼마나 환상적이었던지 마치 하늘나라 천궁에서 벌어진 일인 것 같은 생각이 들 정도였다. 그가 들려줬던 일화의 대강은 이러했다.

천보 2년 늦봄 어느 날 현종 황제와 양귀비가 흥경궁 침향정에서 새로 핀 탐스러운 모란을 감상하고 있었다. 이 황제의 잔치 자리에는 당대 최고의 가수인 이구년이 이끄는 이원제자梨園弟子들이 분위기를 돋울 노래와 춤을 헌상할 만반의 준비를 갖추고서 황제의 명만을 기다리고 있었다. 그런데 갑자기 현종이 새로운 주문을 내놓았다.

"양귀비가 이처럼 새로 곱게 단장을 했고, 또 모란꽃도 이렇게 새로 피지 않았느냐. 어찌 노래만 옛날 것이어서야 말이 되겠느냐."

현종은 이미 상당한 수준의 작곡가이기도 했으므로 작곡은 어려운 것은 아니었다. 하지만 작사를 해줄 것으로 기대했던 한림학사 이백이 보이지 않았다. 현종이 환관들을 장안 저잣거리로 보내서 이백을 찾게 했다. 황제의 짐작대로 이백은 대낮부터 장안 저잣거리의 술집에서 술이 떡이 된 채로 잠들어 있었다. 환관들이 그를 일으켜 세우고는 황제가 부르니 어서 궁궐로 가자 했더니 겨우 눈을 뜨고서 혀 꼬부라진 말투로 "누가 나를 불러? 나는 술에 취한 신선이니라!" 했다.

옥신각신 배에 태워 흥경궁에 도착해서는 찬물로 세수하게 하고 침향정으로 부축해 갔더니 황제의 최측근이자 권력자였던 환관 고력사가 맨 먼저 달려나와 이백에게 황제의 뜻을 전했다. 이백은 알았다는 듯이 고개를 두어 번 주억거리고는 고력사에게 진흙으로 엉망이 된 자신의 신발을 벗기라고 호탕하게 명령했다. 당시 권력의 실세였던 고력사로서는 분통 터질 일이었으나 주변의 시선도 있어 어쩔 수 없이 그의 요구대로 신발을 벗겨주었다. 무거운 신발로부터 자유로워진 이백이 휘청거리며 잠시 생각에 잠기는 듯 조는 듯하다가 일필휘지로 내갈겨 써서 황제에게 바치니 그것이 바로 유명한 〈청평조사삼수淸平調詞三首〉이다. 방금 이구년이 불렀던 노래는 바로 그 첫 수였다. 내가 이구년의 첫 수에 응수해서 제2수를 읊었다.

청평조사

한 떨기 붉은 꽃 이슬에 향기로워
무산 신녀는 공연히 애만 끊나니.
묻노니 한나라 궁전의 누구와 닮았나
사랑스런 조비연도 새 단장해야 겨우 비슷할까.

一枝紅艷露凝香, (일지홍염로응향)

雲雨巫山枉斷腸。(운우무산왕단장)

借問漢宮誰得似, (차문한궁수득사)

可憐飛燕倚新粧。(가련비연의신장)

이구년은 웃는 듯 우는 듯 알 수 없는 표정으로 내가 읊는 시를 듣고 있었다. 아마도 그 역시 내가 그랬던 것처럼 천보 연간, 그 태평한 세월, 영광의 시절을 더듬고 있는 것 같았다. 얼마간 말없이 술잔만 기울이던 그가 돌연 물었다.

"한림학사 이백을 만났었소?"

"어찌 만났기만 했겠습니까? 호형호제하며 막역하게 지냈지요. 하지만 천보 3년 늦가을 산동성 석문石門에서 헤어진 뒤로 다시는 만날 수가 없었습니다. 아마 9년 전쯤인가 당도當涂의 친척집에서 돌아가셨다는 얘기만 들었습니다."

"이백은 참으로 대단한 시인이었소. 황제가 그를 그렇게 돌려보내지 말았어야 했는데, 이게 다 그 못된 고력사 때문이었다오. 이 청평조사를 노래할 때마다 그때 그 시절이 떠올라 생각이 복잡하다오."

"고력사가 양귀비에게 이백을 참소한 일 말이지요?"

"그렇소. 당신이 방금 읊었던 이백의 〈청평조사〉 제2수 때문에 벌어진 일이외다."

침향정에서 이백의 장화를 벗겨주었던 일로 수치심에 절치부심하던 고력사는 침향정 모란 잔치의 여운이 끝나기도 전에 양귀비를 찾아가 청평조사의 가사를 들먹이며 이백을 참소했다.

"마마, 한림학사 이백의 시가 맘에 드시옵니까?"

"들다마다요, 나와 모란을 서로 엇섞어서 묘사하니 내가 모란인지 모란이 나인지 구분이 안 가는 것이 여간 맘에 드는 게 아니었어요."

"근데 좀 찜찜한 것이 있습니다."

"무슨 소리예요? 황제께서도 흡족해 하셨고, 이구년과 이원제자들도 다들 좋아했었는데요."

"제2수에서 마마를 한나라 조비연에 비유한 대목이 맘에 걸립니다. 왜 하필 조비연이었을까요? 조비연이라면 한나라 성제成帝의 성총을 흐리게 한 여인이 아닙니까? 혹시 마마를…."

그날 밤 양귀비는 침소에 든 현종 황제에게 이백에 대한 험담을 늘어놓았고, 양귀비의 치마폭에서 세상사를 잊고 살던 현종은 곧바로 이백에 대한 관심을 접어버렸다. 이백은 결국 한림학사를 사직하고 궁궐을 떠날 수밖에 없었다. 그렇게 해서 치국제세治國濟世의 거창한 이백의 꿈은 모란이 화사하게 핀 어느 봄날 잠깐 꿈꾸었던 한바탕의 백일몽으로 끝나고 말았다.

침향정의 봄날 이야기를 주거니 받거니 하다보니 벌써 밤이 깊어졌다. 술도 제법 되어서 거나해진 이구년은 이백의 유명한 〈백저사白紵辭〉를 노래했다. "맑은 노래 울리며 하얀 이를 드러내는 북방의 가인과 동쪽의 미인이여, 녹수곡淥水曲 멈추고 백저곡白紵曲 노래하며, 긴 소맷자락 얼굴을 스치며 일어나 춤추누나. 구름은 밤되어 걷히고 찬 서리는 내리는데, 북풍은 변방의 기러기에 불어가누나. 고운 얼굴 방에 가득하니 즐거움 끝이 없어라." 〈백저사〉는 이백이 살아 있을 때 크게 유행한 노래로 가무계에서 그 인기가 대단했다. 갑자기 세상을 떠난 태백 형이 너무 그리워 급기야 눈물을 쏟고 말았는데, 이구년은 노래를 멈추고는 빙그레 웃으면서 내 손을 잡으며 말했다.

"두 대인, 부탁이 있소. 이백이 천하의 시인인 것은 누구나 다 알고 있소. 그런 이백이 존경하고 인정했다면 두 대인 역시 천하의 시인임이 틀림없을 것이오. 그래서 하는 부탁인데, 두 대인께서 나를 위해 시 한 수 써주실 수 있겠소? 내 개원, 천보 한시절을 풍미하던 가수였음에도 말년에는 이토록 영락하여 쓸쓸하기 그지없으니 내가 죽은 다음에야 누가 내 이름자 하나 기억이나 해주겠소? 다행히 천하의 시인 이백을 만나 〈청평조사〉의 배경에 내 이름을 희미하게 올렸으나 이것만으로는 성이 차질 않는구려. 만일 두 대인께서 내 이름자가 든 시 한 수를 써주신다면 아마도 내 짐작건대 내 이름자 역시 대인의 시명과 함께 불후하게 될 것이오. 오늘 술값은 내가 낼 터이니 노망난 늙은이의 주책이라 여기지 마시고 잘 좀 부탁하외다."

부탁이고 말고 할 것도 없었다. 나는 벌써 그에게 줄 절구시 한 편에 대한 구상을 끝내놓고 있었던 것이다.

"그럼 비싼 술 한 병 더 시키겠습니다. 하하. 벌써 다 써놨습니

다. 제목을 '호남봉이구년湖南逢李龜年', '호남에서 이구년을 만나다'
로 하려고 하는데 어떻습니까?"

이구년이 골똘히 생각하더니 말했다.

"호남보다는 강남이 낫지 않을까? 요즘 너도나도 강남스타일
어쩌구 저쩌구 하던데…."

2부

한시 만담

2부 한시 만담은 대중 매체나 대중 강연에서 발표한 한시 관련 이야기들이다. TV 특강이나 라디오 방송 특별 출연, 온라인 플랫폼이나 최고위과정 등에서 강의한 내용을 실었다.

2.1

이백의 〈장진주將進酒〉와 〈행로난行路難〉

이 글은 EBS에서 진행한 〈통찰〉이라는 프로그램에서 강연한 내용이다. 〈통찰〉은 EBS 1에서 월요일, 화요일 심야에 진행한 인문학 특강으로 두 명의 강사가 하루씩 강연을 맡고 토론하는 형식으로 진행되었다.

안녕하십니까?

한국방송통신대학교에서 중국어와 중국고전문학을 가르치고 있는 김성곤입니다.

오늘 제가 여러분과 함께 나누고 싶은 이야기는 우리들에게도 매우 친숙한 중국의 시인 이태백의 시 두 편입니다. 호방하게 술을 권하는 노래인 〈장진주〉와 인생길의 어려움을 읊은 〈행로난〉이라는 작품입니다. 1,300년 전 우리와 사뭇 다른 시대를 살았지만 여전히 우리와 같은 고민을 안고 살았던 시인이 두 편의 작품을 통해 들려주는 색다른 음성에 한번 귀 기울여보시기 바랍니다.

이태백의 이름은 이백입니다. 태백은 이름 대신 쓰는 자字이지요. 태백은 태백성, 아주 밝게 빛나는 샛별인 금성을 가리킵니다. 이백의 어머니가 태백성을 꿈꾸고 잉태한 것이 바로 이백이었습니다. 그래서 그의 이름이 밝을 백, 자는 태백이 된 것이지요. 이백

제녕 태백루의
이백 동상

은 그의 이름자 그대로 중국문학사에서 찬연히 빛나는 별이 되었습니다.

　이백을 흔히 이야기할 때 술과 달의 시인이라고 합니다. 어떤 이백 연구가는 이백이 평생에 술을 안 마신 날은 황제를 처음 보러 간 날 하루였을 것이라고까지 말할 정도로 애주가였던 이백, 그 주량이 얼마나 됐을까요? 이백의 음주량에 대해 그의 친한 벗 두보는 "이백은 한 말 술에 시가 백 편이 나온다(李白一斗詩百篇, -〈음중팔선가飮中八仙歌〉 중)"라고 했고, 이백 스스로 말하길 "한번에

삼백 잔은 마셔야 한다(會須一飮三百杯, -〈장진주〉 중)"라고 했습니다. 지금 중국술의 높은 도수를 생각하면 거의 치사량이겠지요? 당나라까지만 해도 술의 도수가 그리 높지 않았기 때문에 가능했던 것이지요. 술과 관련된 수많은 작품 중에서 가장 유명한 작품이 오늘 소개하는 〈장진주〉입니다.

이백의 시에서 자주 등장하는 달은 고향과 친구라는 두 가지 이미지가 있습니다. 이백의 시 중 가장 유명한 〈정야사靜夜思〉라는 시의 두 구절, '거두망명월擧頭望明月, 저두사고향低頭思故鄉(고개를 들어 밝은 달을 보고, 고개를 숙여 고향을 생각하다)'처럼 달은 젊은 시절 고향을 떠나 평생 돌아가지 못한 고향에 대한 절절한 그리움을 드러내는 존재입니다. 아울러 〈월하독작月下獨酌〉의 "꽃밭 사이 술 한 동이, 벗이 없어 홀로 마실 판. 밝은 달을 초청하였더니, 그림자까지 데려와 셋이 되었구나. 내가 노래하니 달이 춤을 추고, 내가 춤을 추니 그림자도 덩실덩실." 이런 시에서처럼 달은 이백을 가장 잘 이해해주는 변함없는 진실한 벗을 상징하기도 하지요.

이 술과 달은 이백의 시 세계의 중요한 요소이면서 동시에 그의 죽음의 설화를 만들어내는 데 큰 역할을 합니다. 여러분도 다 아시다시피 이백은 술에 취하여 강물에 비친 달을 잡으려다 익사했다는 전설이 있잖아요. 실제로는 병사했습니다만, 이백이 평생 사랑했던 술과 달을 통해 그의 죽음의 전설을 새로 빚은 것이죠. 이백은 친척집에서 병사했습니다. 61세의 나이였죠. 이백의 죽음이 알려지자 많은 사람들은 그 말을 믿으려 하지 않았습니다. 이백은 하늘에서 인간 세상으로 귀양 온 신선, 적선謫仙이 아닙니까? 이백이 들려준 수많은 시구는 인간 세상에서는 들어본 적이 없는 아름다운 언어였으니까요. 그 신선 이백이 병들어 죽는다는 것은 말이 안 되죠. 그래서 신선 이백에 걸맞은 죽음의 옷을 지어드리자 해서 이백의 술과 달을 가지고 설화를 만든 것이죠. 설화에서 물에 빠진 이백이 어떻게 되었을까요? 장강의 고래를 타고 하늘로 승천하는 '기경승천騎鯨昇天' 설화로까지 이어집니다. 장강에 무슨 고래냐고요? 실제로 장강에 민물 돌고래가 살았습니다. 중국의 삽협박물관에 가면 지금은 멸종된 장강 돌고래 박제를 볼 수 있습니다.

이백은 빼어난 시로 천하에 이름을 떨쳤지만 젊은 시절 힘들고 어려운 시기를 겪어야만 했습니다. 벼슬을 얻기 위해 25세에 집을 떠난 그는 42세 때 비로소 황제의 부름을 받게 됩니다. 장장 17년이라는 긴 세월 동안 수없는 좌절과 고통 속에서 그를 지켜준 것은 다름 아닌 시의 힘이었습니다. 어두운 밤길에 등불이 되어준 시 중에서 〈장진주〉와 〈행로난〉 두 작품을 소개합니다. 먼저 술 권하는 노래 〈장진주〉입니다.

술 권하는 노래

그대 보지 못했는가,

황하의 강물이 하늘로부터 와서

힘차게 흘러 바다에 이르면 다시 돌아오지 못함을

그대 보지 못했는가,

고대광실 밝은 거울 속 슬픈 백발을

아침에는 푸른 실이더니 저녁엔 흰 눈이 되었다네.

인생은 득의하면 맘껏 즐겨야 하는 법

어찌 황금 술잔 빈 채로 달을 대하리요.

하늘이 나에게 재주를 주었으니 반드시 쓸모가 있을 터

천금은 다 뿌려져도 다시 돌아오기 마련이로다.

君不見,　　　　　(군불견)

黃河之水天上來,　(황하지수천상래)

奔流到海不復回。(분류도해불부회)

君不見,　　　　　(군불견)

高堂明鏡悲白髮,　(고당명경비백발)

朝如靑絲暮成雪。(조여청사모성설)

人生得意須盡歡,　(인생득의수진환)

莫使金樽空對月。(막사금순공대월)

天生我材必有用,　(천생아재필유용)

千金散盡還復來。(천금산진환부래)

"그대 보지 못했는가, 황하의 강물이 하늘로부터 와서 힘차게 흘러 바다에 이르면 다시 돌아오지 못함을" 자기 존재감을 마음껏 과시하며 힘차게 흐르는 황하도 바다에 한번 이르면 다시 돌아오지 못하는 것처럼 우리 인생 아무리 잘나도 그저 일회성으로 그치는 것이요, "그대 보지 못했는가, 고대광실 밝은 거울 속 슬픈 백발을, 아침에는 푸른 실이더니 저녁엔 흰 눈이 되었다네" 영원할 것 같던 푸른 청춘도 순식간에 백발의 저녁을 맞게 되니, "인생은 득의하면 맘껏 즐겨야 하는 법, 어찌 황금 술잔 빈 채로 달을 대하리요" 그저 득의한 일이 있으면 그 즐거움을 미루지 말고 그때그때 맘껏 술 마시며 즐기자는 겁니다.

그런데 이 시에서 말하는 '득의'한 일이 당시 이백에게 있었을까요? 벼슬길로 나아가 창생을 구제하고 사직을 안정시키고 이름을 크게 얻어 부모님을 영예롭게 하자는 그의 꿈이 거듭된 좌절 속에서 불안하게 흔들리던 불우한 시절이었습니다.

그럼에도 그런 연속된 실패에도 주눅 들지 않고 술잔을 들고 즐기자고 호기롭게 외칠 수 있었던 것은 자신의 미래에 대한 확고한 신념이 있었기 때문입니다. 바로 '하늘이 나에게 재주를 주었으니 반드시 이 재주를 쓸 데가 있을 것이다'라는 '천생아재필유용天生我材必有用'의 확신입니다. 그리고 아직은 결실로 나타나지는 않았지만 그동안 기울인 돈과 시간, 땀과 번민의 투자가 결코 무의미하게 사라지지 않을 것이라는 확신이 바로 '천금은 다 흩어졌어도 다시 돌아오기 마련이다'라는 '천금산진환부래千金散盡還復來'입니다.

이 두 구절이 있어서 〈장진주〉는 단순히 먹고 마시고 놀자는 권주가로 끝나지 않는 것이죠.

계속 이어지는 대목에서 이백은 "양을 잡고 소를 잡아 즐기자, 한번 마시려면 삼백 잔은 마셔야지"라면서 술을 권합니다. 그리고 술이 떨어지자 이렇게 호기롭게 외칩니다.

내가 타고 온 준마 오화마,
내가 입고 온 최고급 가죽옷,
아이 불러 술로 바꿔 오라 하게나
내 그대들과 더불어 만고의 근심을 녹여버리겠네.

五花馬, 千金裘, (오화마, 천금구)
呼兒將出換美酒, (호아장출환미주)
與爾同銷萬古愁。 (여이동소만고수)

대단한 호기이지요? 만금의 준마와 천금의 가죽옷으로 술을 바꿔 오라고 하니 그 호기가 대단합니다. 그런데 이렇게 비싼 값을 치르면서 술을 사 오라고 한 것은 왜입니까? 바로 무슨 수를 써서라도, 어떤 비싼 대가를 치르고서라도, 밤을 새워서라도 해결해야 할 한 가지 일이 있었기 때문입니다. 뭡니까? 바로 '만고수萬古愁'를 녹여 없애는 일입니다. 마지막 구절의 '만고수'는 아주 오래전부터 시작된 혹은 만 대에 이어질 것 같은 영원한 근심이란 뜻인데, 이

것은 옛날에 뜻을 얻지 못한 지식인들의 가슴에 늘 만수위로 가득 차 있던 '회재불우懷才不遇'의 근심입니다. 훌륭한 재주를 가진 사람이 시절을 만나지 못해, 알아주는 임금을 만나지 못해 뜻을 펼치지 못하는 데서 오는 깊은 근심입니다. 역사적으로 수많은 지식인들이 회재불우의 탄식 속에서 우울하게 생을 마쳤습니다. 이백이 술로써 지우려고 했던 것은 이러한 '회재불우'의 근심, 내가 시절을 잘못 만났다는 좌절감입니다. 이것에 사로잡히면 삶은 우울의 덫에 빠지고 냉소의 그늘에 지배될 것이기 때문입니다.

1,300년 전 이백이 지금 거듭된 실패로 좌절에 빠져 우울한 시절을 보내는 우리 젊은이들에게 외칩니다. "자, 이리 와서 내가 주는 술 한잔 받게. 자네 가슴속에 가득한 그 고집스러운 열등감, 지독한 좌절감이 녹아 사라질 때까지 내가 자네와 함께 마셔주겠네. 오화마, 천금구 다 갖다 팔아서라도 말이지." 그리고 술이 얼큰해진 우리가 내뱉는 '이생망'이니 '헬조선'이니 하는 풀죽은 소리에 이렇게 큰 소리로 격려해주지 않을까요? "천생아재필유용天生我材必有用, 천금산진환부래千金散盡還復來. 따라 해봐! 더 큰 목소리로!"

다음으로는 〈행로난〉이라는 이백의 작품을 공부하겠습니다. '행로난'은 인생길의 어려움이라는 말입니다. 이백이 거듭된 좌절에 상심하여 극심한 자신의 고통을 노래한 작품입니다. 먼저 작품을 한번 읽어볼까요? 길어서 우리말로 번역된 것으로 읽겠습니다.

인생길의 어려움

금잔의 청주는 만금이요

옥반의 진미는 만 전이라.

잔을 멈추고 젓가락을 던지고는

검을 빼어들고 사방을 바라보나니, 가슴이 막막하다.

황하를 건너자 했더니 얼음이 강을 막고,

태항산을 오르려 했더니 눈이 산에 가득하네.

푸른 시내 낚시는 한가로운데

해 뜨는 곳으로 가는 배의 꿈이여!

인생길의 어려움이여, 어려움이여!

수많은 갈래길에서 나는 지금 어디 있는가!

큰바람이 물결을 깨치는 날이 반드시 오리니

구름 같은 돛을 곧장 펴고 드넓은 창해를 넘어가리라

金樽淸酒斗十千,　(금준청주두십천)

玉盤珍羞直萬錢。　(옥반진수치만전)

停杯投箸不能食,　(정배투저불능식)

拔劍四顧心茫然。　(발검사고심망연)

欲渡黃河冰塞川,　(욕도황하빙색천)

將登太行雪滿山。 (장등태항설만산)

閑來垂釣碧溪上, (한래수조벽계상)

忽復乘舟夢日邊。 (홀부승주몽일변)

行路難, 行路難, (행로난, 행로난)

多歧路, 今安在。 (다기로, 금안재)

長風破浪會有時, (장풍파랑회유시)

直掛雲帆濟滄海。 (직괘운범제창해)

첫 단락부터 볼까요? 〈장진주〉에서 보았듯이 실패 앞에서도 '천생아재필유용'의 자신감으로 씩씩했던 이백이지만 거듭된 좌절로 낙담과 실의의 시간이 길어지면서 자신의 미래에 대한 의구심이 싹트고 세상을 향한 분노가 치밀게 됩니다. 그래서 그토록 좋아했던 만금의 청주, 최고급 술도 마다하고 옥반 진미, 산해진미조차 밀어버리고는 시퍼런 칼을 뽑아 들고 세상을 향해 울부짖습니다. "한 놈 걸리기만 해봐라!"

둘째 단락은 바로 이백이 세상을 향해 외치는 분노의 음성입니다. "황하를 건너자 했더니 얼음이 강을 막고, 태항산을 오르려 했더니 눈이 산에 가득하네." 자신의 길을 막는 세상에 대한 분노의 함성이요, 자신의 재주를 써주지 않는 사람들에게 던지는 원망의 절규입니다. 저 피안의 세계, 내가 그리던 꿈의 세상을 향해 험한 물살을 거슬러 황하를 건너갑니다. 돛을 펴고 노를 저어 온 힘을 다하여 거센 물길을 헤쳐 이제 거의 다 왔다 싶은데, 갑자기 찬 바람이 불더니 얼음이 꽁꽁 얼어붙어 뱃길을 막아버립니다. 한 걸음 한 걸음 태항산 꼭대기가 멀지 않은데 갑자기 폭설이 내려 정상에 이르는 길을 막아버립니다. 이백의 벼슬길을 찾는 노력이 이와 같았습니다. 수많은 노력, 끝없는 인내에도 불구하고 세상은 그의 앞에서 벼슬로 가는 길을 끊어버렸고 등을 돌려버렸습니다. 이백은 뛰어난 시문 실력을 발판 삼아 벼슬길을 찾았습니다. 좋은 글을 쓰는 사람은 고관대작의 추천을 받아 벼슬길로 나갈 수 있었습니다. 하지만 재주가 많으면 시기도 많은 법입니다. 많은 사람들이 이백의 재주를 시기했습니다. 여기에는 특히 권문세족 앞에서도 허리를 굽힐 줄 몰랐던 오만한 듯한 그의 성품도 한몫을 했지요. 이백에 대한 과장된 악담으로 열릴 듯 열릴 듯했던 벼슬길은 거듭 막히게 됩니다. 거듭된 좌절 속에서 분노에 차 칼을 뽑아들고 세상을 향해 절규하는 이백의 모습은 지금 최악의 실업 시대를 표류하고 있는 우리 젊은이들의 모습이나 다름이 없습니다.

셋째 단락입니다. 한바탕 격정이 폭풍처럼 지나간 후에 미세한 음성이 들려옵니다. "이백아, 이백아, 너는 푸른 시내에 고요히 낚시를 드리웠던 한 사람 생각이 나느냐?" 누굽니까? 중국 최고의 낚시꾼, 바로 강태공입니다. 강태공은 은나라 마지막 임금인 주紂가 포악한 정치로 온 세상을 도탄에 빠뜨리고 있을 때 세상을 바로잡을 큰 뜻을 가지고 실력을 기르며 때를 기다린 사람입니다. 하지만 아무도 그를 써주지도 알아주지도 않았습니다. 힘든 시절

술을 팔기도 하고 백정 일을 하기도 했던 강태공은 늘그막에 위수渭水의 지류 반계磻溪에서 낚시를 드리우고 때를 기다립니다. 강태공 낚시법이 어떻습니까? 바늘이 굽어진 것이 아니라 일자로 된 곧은 바늘입니다. 그것도 수면에서 30센티 떨어져 있습니다. 내 낚시를 물을 수 있는 놈은 물어봐라 이런 식이죠. 지나가던 나무꾼이 묻습니다. "할아버지 거기서 뭐하세요?" "이놈아, 보면 모르느냐. 물고기 잡고 있지 않느냐?" "그렇게 낚다가는 천 년이 가도 피라미 한 마리 낚을 수 있겠습니까?" 그러자 강태공이 준엄한 목소리로 말합니다. "내가 낚으려는 것은 피라미 따위가 아니다. 내가 낚으려는 것은 왕이다." 반계의 시냇가에 어떤 미치광이 노인이 해괴한 낚시법으로 왕을 낚으려 한다는 소문이 좍 퍼집니다. 마침 은나라의 폭정을 끝내고 새로운 세상을 만들고자 준비하던 주나라 문왕文王이 그 이야기를 듣고 병졸 하나를 보냅니다. "충성! 저희 대왕께서 뵙고자 하십니다." 강태공은 쳐다보지도 않습니다. "하, 내가 물고기 좀 낚으려 했더니 새우 새끼가 와서 나를 귀찮게 하는구나." 병사가 돌아가서 상황을 아뢰자, 이번에는 대신을 보냅니다. 하지만 대신도 피라미가 되는 수모를 당하고 돌아옵니다. 문왕이 기이히 여겨 점을 치니 "이번에 나가서 잡을 짐승은 호랑이도 곰도 아니다"라는 점괘가 나옵니다. 문왕은 삼 일을 목욕재계하고 큰 수레를 갖추어 직접 가서 강태공을 모셔다가 나라의 스승으로 삼고 천하의 일을 함께 도모합니다. 문왕이 죽은 뒤 강태공은 아들 무왕을 도와서 은나라의 무도한 주 임금을 타도하고 새로운 세상을 만듭니다. 주나라 건국의 일등공신이 바로 강태공입니다. 그가 반계의 시냇가에서 문왕에게 발탁될 때의 나이가 얼만지 아십니까? 여든 살입니다. 이백이 거듭된 좌절로 세상을 향해 칼을 빼들고 악을 쓰며 고함치던 바로 이 시절 그의 나이는 얼마였을까요? 마흔 남짓이었습니다. 이백아, 좌절하지 말고 마음을 다잡아 때를 기다려라.

마지막 단락입니다. 수많은 갈림길에서 나는 지금 어디 서 있는가? 절망의 길로, 좌절의 길로 갈 것인가 아니면 다시 신념을 갖고 긍정과 도전의 길로 갈 것인가. 마침내 이백은 검을 거두고 세상을 향해 확신에 찬 음성으로 말합니다. "높은 물결을 일으키며 큰바람이 불어올 날이 있으려니, 구름 같은 높은 돛을 곧장 펴고 넓은 바다로 나아가리라." 높은 물결, 큰바람은 위기이자 난관입니다. 하지만 구름 같은 높이 솟은 돛이 있다면 그것은 기회가 됩니다. 더 빠르게 더 멀리 나갈 수 있는 천재일우의 기회가 될 것입니다. 우리 삶에 기회의 바람은 언젠가 반드시 불어오기 마련입니다. 문제는 그 거센 바람에 맞서고 그 바람을 이용할 수 있을 정도로 큰 돛을 준비하는 것입니다. 그간의 모든 노력이, 수포로 돌아간 것처럼 보이던 모든 투자와 실패의 경험들이 결국 높은 돛을 만드는 과정이요, 재료인 것입니다. 큰바람이 불어올 것을 확신하고 그 바람을 이용할 큰 돛을 만드는 일에 전념하며 어려운 시절을 인내하겠다는 선포이지요.

힘든 시절입니다. 이럴 때일수록 우리의 힘든 삶을 붙들어주는 한마디의 격려가 필요합니다. 우리의 길 잃은 삶을 이끌어줄 깃발 하나가 필요합니다. 1,300년 전 이백이 호탕한 웃음으로 우리의 굽어진 어깨를 치면서 전해주는 격려의 말, "천생아재필유용天生我材必有用, 천금산진환부래千金散盡還復來", 길 잃고 헤매는 우리에게 전하는 깃발 하나 "장풍파랑회유시長風破浪會有時, 직괘운범제창해直掛雲帆濟滄海"! 잘 기억해서 유용하게 활용하시기 바랍니다.

EBS 통찰 강연은 이틀에 걸쳐 두 명의 강사가 하루씩 맡아 진행하는데, 강연 후에는 강연에 참여한 다른 강사로부터 질의가 있었다. 다음은 당시의 질의와 응답 내용을 정리한 것이다.

질문 1 이백은 회재불우라고 하지만 장진주에서 보여주는 멋과 낭만은 좀 일그러진 낭만이라고 할 수 있으며 그가 만년에 반란에도 가담해서 그 나름대로 최고의 권력도 맛본 사람이라고 보는데, 김 교수님은 이 점을 어떻게 생각하세요?

답   일그러진 낭만요? 왜요? 술을 마구 마셔서요? 실패했으면 자신의 실패의 원인을 자세히 성찰하고 더 열심히 일해야지 왜 술을 마시냐구요? 힘들고 억울하고 답답하면 술이라도 마셔서 그런 감정을 발설해버려야 해요. 성찰과 열심은 그런 다음에 해도 늦지 않아요. 가장 중요한 것은 좌절감이나 열패감이 내면에 또아리를 틀고 자리 잡지 않도록 해야 한다는 거죠. 이백의 인간성이나 그의 정치적 선택 등에 대한 논의는 서로 다른 설명이 있을 수 있어요. 호방한 그의 시 풍격은 안하무인의 인격적 결함과도 관련이 있을 수밖에 없어요. 또 벼슬에 대한 과도한 집착이 만년에 무모한 정치적 선택을 하게 만들기도 했지요. 시인이 완벽할 수 없지요. 하지만 시인이 직관의 별빛으로 빚어낸 시는 그 시인을 넘어섭니다. 시인보다 훨씬 위대한 것이 시입니다. 우리가 읽는 〈장진주)는 이백만의 시가 아닙니다. 시대를 초월하여 천 년이 넘는 세월 동안 이 시를 읽고 이 시에서 위로를 받고 힘을 얻었던 수많은 독자들이 이 시에 보탰던 그 힘을 읽는 겁니다.

질문 2 과연 이백의 삶 그 자체는 〈행로난〉의 그것처럼 힘들었을까요? 과장과 위선은 아닐까요?

답   교수님은 이백을 별로 안 좋아하시는 모양입니다. (웃음) 이백이 칼을 빼들고 사방을 두리번거리며 외치는 "황하를 건너려는데 얼음이 꽝꽝 얼어서 뱃길을 가로막고, 산 정상 다 왔다 싶은데 폭설이 내리는구나" 하는 분노에 찬 원망이 위선으로 들린다구요? 이백이 부잣집 아들이었으니 다른 사람에 비하면 그래도 유복하고 편안한 삶이 아니었냐는 거겠지요? 아마도 인생길의 어려움을 말하자면 궁형의 치욕을 당한 사마천 정도는 돼야 한다고 생각하시는 것 같습니다(질문자가 사마천이 쓴 《사기》를 주제로 강의를 했으므로 사마천을 예로 든 것임). 이백이 부유한 상인의 아들로 산 것은 맞습니다만, 25세에 집을 나온 뒤로는 참 힘들게 살았습니다. 아버지가 준 종잣돈 다 까먹고는 양주의 허름한 여관방에서 병들어 누웠을 때 지은 시가 〈정야사〉, "고개 들어 밝은 달을 바라보고, 고개 숙여 고향을 생각한다" 아닙니까? 집도 절도 없이, 기댈 만한 일가친척 하나 없이, 도와줄 친구 하나 없이 고단하고 외로운 상태에서 나온 시가 바로 〈정야사〉입니다. 운 좋게 재상 가문의 여식과 결혼을 했다지만 보리 서 말만 있어도 하지 않는다는 데릴사위였어요. 오죽했으면 견디다 못해 깊은 산중으로 도망치듯 도망쳐서 지은 시가 〈산중문답〉 아닙니까? "왜 이런 산중에서 사냐구요? 그냥 허허 웃지요. 복사꽃 흐르는 물 따라 아득히 흘러가는 곳, 이곳이 별천지인 걸요." 이런 모든 어려움을 이겨낼 수 있는 유일한 길이 벼슬길인데 그게 매번 좌절되는 거예요. 이런 작품을 위선으로 본다면 너무 이백에게 가혹한 것 아닐까요? 아니 이백의 시를 사랑하는 모든 사람들에게 너무 가혹한 것 아닐까요?

천년비책, 한시를 다시 읽다

이 글은 KBS 1 TV 아침마당 목요특강에서 강연한 내용이다.

안녕하십니까?

요즘 중국에 대한 관심들이 높아서 중국 여행도 많이 하고 중국어도 많이 배우고 있지요? 간단한 중국어 한마디 해볼까요? 안녕하세요? 예, 니하오! 좋습니다. 감사합니다. 시에시에, 세세가 아니라 시에시에. 중국어는 고저장단, 성조라는 것이 있어서 듣기가 아주 좋아요. '니하오', 가 아니라 '니하오',(Nǐ hǎo) '세세'가 아니라 '시에시에',(Xiè Xie) 한번 도전해보시기 바랍니다. 생쥐 한 마리가 고양이에게 쫓기다가 잡힐 찰나에 간신히 구멍으로 피해 들어갔습니다. 고양이가 포기하고 떠나가기를 한참을 기다렸죠. 얼마 후 고양이가 아주 싫어하는 개가 짖는 소리가 구멍 가까이에 들렸습니다. 당연히 고양이가 자리를 떴을 것이라고 생각한 쥐는 느긋하게 구멍을 나섰습니다. 그런데 이게 웬일입니까? 고양이가 구멍 앞에 딱 지키고 있다가 잽싸게 낚아채는 게 아닙니까? 그러면서 고양이가 하는 말, "이래서 먹고 살기 어려운 시절에는 외국어 한두 마디는 배워야 한다니까." 개가 짖은 것이 아니라 고양이가 개 짖는 소리를 낸 겁니다. 다들 살기 어렵다고 합니다. 그러니 이참에 여러분도 외국어 한두 마디씩 배워보시기 바랍니다. 특히 중국어는 여러모로 유용할 테니 한번 작심을 하고 배워보시기를 권합니다.

오늘 제가 중국과 관련된 상품으로 들고 나온 것은 중국의 고전시가입니다. 보통 '한시'라고 부르는 중국의 옛 시들이죠. 중국 사람들은 시를 참 좋아합니다. 그것도 현대시보다는 옛날 시를 아주 좋아합니다. 그래서 중국을 시의 나라 '시국詩國'이라고 말하기도 하지요. 오늘 아침에는 중국의 유명한 옛날 시 몇 편을 배워보자고요. 한자로 되어 있어서 좀 어려울 것이라고 생각하세요? 근데 걱정 안 하셔도 됩니다. 어려운 시들은 중국인들도 좋아하지 않아서요, 유명한 시들은 대체적으로 쉽습니다. 이 시를 한번 보세요. 당나라 때 왕지환王之渙이라는 시인이 황하 옆에 세워진 〈등관작루登鸛雀樓〉라는 높은 누각에 올라가서 지은 짧은 시입니다.

관작루에 올라

밝은 해는 서산에 기울고
황하는 바다 쪽으로 흘러간다.
천 리 끝까지 바라보고 싶어
다시 한 층 더 오른다.

白日依山盡, (백일의산진)

黃河入海流。(황하입해류)

欲窮千里目, (욕궁천리목)

更上一層樓。(갱상일층루)

　시인이 복층으로 된 관작루에 올랐습니다. 아직은 아래층입니다. 그런데 붉은 해가 서산에 걸려 노을이 아름답고 그 노을 진 하늘 아래로 멀리 강물이 유장하게 흘러가는 장엄하고 아름다운 풍경이 펼쳐집니다. 아, 아름답고 장엄하도다! 실컷 안복을 누렸습니다. 같이 올랐던 사람들이 이젠 충분히 보았으니 그만 내려가자고 합니다. 그런데 시인이 고집을 부립니다. 아니다, 나는 이것으로 충분치 않다. 더 멀리 천 리 끝까지 바라보고 싶다. 그래서 한 층 더 올라가야겠다! 친구들이 말합니다. 올라가봤자 뭐 특별할 것도 없을 것이다. 해도 다 저물었지 않느냐. 자, 시는 이렇게 끝났습니다. 여러분이 이 시의 뒷부분을 쓰실 차례입니다. 친구들의 만류를 뿌리치고 시인이 한 층 한 층 올라서 관작루의 끝까지 올랐습니다. 어떤 일이 벌어졌을까요? 예, 맨 꼭대기에 올랐더니 아 글쎄 분명히 아래 낮은 곳에서 볼 때는 앞산에 걸려서 다 진 줄 알았던 태양이 산 너머에서 아직도 환히 빛나고 있는 겁니다. 그 태양이 저 멀리 바다 쪽으로 질주하는 강물과 만나서 더 장엄하고 황홀한 풍경을 만들고 있는 겁니다. 천리만리 새로운 지경이, 새로운 세상이 펼쳐진 것이죠.

　그래서 이 시는 현재 성과에 안주하지 않고 더 높은 성과, 더 높은 경지로 나아가기 위해 노력하는 진취적인 사람들을 고무하는 깃발로 쓰인 시입니다. 2014년 7월 우리나라를 방문했던 시진핑 중국 국가주석이 이 시를 인용했습니다. 무슨 뜻이었겠습니까? 예, 한중 관계가 그동안 많은 성과를 이루었지만 이에 만족하지 말고 다시 더 나은 관계로, 더욱 성숙한 관계로 나아가자는 메시지를 담고 있는 것이라 하겠지요?

저는 이 시를 또 다른 관점에서 봅니다. 특히 요즘처럼 평생학습 사회에서 이 시가 갖는 의미는 남다릅니다. 서산에 해가 기운다는 첫 구절에 주목해보면 그렇습니다. 비록 서산에 해가 기우는 시간일지라도 새로운 세상을 꿈꾸면서 한층 더 오르는 것, 새로운 지평을 열기 위해 진취적으로 나아가는 것에는 나이가 장애가 될 수 없다는 것이죠. 늦은 나이에 새롭게 무엇인가를 배우기 위해 노력하는 여러분에게 누군가가 무엇하러 그렇게 힘들게 사냐고 묻거든 이 시를 인용해서 말해주십시오. "천 리 끝까지 바라보고 싶어서, 지금 다시 한 층 오른다" 이렇게 말입니다. 중국어로 하자면 "껑 상 이 청 러우!(Gèng shàng yī céng lóu)"입니다. 한번 해볼까요? "껑 상 이 청 러우!"

어느 날 공자님께서 뜰에 서 계셨습니다. 그런데 아들 백어가 뜰을 지나가다가 아버지를 뵈었습니다. 늘 엄격하신 아버지시라 인사를 하고 어려운 마음으로 종종걸음으로 지나쳐 가는데 공자님께서 아들을 부릅니다. "아들아, 공부 열심히 하고 있느냐?", "예, 열심히 하려고 합니다만 잘되지 않아 늘 죄송스럽습니다." 그러자 공자님께서 다시 묻습니다. "아들아, 너는 시를 배웠느냐?" 여기서 말한 이 '시'는 공자가 편찬한 '시경'을 두고 하는 말입니다. 전래된 수많은 민요나 조정의 예식에 쓰이는 여러 노래들 중에서 가려 뽑아 시선집으로 만든 것이 바로 '시경'입니다. 옛날에는 그냥 '시'라고 불렀는데, 후에 이를 높여서 '경전'이란 의미로 '시경'으로 부르게 된 것이죠. "너는 내가 편찬한 시경을 배웠느냐?" 그러자 백어가 머리를 긁적이며 말합니다. "아직 배우지 못했습니다." 그러자 공자님께서 단호한 음성으로 이렇게 말합니다. "시를 배우지 않으면 말할 줄 모르게 된다." "불학시不學詩면 무이언無以言이라.", 공자님 음성으로 해볼까요? "부쉬에스으~우이에~엔."(Bù xué Shī Wú yǐ yán) 무슨 말입니까? 시를 익히지 않으면 말을 못하다니요? 여기서 말은 리더로서의 말입니다. 리더로서 남을 설득할 수 있는 말, 남을 감화할 수 있는 말, 남을 이끌고 나갈 수 있는 말을 할 수 없다는 것이죠. 백어는 공자의 이 말씀을 듣고 돌아가서 열심히 시를 익혔습니다.

이 '시를 배우지 않으면 말을 할 수 없다'는 공자의 이야기가 중국 사회에서 시를 존중하고 학습하는 전통을 만들었다고 할 수 있습니다. 그래서 중국의 많은 정치가들이 다 시를 열심히 익히고 썼지요. 이 전통은 지금까지도 면면히 이어져서 중국 국가 지도자들이 연설에 앞서 항상 옛 시를 인용하는 것을 종종 볼 수 있습니다.

이제 다른 시 한 수 볼까요? 이 시 역시 중국인들이 아주 사랑하는 시이고, 리더들이 종종 인용하는 시입니다. 여러분이 잘 아는 시성 두보가 태산에 올라가 지은 시〈망악望嶽〉입니다. 조금 길어서 우리말로 번역한 것으로 읽어보겠습니다.

태산을 바라보며

태산은 대저 어떠한가

제와 노에 걸쳐 그 푸름이 끝이 없구나.

조물주는 신령함과 수려함을 모아놓았고

산의 남북은 어두움과 밝음이 다르도다.

씻긴 가슴엔 높은 구름이 일고

터질 듯한 눈으로 새들이 날아 돌아온다.

언젠가 반드시 저 꼭대기에 올라

자그마한 뭇 산들을 한번 굽어보리라.

岱宗夫如何? (대종부여하)

齊魯青未了。 (제로청미료)

造化鍾神秀, (조화종신수)

陰陽割昏曉。 (음양할혼효)

蕩胸生曾雲, (탕흉생층운)

決眦入歸鳥。 (결자입귀조)

會當淩絕頂, (회당능절정)

一覽衆山小。 (일람중산소)

이 시는 두보가 젊은 시절 과거시험에 응시했다가 낙방하고서 그 좌절감을 이기지 못하고 이곳저곳 여행하면서 방황하다가 마침내 태산에 올라서 자신의 방황의 마침표를 찍고 새로운 결심과 야망을 온 세상에 선포한 시입니다. 두보가 태산을 올라갑니다. 푸름이 끝없이 펼쳐지는 드넓은 태산에는 신령하고 수려한 봉우리들이 가득합니다. 밑에서 올라가는 두보가 바라보니 그 높은 봉우리들은 마치 자신보다 월등하게 앞서 있는 존재들, 선배들, 위인들처럼 보입니다. 내가 저 봉우리들처럼 높은 존재가 될 수 있을까? 나는 과거시험에도 낙방한 초라한 존재가 아닌가? 마침 시원한 바람이 불어옵니다. 그 바람에 울적한 마음, 열패감, 열등감을 다 날려버립니다. 그리고 눈을 부릅뜨고 다시 산봉우리들을 바라보면서 외칩니다. "언젠가 내가 꼭대기에 올라갈 것이다. 그리고 그 높은 자리에서 자그마한 봉우리들을 다 굽어보게 될 것이다." 이렇게 말이죠. 지금은 초라하지만, 지금은 내세울 것이 없지만 기다려라. 언젠가는 내가 절정에, 태산 꼭대기에 서게 될 것이다. 일류가 될 것이라는 선포지요. 시성이 선포했던 이 마지막 두 구절이 수많은 사람들의 가슴을 두드렸습니다. 특히 일류가 되겠다는 꿈을 가지고 노력했던 수많은 사람들을 이끄는 높은 깃발이 되었습니다. 중국의 후진타오 전 국가주석이 미국을 방문해서 이 구절을 인용해서 주목을 받기도 했습니다. 무슨 뜻이겠습니까? 중국이 언젠가는 세계의 가장 높은 봉우리에 올라 온 나라를 굽어볼 것이라는 무서운 속내를 드러낸 것이라고 할 수 있겠죠. 지금도 많은 중국의 젊은이들이 새벽 2시면 어둠을 뚫고 태산을 오릅니다. 그리고 태산 꼭대기에서 떠오르는 아침 태양을 맞으면서 두보의 이 시구를 외칩니다. "후이 땅 링 쥐에 딩, 이 란 쭝 산 시야오!(Huì dāng líng jué dǐng, yī lǎn zhòng shān xiǎo.)"

중국에는 오악이라고 하는 개념이 있습니다. 동서남북, 중앙에 신성한 산 하나씩을 지정해서 황제가 그곳에 올라 하늘에 제사하면서 나라의 태평과 백성의 평안을 기원합니다. 동쪽으로는 동악 태산, 서쪽으로는 서악 화산, 북쪽으로 항산, 남쪽으로 형산, 그리고 가운데 중악, 소림사로 유명한 숭산입니다. 이 오악 중에서 태산을 가장 존귀하게 여깁니다. 동쪽에 있는 곳이기 때문이죠. 동쪽은 머리가 있는 곳이고 태양이 떠오르는 곳이니까요. 그래서 태산을 가리켜 '오악독존五嶽獨尊', 오악 중에서도 홀로 존귀하다고 칭송합니다. 이른바 엘리트 중에서도 최고 엘리트인 것이죠. 이 태산에 올라서 자기 꿈을 외치는 젊은이들은 엘리트 중에서도 최고의 엘리트를 꿈꾸는 셈이지요. 우리 젊은이들에게도 이런 공간, 자신의 꿈을 선포할 수 있는 공간이 있었으면 얼마나 좋을까 하는 부러운 생각이 듭니다. 여러분도 나중에 자녀들, 손자들 데리고 태산에 한번 올라가보시기 바랍니다. 그리고 그 태산 꼭대기에서 온 세상을 향해 자신의 꿈을 선포하도록 권유해보시기 바랍니다. 내가 하고 싶은 일, 내가 잘하는 일, 어느 분야에서든 내가 최고가 되겠다는 그런 대단한 꿈을 우렁차게 선포하게 하는 겁니다. 태산은 산동성에 있어서 우리나라와 아주 가깝습니다. 공자의 고향인 곡부도 가까이 있으니 겸사겸사해서 한번 다녀오면 교육적으로 아주 의미가 있는 여행이 될 겁니다.

여러분도 잘 아시는 이태백도 이곳 태산에 올라서 멋진 시구를 남기고 있습니다. 이런 시구입니다.

태산 남문에서 휘파람을 길게 불었더니
만 리 멀리에서 청풍이 불어오는구나,

南門一長嘯, (남문일장소)
萬里淸風來。(만리청풍래)

태산 남문에 우뚝 서서 세상을 향해 나 이태백이 여기 있다 하고 한번 소리쳤더니 만 리 멀리 세상 끝에서도 내 한 소리에 호응하여 갈채를 보낸다 이런 내용입니다. 이 시 역시 이백이 아직은 뜻을 얻지 못한 어려운 상황에서도 그 형편에 주눅 들지 않고 호기롭게 자신의 존재감을 드러낸 시입니다. 내가 세상을 향해 한번 포효하면 온 세상이 나를 주목할 것이다. 앞서 살펴본 젊은 두보가 쓴 시 "언젠가 태산의 꼭대기에 올라 작은 산들을 굽어보리라" 한 것과 유사합니다. 그래서 이 두 시구는 모두 우리에게 꿈을 주문한 것이라고 할 수 있습니다. 지금 당장은 초라할지라도, 지금 당장은 무명한 존재일지라도 내 꿈만큼은 초라하지 않습니다, 내 꿈만큼은 태산처럼 높고 커서 온 세상을 덮을 정도라는 겁니다.

저는 우리 젊은이들이 이 두 구절을 자신의 꿈을 세우고 꿈을 향해 나가는 깃발로 잘 활용했으면 합니다. 천 년이라는 세월 동안 이 깃발에 기대어 꿈을 향해 질주했던 수많은 역사적 위인들과 함께 말이죠.

중국 춘추시대 초나라 장왕莊王 이야기를 들려드리겠습니다. 초나라 장왕이 임금이 되었습니다. 그런데 장왕은 정치에는 아무런 관심도 없습니다. 오직 자기를 따르는 아첨꾼들, 간신배들과 어울려 향락을 즐기는 일에만 푹 빠져 있습니다. 걱정하는 신하들이 간언을 하고 충고를 하면 족족 잡아서 감옥에 처넣습니다. 3년이 지나자 임금의 주위에는 간언을 하는 신하는 없어지고 나라는 점점 어려워졌습니다. 어느 날 한 신하가 장왕을 찾아와 알현을 요청했습니다. 장왕이 그에게 말합니다. "지금껏 나에게 충고한 자들은 모두 곤욕을 치렀소. 그러니 조심하는 게 좋을 것이오." 그러자 그 신하가 손을 내저으면서 말합니다. "아닙니다. 저는 간언을 드리려고 온 것이 아닙니다. 대왕께서 수수께끼를 좋아하신다 해서 수수께끼 하나를 가지고 왔습니다. 저 먼 남방에 큰 새 한 마리가 살고 있습니다. 이 새는 아주 커서 날개가 하늘을 가릴 정도입니다. 그런데 이 새가 희한하게도 3년 동안 날지도, 울지도 않고 있습니다. 대왕께서는 이 새가 무슨 새인지 알고 계십니까?" 이 이야기를 듣자 장왕이 빙그레 웃습니다. 그러고는 말합니다. "나는 이 새를 잘 알고 있지요. 이 새가 3년 동안 날지 않은 것은 아직 날개가 다 자라지 않아서요, 그리고 3년 동안 울지 않은 것은 세상을 조용히 관찰하기 위함이었소. 이 새는 날지 않았으면 날지 않았지 한번 날았다 하면 하늘 끝까지 오를 것이요, 울지 않았으면 울지 않았지 한번 울었다 하면 세상 사람들을 모두 놀라게 할 것이요." 여기서 나온 성어가 '한번 울어서 사람들을 놀라게 하다'라는 뜻의 '일명경인一鳴驚人'입니다. 평소 조용하게, 존재감 없이 지내던 무명한 존재가 어느 날 놀라운 성취와 존재감으로 사람들을 깜짝 놀라게 하는 일을 말합니다. 초 장왕은 반년 후에 자신을 따라다니면서 온갖 비리를 저지르던 간신배들을 일망타진합니다. 그리고 현신을 등용하여 국정을 혁신하고 강력한 군대를 길러서 당시 가장 강력했던 진晉나라, 제齊나라를 누르고 패자의 자리에 오릅니다. 이른바 춘추시대 가장 강력했던 다섯 명의 제후인 춘추오패에 들게 됩니다.

두보와 이백의 시, 초 장왕의 고사가 말해주는 것은 모두 꿈을 말하는 겁니다. 우리 모든 젊은이들이 이렇게 자신의 존재를 유감없이 드러내겠다는 야무진 꿈을 가질 수 있도록 여러분께서 많이 격려해주시고 이끌어주시기 바랍니다.

태산 이야기가 나왔으니 태산과 관련된 다른 이야기 하나 해볼까요? 태산은 높을 뿐 아니라 넓기도 한 산이거든요. 그래서 리더가 갖추어야 할 넓은 도량, 넓은 가슴을 이야기할 때 이 태산을 빌려서 설명합니다. 진시황의 승상으로 유명한 이사李斯가 이런 말을 했어요.

태산은 한 줌 흙일지라도 양보하지 않았기 때문에, 저렇게 크고 높아
질 수 있었다. (泰山不讓土壤, 故能成其大。)

태산이 태산이 될 수 있었던 것은 단단한 흙, 고운 흙, 붉은 흙,
검은 흙, 된 흙, 질척한 흙 이런저런 흙이 모인 덕분입니다. 만일
붉은 흙은 제외하고 된 흙은 골라내는 식으로 가려서 모았다면 태
산의 높이와 크기가 불가능했겠지요. 그래서 태산처럼 큰 리더가
되려면 태산이 그랬던 것처럼 넓은 가슴으로 다 품을 줄 알아야
한다는 겁니다. 자기와 생각이 다르다, 취향이 다르다 해서 다 털
어내고 가리고 하다보면 큰 리더가 되긴 어렵다는 것이죠. 넓은
가슴을 가진 임금의 옛날이야기 하나 들려드리겠습니다.

당나라 현종의 이야기입니다. 현종은 여러분도 잘 아시지요?
양귀비와 정신없이 놀다가 나라를 망친 어리석은 임금입니다만,
현종이 본래부터 그랬던 것은 아닙니다. 정권 초기에 그는 아주 근
면하고 지혜로운 현군이었습니다. 그가 통치했던 개원 시절을 중
국 역사상 가장 휘황한 시절로 말할 정도로 훌륭한 정치를 했던 현
군이었던 것이지요. 이 이야기는 그가 양귀비에 빠져 나라를 망친
혼군 시절이 아닌, 근면하고 지혜로운 현군 시절의 이야기입니다.

현종에게는 소숭과 한휴라고 하는 두 명의 재상이 있었습니다.
이 두 재상은 스타일이 아주 달랐습니다. 소숭은 매사 황제에게
순종적이었습니다. 모든 일에 황제의 생각을 따랐고 황제의 의견
에 반대한 적이 없었습니다. 그래서 현종은 소숭과 함께 일을 할

때는 항상 즐거웠습니다. 그런데 한휴는 정반대였습니다. 사사건 건 현종과 맞섰습니다. 폐하, 안 됩니다. 고정하십시오. 지금 그러 실 때가 아닙니다. 그래서 현종은 한휴와 함께 국정을 논의하는 자리에서 매번 지독하게 피곤해 했습니다. 주변 신하들이 한휴를 재상에서 파하라고 주청했습니다. 그러자 현종이 말합니다. "내가 소승과 함께 하루 종일 즐겁게 일을 마치고 돌아오는 날에는 희한 하게도 잠을 이룰 수가 없다. 내가 혹여 무슨 놓친 것은 없을까 하 는 불안감으로 잠을 이룰 수가 없다. 그런데 한휴와 하루 종일 싸 우고 돌아온 날에는 나는 아주 편안한 마음으로 단잠을 이룬다. 이것이 내가 한휴를 파하지 못하는 까닭이다."

어느 날 현종은 궁궐에서 잔치를 벌입니다. 그런데 그 향락의 도가 좀 지나쳤던 모양입니다. 한참 잔치를 즐기던 현종이 신하들 에게 묻습니다. "우리가 좀 지나치게 논 것 아닐까? 혹시 이 일을 한휴가 알고 있는 것 아닌가?" 이 물음이 끝나기도 전에 황제의 일락을 비난하는 한휴의 상소문이 도착했습니다. 상소문을 읽은 현종은 기분이 심히 불쾌해져서 잔치를 즉시 파하고 내전으로 돌 아왔습니다. 그리고 거울 앞에 서서 바라보니 그 거울에는 정무에 지친 파리하고 수척한 황제의 모습이 보입니다. "내가 참 수척해 졌구나" 하고 자신도 모르게 중얼거리는데, 그 틈을 타서 또 아첨 하는 신하가 말합니다. "폐하, 한휴를 재상에서 파하십시오. 한휴 가 재상이 된 이후로 황제께서 하루도 편히 쉬시지 못했습니다. 보십시오. 수척해지신 폐하의 용안을 말입니다." 그러자 현종이 말합니다. "그렇다. 한휴 때문에 나는 수척해졌다. 하지만 나 임금이 수척해졌기 때문에 그로 인해 천하 백성은 살찌지 않았는가. 바로 이 때문에 내가 한휴를 중용하는 것이다." 여기서 나온 고사성어가 "임금이 수척하니 천하가 살찐다"는 뜻의 '군수천하비君瘦天下肥'입니다. 한 집단 내에서 누군가 리더를 고민하게 하고 수척하게 만든다면 걱정할 일이 아닙니다. 바로 그 덕에 집단이 더욱 건강해지고 더욱 성장하게 될 테니 말입니다. 현종은 자신을 수척하도록 괴롭히는 신하마저도 다 수용하는 넓은 마음의 리더, 태산과 같은 리더였던 것이지요.

이야기가 고사성어로 갔네요. 이제 다시 한시로 돌아갑니다. 이제는 좀 다른 풍격의 시들을 만나볼까요? 당나라 시인 두목이라는 시인이 지은 〈청명淸明〉이라는 봄 시입니다. 마침 봄이 오고 있는 길목이니 이 시가 좋을 듯합니다.

청명

청명이라 부슬부슬 비가 내리는데
길 가는 나그네 외로워 마음 자지러진다.
주막집 있는 곳 어디쯤이냐 물으니
목동은 저만치 살구꽃 핀 마을을 가리킨다.

淸明時節雨紛紛,　(청명시절우분분)
路上行人欲斷魂。　(노상행인욕단혼)

借問酒家何處有，（차문주가하처유）

牧童遙指杏花村。（목동요지행화촌）

청명은 전통적으로 온 가족이 함께 모여 조상의 묘를 성묘하고 함께 봄놀이도 즐기는 명절입니다. 그런데 이런 좋은 절기에 시인은 홀로 먼 나그네 길에 올라 있습니다. 한창 가족이 그리워 외로운데 그 외로운 감정을 부채질하듯 봄비까지 분분히 흩날립니다. 마음이 무너질 듯 위태롭습니다. 그래서 시인은 마침 지나가던 목동에게 급히 술집이 어디 있느냐고 묻습니다. 목동이 가리키는 방향을 바라보니 그곳에 살구꽃이 활짝 핀 마을 어귀에 주기를 휘날리는 술집이 보입니다. 살구꽃 활짝 핀 봄날 분분히 날리는 봄비를 맞으면서 술집을 향해 허정허정 걸어가는 나그네의 모습이 환히 그려지는 시입니다. 아름답기도 하고 애잔하기도 하지요? 자, 이 시의 후반부도 여러분이 써야 합니다. 술집에 당도한 나그네가 무얼 할까요? 예, 우선 술 한잔 청해서 목을 축이면서 마음을 달래겠지요? 국밥도 한 그릇 주문해서 허기도 채울 겁니다. 그리고 다리를 뻗고 한숨 잠도 자겠지요. 그러고 나서는요? 예, 주모와 눈이 맞아 살림을 차릴 수도 있겠지만(웃음), 그거야 아주 특수한 경우겠고, 이제 한잔 술로 한 그릇 국밥으로 마음을 추스르고 몸을 쉬게 한 나그네는 더 튼튼해진 몸과 마음으로 예정된 목적지를 향해 힘찬 발걸음으로 나아갔을 겁니다. 살구꽃 핀 마을을 나서는 씩씩한 나그네의 모습을 상상할 수 있습니다. 우리 모두는 이 나그네처럼 길 위의 나그네입니다. 때론 외로움에 젖고 때론 비에 젖어서 위태롭게 흔들릴 때도 많습니다. 이런 때 무엇이 필요할까요? 맞습니다. 바로 살구꽃 핀 마을에 자리한 주막집입니다. 흔들리는 우리가 쉴 수 있는 공간, 힐링의 공간이 필요한 것이죠. 이 행화촌의 주막집은 사람마다 다 다르겠지요. 누군가에게는 문자 그대로 술집이 휴식의 공간이 되기도 할 것이요, 누군가에게는 취미나 여행이, 누군가에게는 종교가, 그리고 누군가에게는 좋은 친구가 행화촌의 주막처럼 휴식의 공간, 힐링의 공간이 될 것입니다. 여러분에게도 그런 친구가 있다면 다음에 만나 이렇게 말해보십시오. 살구꽃 핀 마을에 있는 주막 같은 내 친구여! 이렇게 말이죠. 다양한 휴식의 공간 중에서 저는 한시를 휴식의 공간으로 제안합니다. 한시에는 우리가 쉴 수 있는 자연이 그대로 살아 있기 때문입니다.

송나라 때 유명한 화가인 곽희는 산수화에 대한 설명에서 다음과 같이 말했습니다. "우리는 자연 속에 있을 때 성정을 도야하고 행복할 수 있다. 그런데 우리는 너무 바빠서 자연을 찾아갈 여유가 없다. 그래서 명산대천을 그린 산수화를 걸어놓고 조석으로 바라보면서 마음으로 산수에서 노니는 것이다." 산수화 속에는 인물들이 있습니다. 탁족을 하는 사람도 있고 폭포를 바라보거나 솔방울로 차를 달여 마시는 사람들도 있습니다. 그 자리는 바로 그 산수화를 감상하는 사람들을 초대하는 자리입니다. 그곳으로 우리의 정신이 잠시 다녀오는 겁니다. 가서 폭포수로 가슴을 씻고 맑은 바람으로 정신을 씻는 것이지요. 그러면 우리 마음이 건강해지고 마음을 따라서 몸도 건강해집니다.

이 산수화처럼 한시는 우리의 맘을, 우리의 영혼을 쉬게 할 수 있습니다. 왜냐하면 한시에는 산수화가 묘사한 청정한 자연이 여전히 살아 숨 쉬고 있기 때문입니다. 산수시로 유명한 당나라 시인 왕유의 시 〈산거추명山居秋暝〉을 볼까요?

산촌의 가을 저녁

빈산에 새로 비 내린 후

저물녘 완연한 가을 날씨라.

밝은 달은 소나무 사이로 비치고

맑은 샘물이 돌 위로 흘러가네.

대숲 길로 빨래하는 여인들 수런대며 돌아가고

연잎을 흔들며 고깃배 내려간다네.

꽃들이야 제멋대로 다 졌어도

나는야 이 산중에 오래오래 머물러 있으려네.

空山新雨後, (공산신우후)

天氣晚來秋。 (천기만래추)

明月松間照, (명월송간조)

清泉石上流。 (청천석상류)

竹喧歸浣女, (죽훤귀완녀)

蓮動下漁舟。(연동하어주)

隨意春芳歇，(수의춘방헐)

王孫自可留。(왕손자가류)

　막 비가 개인 가을날 저녁의 맑고 그윽한 경치가 그림처럼 우리 앞에 펼쳐지고 있습니다. 이 시가 펼쳐놓은 자연의 풍경 속으로 들어가서 쉬면 됩니다. 구름 걷힌 하늘의 밝은 달이 이제 막 비에 씻긴 깨끗한 소나무 가지 사이로 비추고, 달빛 받아 하얗게 빛나는 돌 위로 맑은 샘물이 흘러갑니다. 그곳 어딘가에 자리를 정해두고 달빛으로 눈을 씻고 솔내음으로 코를 씻고, 맑은 샘물로 입을 씻고, 돌 위로 흐르는 물소리로 귀를 씻는 것이지요. 빨래하며 돌아가는 여인들처럼 우리의 마음도 깨끗해지고 흔들흔들 내려가는 고깃배처럼 우리의 분망했던 삶도 여유롭게 될 것입니다. 그야말로 휴식의 공간, 힐링의 공간이 되는 거지요.

　이미 오랜 세월 함께 공유해서 우리의 문화가 되었던 이 한시들을 다시 불러내서 그 한시들이 갖는 힘을 누리는 것은 지혜로운 일입니다. 이들 한시를 통해 중국의 문화를 이해할 수도 있고, 우리의 기상을 격려하고 마음을 성찰할 수도 있습니다. 우리 곁에서 멀리 떠나가버렸지만 최근 중국과의 빈번한 교류 속에서 소환되고 있는 한시를 다시 주목하여 바라볼 수 있기를 바랍니다.

한시로 전하는 위로

이 글은 KBS 1 라디오 〈생방송 주말 저녁입니다〉에서 2020년 가을 추석 특집으로 진행한 '갈 수 없는 고향' 편에 참여하여 대담한 것이다. 당시 코로나 확산으로 추석임에도 고향에 가지 못하는 상황을 고려하여 편성한 것이어서 고향과 가족에 대한 그리움을 주제로 한 한시를 소개하며 대담을 진행했다.

사회자 먼저 중국 한시 전문가이신 한국방송통신대학교 김성곤 교수님을 모시고 시선詩仙 이백과 시성詩聖 두보의 삶과 시를 나눠보겠습니다. 교수님 안녕하세요. 그동안 국내에 수많은 한시를 번역해서 소개해주셨어요. 언제부터 한시에 관심을 두신 건가요? 한시의 매력을 꼽아주신다면요?

김성곤 대학교 때 학과 교과과정에 중국 한시 과목이 있어서 공부하게 됐는데, 그때부터 한시의 명구들에 매료됐던 것 같습니다. 그래서 자연스럽게 한시를 전공으로 삼게 됐습니다. 사람마다 한시를 보며 느끼는 매력이 다를 텐데요, 저 같은 경우는 우선 한시가 그리는 그림 같은 세계가 너무 아름다웠어요. "밝은 달이 소나무 사이를 비추고, 맑은 샘물이 바위 위를 흘러간다(明月松間照, 石上淸泉流)" 당나라 시인 왕유의 시인데요, 이런 시를 읽다보면 마치 내 몸이 달빛 아래, 맑은 샘물 가에 서 있는 느낌이 들어요. 한시에는 이런 친자연적인, 오염되지 않은 맑고 서늘한 자연이 가득 들어 있어요. 그래서 유독 좋아했습니다. 또 형식적인 면에서 보자면 한시는 음의 고저장단을 활용한 운율이 있어요. 이 운율을 따라 읽다보면 마치 노래하는 듯 즐거운 느낌을 받아요. 아까 얘기한 왕유의 시를 읽으면 이렇게 됩니다. "명월송간조, 청천석상류", 우리말로 읽으면 이렇게 되지만 이 구절을 한자 고유의 고저장단(사성)을 살려서 읽으면 이렇게 됩니다. "밍 위에 쏭 지엔 짜오, 칭 추완 스 상 리어우.(Míng yuè sōng jiān zhào, qīng chuán shí shàng liú.)" 훨씬 음악적인 느낌이 나죠. 이런 내용적인 회화성, 형식적인 음악성이 한시의 큰 매력인 셈이죠.

사회자 한시를 낭송할 때는 낭송이 있고 음송이 있다고요? 어떤 차이인가요? 조금 예를 들어주신다면?

김성곤 낭송은 한자가 갖고 있는 사성, 즉 음의 고저장단을 따라서 낭낭하게 읽어주는 겁니다. 이렇게만 읽어도 음악적 효과가 살아나서 근사하게 들리죠. 음송은 음악적으로 더욱 한발 나아간 겁니다. 각 한자가 갖고 있는 성조를 조금 더 늘리고 높이고 하면서 과장해서 노래와 비슷하게 만든 겁니다. 예를 들어볼까요. 아까 인용했던 왕유의 시 "밝은 달은 소나무 사이로 비추고, 맑은 샘물 돌 위로 흐른다"를 음송해보면 이렇습니다.

음송 시연 Míng yuè sōng jiān zhào, qīng chuán shí shàng liú.

노래와는 좀 다르죠. 노래는 한자의 성조를 완전히 벗어난 것이지만 음송은 원 성조를 활용한다는 차원에서 다릅니다. 이 음송 방식은 중국에서 예부터 시를 익히고 감상하는 방식으로 전승되어온 건데요, 한동안 잊혀졌다가 다시 복원돼서 광범위하게 한시 교육 현장에서 활용되고 있습니다.

사회자 이제 중국을 대표하는 두 시인 이백과 두보의 시, 그중에서도 오늘이 한가위인 만큼 달에 관한 시를 만나보겠는데요. 흔히 이백을 시선이라고 하고, 두보를 시성이라고 하잖아요. 어떤 의미일까요?

김성곤 시선은 시의 신선이란 뜻입니다. 이백이 지은 시가 인간의 언어가 아닌 하늘 신선들의 언어에 가깝다는 말입니다. 기발한 상상과 과장된 표현으로 인간 세상의 일상의 소소함과 구차함을 훌쩍 뛰어넘기 때문에 사람들은 그의 시를 읽고 황홀해 하고 즐거워하면서 현실이 주는 고통을 잊을 수 있었습니다. 그래서 사람들은 이백을 하늘나라의 신선이었는데 인간 세상으로 귀양 온 적선謫仙

으로 여겼습니다. 하늘의 빛나는 언어를 가져온 신선으로 여깁니다. 시성은 시의 성인이란 뜻입니다. 여기서 성인은 집대성의 의미를 갖습니다. 두보는 역대로 내려온 수많은 시인들의 시적 성과를 집대성해서 시라는 장르를 완성시킨 사람이란 뜻입니다. 시를 내용적으로 형식적으로 완미하게 만든 사람이란 뜻이죠.

사회자 이백을 중국 최고의 시인으로 꼽는 이유는 무엇인지요?

김성곤 그것은 이백의 시가 갖는 대중성 때문입니다. 대중이 좋아하는 일상의 주제들, 예컨대 고향에 대한 그리움, 남녀 간의 사랑 이야기, 친구들의 우정과 술, 황홀한 신선과 도사의 이야기 같은 주제를 아주 쉬운 시어로 표현해서 누구나 쉽게 이해하고 감상할 수 있도록 했습니다. 물론 그 쉬운 표현은 기발한 상상과 과장, 격정과 울분이 더해지면서 문학적인 깊이까지 갖추게 됩니다.

사회자 그중에서도 이백은 달과 술을 사랑한 시인으로 유명하죠. 이백에게 달은 어떤 존재였을까요?

김성곤 이백의 시 속에서 달은 두 가지 의미가 있습니다. 하나는 고향에 대한 진한 그리움을 표현하는 매개물입니다. 이백은 25살 젊은 나이에 고향 사천성을 나와서 61세로 죽을 때까지 한 번도 귀향하지 못합니다. 그래서 그의 작품 속에는 고향에 대한 그리움을 주제로 한 작품이 많은데, 그때마다 항상 등장하는 것이 달입니다. 높이 떠서 내가 머물고 있는 이곳 타향과 돌아가고 싶은 만리 먼 고향을 함께 비추고 있는 달을 보면서 고향과 가족에 대한 그리움을 달래는 겁니다. 달을 통해 고향 가족에 대한 절절한 그리움을 전하고, 또 그 달을 통해 전해지는 애틋한 가족들의 사랑을 상상함으로써 위로를 받는 것이지요.

둘째로 이백에게 달은 진실한 벗의 형상입니다. 조용히 내가 가는 밤길을 비춰주는 달은 나를 잘 이해하기에 묵묵히 나를 응원해주는 참된 벗이 됩니다. 우리가 잘 알고 있는 윤선도의 〈오우가〉의 달이 바로 이런 이미지를 보여줍니다. "작은 것이 높이 떠서 만물을 다 비추니 밤중 광명이 너만한 이 또 있느냐, 보고도 말 아니하니 내 벗인가 하노라." 말이 필요 없을 정도로 나를 잘 아는 벗이라는 말입니다. 자신의 시에 환호하는 대중들에 둘러싸여 있으면서도 이백은 늘 고독했던 모양입니다. 달리 말하자면 이백은 진실한 벗의 표상인 달을 통해 얻기 어려운 세상의 진실한 벗에 대한 갈망을 표현하고 있다고 보면 됩니다.

사회자 그러면 이백의 〈정야사 靜夜思〉를 듣고, 계속 이야기 나눠보겠습니다.

고요한 밤의 그리움

침상에 비치는 밝은 달빛

마당에 서리 내린 줄 알았네.

고개 들어 밝은 달을 쳐다보다

고개 숙여 고향을 생각하네.

정야사 靜夜思

牀前明月光, (상전명월광)

疑是地上霜。 (의시지상상)

擧頭望明月, (거두망명월)

低頭思故鄕。 (저두사고향)

사회자 〈정야사〉, 워낙 유명한 시죠. 어떻게 탄생한 시인가요?

김성곤 이백은 25세에 고향집 사천성을 떠나서 중원 지역으로 갑니다. 고향을 떠날 때 아버지는 그에게 만 관이라는, 지금으로 보자면 약 2억 원에 해당하는 거금을 쥐어줍니다. 이것으로 자금을 삼아서 벼슬길을 알아보라는 것이었죠. 그래서 이백은 그 후로 2년 동안 여러 곳을 다니며 벼슬길을 알아보고 많은 친구들과 교유합니다. 워낙 호탕한 성격이라 씀씀이도 헤퍼서 2년이 지나고 나자 그 많은 돈이 다 떨어졌습니다. 벼슬길도 열리지 않은 상태였고요. 만리타향에서 돈도 친구도 없어졌는데, 게다가 병까지 얻어

드러눕게 되었습니다. 지금 강소성 양주라는 도시, 당나라 때는 최고의 관광 도시였습니다만, 양주의 뒷골목 허름한 여관방에 누워서 시름시름 앓고 있을 때 자신의 침상을 환히 비추는 달빛에 이끌려 뜰로 나갑니다. 뜰에는 달빛이 서리가 내린 듯 환히 부서지고 있습니다. 고개를 들어 하늘 밝은 달을 하염없이 바라보다가 이윽고 고개를 떨구고 고향을 생각합니다. 이렇게 해서 태어난 이 시는 너무나 쉬운 시어로 누구나 느끼는 고향 그리움을 절묘하게 표현해서 대중적으로 크게 환영받게 됩니다. 1,300년 전에 지어진 이 시는 천 년 넘는 세월 동안 고향이 그리운 사람들의 마음을 달래주는 불멸의 시가 되었습니다. 저는 이 시를 설명할 때 조금 더 낭만적인 해석을 덧붙이는데요, 달빛으로 어머니가 찾아와 병든 아들을 일으켜주었다고요. 병들어 신열로 시름시름 앓고 있는 아들의 더운 이마를 서늘한 달빛 손길로 어루만지면서 고향 어머니가 말합니다. "아들아, 너는 내가 태백성, 샛별을 꿈꾸고 낳은 자식이 아니더냐! 장차 하늘의 빛나는 별처럼 될 아이가 아니더냐! 어서 일어나 다시 네 길을 가거라!" 이렇게 말이죠. 그래서 이 시 마지막에서 말한 고향은 바로 고향에 계신 어머니를 뜻하는 것이라고 해석하죠. 어머니야말로 우리 모든 자녀들의 근원적인 고향이니까요.

사회자 그때나 지금이나 달을 보며 어머니, 고향을 그리는 마음은 같았던 거 같네요. 음송 부탁드립니다.

음송

〈정야사靜夜思〉

牀前明月　光　　　疑是地上　霜

擧頭望明　月-　　　低頭思故-　鄕

사회자 이백의 시 〈월하독작月下獨酌〉, 달빛 아래 홀로 술 마시다, 이 시도 유명하지요. 어떻게 탄생한 시인가요?

김성곤 이 시는 이백이 한창 잘나가던 시절에 만들어졌습니다. 오랜 노력 끝에 이백은 당나라 현종 황제에게 불려가서 한림공봉翰林供奉이라는 직책을 받고 황제 곁에서 시문을 짓습니다. 이백의 시의 명성이 장안을 진동했지요. 하지만 그런 환호 속에서도 이백은 외로웠습니다. 자신의 정치적 포부나 재능에는 별로 관심도 없고 시인으로서의 재능에만 환호하고 있는 사람들에게 실망한 탓이었을 겁니다. 이렇게 소란한 군중 속에서 더욱 고독해진 시인이 진실한 벗 달을 초대해서 함께 봄밤을 즐기게 된 것입니다.

사회자 그럼 〈월하독작〉, 달빛 아래 홀로 술 마시다, 함께 들어볼까요?

달빛 아래 홀로 술 마시다

꽃 사이에 놓인 술 한 동이

친한 벗 없어 홀로 마시네.

잔 들어 밝은 달을 초청하고

그림자까지 불러 셋이 되었구나.

달은 술 한 모금 못하고

그림자도 그저 내 뒤만 졸졸,

잠시 이 둘을 데리고서

이 봄날 한껏 즐겨보리라.

내가 노래하니 달이 오락가락

내가 춤을 추니 그림자도 얼씨구,

술 깨 있을 때는 서로 기쁨을 나누고

술 취한 후에는 각자 흩어져 가네.

영원히 변함없는 사귐을 맺어

저 먼 은하수에서 서로 만나기를.

월하독작 月下獨酌 獨酌

花間一壺酒，　(화간일호주)

獨酌無相親。 (독작무상친)

舉杯邀明月，　(거배요명월)

對影成三人。 (대영성삼인)

月既不解飲，　(월기불해음)

影徒隨我身。(영도수아신)

暫伴月將影, (잠반월장영)

行樂須及春。(행락수급춘)

我歌月徘徊, (아가월배회)

我舞影零亂。(아무영영란)

醒時同交歡, (성시동교환)

醉後各分散。(취후각분산)

永結無情遊, (영결무정유)

相期邈雲漢。(상기막운한)

사회자 간단한 설명 부탁드릴까요?

김성곤 좋은 술이 있어도 친한 벗이 없어 홀로 술을 마실 수밖에 없는 이백이 밝은 달을 부르고, 그 달과 함께 찾아온 자신의 그림자와 함께 봄밤을 즐긴다는 기발한 내용입니다. 함께 노래하고 춤추던 이백이 서산으로 기우는 달을 향해 말합니다. 우리 영원히 변치 않는 우정으로 은하수에서 다시 만나자 하지요.

사회자 이백을 왜 '시성'이라 했는지 알 거 같네요. 이제 두보의 이야기를 해보겠습니다. 이백과 두보 모두 최고의 시인으로 꼽히지만, 살아온 삶이나 추구하는 시의 세계는 달랐던 거 같네요.

김성곤 이백이 당나라 최고의 전성기를 살면서 자유분방하고 격정적인 시를 써냈다고 한다면, 두보는 당나라가 전쟁으로 기울던 시기에 활동하면서 쇠망해가는 나라와 도탄에 빠진 백성들에 대한 염려를 담은 침울한 시를 써냈습니다. 그래서 둘은 시의 분위기가 많이 다릅니다. 하지만 둘은 둘도 없이 친한 벗이었습니다. 11살 많은 이백과 친밀한 교류를 통하여 두보는 더욱 성숙한 문학의 세계로 나가게 됩니다.

사회자 시인 두보는 가족을 그리워하는 애틋한 마음을 〈월야月夜〉에 담았는데요, 먼저 들어볼까요?

달밤

오늘 밤 부주에 뜬 달

규중에서 혼자서 바라보고 있겠지.

멀리 가엾은 어린것들

장안을 그리워하는 엄마의 마음 알 리 없겠지.

향기로운 밤안개에 구름 같은 머리카락이 젖고

맑은 달빛 아래 옥 같은 팔은 시리울 터.

어느 때나 달빛 비치는 휘장에 기대어

함께 달빛에 마른 눈물자국 비추어 보리오.

월야月夜

今夜鄜州月, （금야부주월）

閨中只獨看。 （규중지독간）

遙憐小兒女, （요련소아녀）

未解憶長安。 （미해억장안）

香霧雲鬟濕, （향무운환습）

清輝玉臂寒。 （청휘옥비한）

何時倚虛幌, （하시의허황）

雙照淚痕乾。 （쌍조루흔간）

사회자 정말 애틋하네요. 어떻게 지어진 시인가요?

김성곤 당나라를 근본적으로 흔든 안녹산의 난이 일어나 장안이 함락되는 바람에 현종은 양귀비를 데리고 피난길에 나섭니다. 이 혼란한 시기에 두보도 가족을 데리고 피난길에 오릅니다. 부주라는 동네에 도착해서 가족을 안돈시킬 무렵, 현종에 이어 황제가 된 숙종이 장안 북쪽에서 행재소를 차리고 관군과 신하들을 재정비하여 장안 탈환을 준비하고 있다는 소식을 듣고 두보는 그리로 향합니다. 하지만 가는 도중 안녹산의 군대에 포로로 잡혀 장안에 연금됩니다. 이 시는 이렇게 장안에 연금되어 있는 상태에서 멀리 피난 가 있는 가족을 그리워하며 지은 시입니다. 먼 타향 부주에서 홀로 달을 보면서 장안에 있는 자신을 그리워하고 있을 부인을 상상하면서 지은 시입니다. 전쟁의 시절에 홀로 있게 만든 것이 너무 미안해서 두보는 달빛 아래 서성이는 부인의 모습을 아름답게 묘사합니다. 향기롭고 탐스러운 머리칼과 백옥처럼 하얀 팔을 가진 미인으로 그리고 있지요. 이 구절 때문에 사람들은 두보의 부인이 대단한 미인이었을 것이라고 추측하기도 합니다. 어느 때나 달빛 창가에 기대어 서로의 눈물 자국 마른 것을 달빛에 비춰보리요? 이 절절한 소원은 1년이 지난 뒤에야 이루어집니다. 우여곡절을 거쳐 숙종의 행재소에서 관리로 봉직하던 두보는 휴가를 받아 가족을 찾아가 1년 만에 감격적인 재회를 하지요. "밤 깊어 촛불을 대하여 마주하니 마치 꿈만 같구나"라는 시를 남깁니다.

사회자 올 추석에는 고향에 가지 못하지만 같은 달을 바라보며 가족의 건강과 행복을 비는 마음은 다 같았을 거 같습니다. 오늘 함께해주셔서 감사합니다. 끝으로 오늘 시간 마무리하면서 한 말씀 부탁드립니다.

김성곤 송나라 시인 소동파가 쓴 〈수조가두水調歌頭〉라는 작품은 중추절의 달빛 아래서 그리운 동생에게 쓴 노래입니다. 거기에 이런 내용이 있어요.

인생에 슬픔, 기쁨, 헤어짐, 만남이 있는 것은
달에 흐림과 밝음, 둥긂과 기욺이 있는 것과 같다네.

어찌 좋은 일만 있을 수 있는가.

그저 바라기는 건강하게 오래오래 살아서

천 리 멀리 떨어져서도 저 아름다운 달을 오래토록 함께 보세나.

人有悲歡離合，　(인유비환리합)

月有陰晴圓缺，　(월유음청원결)

此事古難全，　　(차사고난전)

但願人長久，　　(단원인장구)

千里共嬋娟。　　(천리공선연)

다시 둥근 달 아래서 함께 모여 기쁨을 나눌 때까지 모두 건강하게 지내시길 바랍니다.

단원인장구但願人長久, 천리공선연千里共嬋娟!

2.4

우기충천牛氣衝天! 흰 소가 온다

이 글은 KBS 1 라디오 〈생방송 주말 저녁입니다〉에서 진행한 2021 설날 특집 '우기충천, 흰 소가 온다' 편에 참여하여 대담한 것이다. '우기충천'은 '소의 기운이 하늘을 찌른다'는 뜻으로 신축년을 맞아 새로 만든 신조어이다. 기운이 왕성하고 사업이 흥왕할 것을 기원하는 축복의 말이다. 신축년 새해를 맞아 코로나로 인한 위축된 마음을 떨치고 다시 힘차게 달려가자는 뜻을 담았다.

사회자 〈생방송 주말 저녁입니다〉에서 준비한 2021 설날 기획, "우기충천 ! 흰 소가 온다" 한시 전문가인 김성곤 한국방송통신대학교 교수와 함께합니다. 신축년, 흰 소의 해를 맞아 소와 관련된 고사성어를 알아보고요. 그 안에 깃든 오늘을 살아가는 지혜와 교훈도 배워보겠습니다.

교수님, 어서 오세요. 지난 해 9월 추석 때 뵙고 5개월 만이네요. 반갑습니다. 추석 때는 '갈 수 없는 고향'이란 주제로 이백과 두보의 아름다운 시로 고향에 갈 수 없는 마음을 달래주셨는데요. 안타깝게도 여전히 '함께할 수 없는 설'을 맞고 있습니다. 코로나가 우리 일상의 모습을 참 많이 바꿔버렸어요. 코로나 설을 맞는 소회 간단히 부탁드립니다.

김성곤 예, 참 많이 바뀌었지요. 함께할 수 없는 설이라니 이러면 명절이 무슨 의미가 있겠나 싶어요. 저는 부모님은 안 계시고 연세가 많으신 형님 누님들이 계신데 못 뵌 지 오래됐어요. 평소 자주 찾아뵙지 못해도 명절에는 한 번씩 만날 수 있었는데 이젠 이것도 어려우니 어째 사람 노릇 제대로 못하고 살고 있다는 생각이 듭니다.

사회자 교수님 고향은 어디신가요? 어릴 때는 설날하면 설레고, 일가친척이 북적거리곤 했는데요, 동네 어르신들께 돌아다니며 세배도 드리고요. 어릴 적 설날 풍경 어떠셨어요?

김성곤 고향은 전북 익산입니다. 어려서 고향을 떠나서 명절 기억이 많지는 않은데요. 친구들 중에 명절이면 서울에서 내려온 형들이 준 용돈을 받는 친구들이 있었어요. 백 원짜리 은빛 동전을 꺼내 자랑하면 그게 엄청 부러웠죠. 그래서 친구들 몇이 용돈 좀 벌어보자는 생각에 마을 어른들에게 세배를 다닌 적이 있었는데, 다들 생활이 넉넉지 않은 세월 아닙니까? 꼬맹이들에게 세뱃돈 집어줄 집이 얼마나 있겠어요? 그저 세뱃돈 대신 내놓은 떡과 식혜만 계속 먹어대다가 배가 불러서 고생했던 기억이 납니다.

사회자 함께하진 못해도 서로의 안부를 묻고 새해 복을 기원하는 마음은 여전하실 거 같은데요. 중국에서도 춘절이라고 해서 새해를 맞는 풍속이 있지요? 중국에서는 전통적으로 어떻게 새해를 맞나요? 올해는 코로나로 춘절 역시 좀 바뀌었을 거 같아요.

김성곤 중국에서는 봄이 시작된다고 해서 '춘절春節'이라고도 하고 한 해가 지난다고 해서 '과년過年'이라고도 합니다. 전통적으로는 음력 1월 1일부터 대보름까지 춘절 명절을 쇠었지만 지금은 1주일 정도를 공식적인 휴일로 지정해서 지냅니다. 2021년 올해는 2월 11일부터 17일까지입니다. 직장이나 학업 때문에 전국 각지로 흩어졌던 가족들이 고향을 찾기 때문에 춘절을 전후해서 인구 이동량이 엄청나지요. 그런데 코로나 때문에 정부에서는 되도록 고향에 가지 말고 있는 곳에서 춘절을 지내라고 권하고 있습니다. 물론 강제 사항이 아닌 만큼 인터넷에는 가야 할지 말아야 할지에 대한 고민들이 넘쳐나고 있습니다.

중국에서 춘절의 가장 큰 풍속은 폭죽과 춘련입니다. 폭죽을 터트리는 것은 사악한 기운을 몰아낸다는 것인데, 전통적인 풍속이지만 공기를 오염시키고 화재 위험이 많다고 해서 지금은 대도시에서는 금하고 농촌 지역에서만 허용하고 있습니다. 춘련은 새해가 되면 대문에 붙이는 대련입니다. 온갖 좋은 축복의 말들, 길하고 상서로운 말들을 붉은 종이에 적어서 대문 양쪽에 붙입니다. 우리가 입춘에 입춘대길, 건양다경 이렇게 붙이는 것처럼 말이죠. 중국인들은 문자에 대한 숭배의식이 유별난 민족이어서 좋은 글자들이 좋은 기운을 불러온다고 생각하는 것이죠. 예를 들자면 신축년 올해 같으면 소와 관련된 춘련을 붙여요. "초발황우락(草發黃牛樂), 춘신자연가(春新紫燕歌)." 풀이 피어나니 누런 소 즐겁고, 봄이 새로우니 보랏빛 제비가 노래하누나. 아주 시적이지요? "우무풍수세(牛舞豐收歲), 조명행복춘(鳥鳴幸福春)." 소는 풍년의 시절에 춤추고, 새는 행복의 봄날을 노래한다네. 멋지지요? 이런 춘련이 해마다 춘절에 새롭게 대문에 걸리면서 한 해가 희망과 기대 속에서 시작되는 겁니다.

사회자 이렇게 희망차게 새해를 맞는 모습을 담은 시가 있다고요?

김성곤 우리에게도 잘 알려진 송나라 때 재상을 지낸 왕안석이 지은 시 〈원일元日〉, 새해 아침이라는 시입니다. 이 시는 새해의 태양이 떠오르는 아침 온 백성이 집집마다 새로운 춘련을 대문에 붙이는 모습을 적어서 새해에 펼쳐질 새로운 세상에 대한 기대를 담은 시입니다.

사회자 그러면 왕안석의 〈원일〉 들어보겠습니다.

새해 아침

폭죽 소리에 한 해 저물고
봄바람에 스미는 도소주 향기.
천문만호에 밝은 해 떠오르면

모두 낡은 춘련을 새것으로 바꾼다네.

爆竹聲中一歲除, (폭죽성중일세제)
春風送暖入屠蘇。(춘풍송난입도소)
千門萬戶瞳瞳日, (천문만호동동일)
總把新桃換舊符。(총파신도환구부)

사회자 봄을, 새해를 기대하는 소망이 느껴지는데요. '도소주'라는 게 뭔가요?

김성곤 도소주는 중국에서 전통적으로 새해 첫날 마시는 술인데, 산초 열매, 계피 등 여러 한약재를 넣어 만든 약주입니다. 이걸 마시면 한 해 동안 병에 걸리지 않는다고 하는데, 전설적인 명의 화타가 만들었다고 합니다. 우리 명절로 보자면 설 차례를 지내고 마시는 세주歲酒 같은 것으로 보면 됩니다.

사회자 우리에게 '소' 하면 근면과 성실, 희생의 상징처럼 여겨지잖아요? 가장 오랜 가축으로 친근한 존재이기도 하고요. 중국도 비슷한가요?

김성곤 예, 우리와 다를 바 없죠. 그래서 송나라 이강이라는 시인이 쓴 〈병우病牛〉라는 시에 보면 "천 마지기 밭을 갈다보니 기진맥

진하건만 뉘 가엾다 하는가, 그래도 중생들 먹여 살릴 수 있다면
야 병들어 석양에 누워도 그만인 것을"이라는 구절이 있어요.

병든 소

천 무의 밭 갈아 천 가마니 거두니
힘이 다해 지쳤건만 뉘 가엾다 하나.
그저 중생들 배부를 수만 있다면야
병들어 석양에 누워도 그만인 것을.

耕犁千畝實千箱, (경리천무실천상)
力盡筋疲誰復傷。 (역진근피수부상)
但得衆生皆得飽, (단득중생개득포)
不辭羸病臥殘陽。 (불사리병와잔양)

사회자 그러면 이제 소의 성정을 담은 고사성어를 함께 살펴보겠
는데요. 먼저 '병길문우丙吉問牛' 재상 병길이 소에 대해 묻다, 어떤
내용인가요?

김성곤 병길은 한나라 때 유명한 재상입니다. 어느 해 봄날 그가
하속 관리들을 이끌고 민정 시찰을 나갔을 때 일입니다. 재상을
태운 수레가 저잣거리를 지날 때 큰 싸움이 벌어졌는지 여러 사람
이 죽고 다치는 일이 생겼습니다. 수레를 몰던 마부가 재상께서

이 사건을 조사할 것이라 여기고 수레를 멈추었습니다. 그런데 재상이 아무것도 보지 못한 양 그냥 가자며 재촉하는 겁니다. 수레가 성을 빠져나가 들판에 이르렀을 때 맞은편에서 농부가 소를 몰고 오는 것이 보였습니다. 그런데 그 소가 유난스럽게 헐떡이며 혀까지 빼물고 가는 겁니다. 그 모습을 본 병길이 수레를 멈추고는 하속 관리를 시켜 농부에게 가서 소를 얼마나 오래 몰고 왔는지 묻게 합니다. 하속 관리가 의아하다는 듯이 묻습니다. "대인, 아까 저잣거리에서 사람이 죽고 다치는 중차대한 사건에 대해서는 모른척 하시더니, 이제 지친 소 한 마리를 보시고는 가서 물으라 하시니 사람보다 소가 중하다는 말입니까? 일의 경중을 잃으신 듯 하옵니다!" 병길이 설명했습니다. "아까 저잣거리에서 사람이 죽고 다치는 일은 사안이 비록 중대하나 그 일은 내가 관여할 바가 아니다. 도성의 치안을 책임진 경조윤이 있지 않은가! 하지만 지친 소는 다르다. 먼 길을 와서 지쳐서 그런 것이라면 문제가 될 것이 없겠지만, 만약 그런 것이 아니라면 유난히 더운 날씨 탓이니, 봄날에 시작된 무더운 이상기온은 농사에 큰 영향을 미쳐서 가을 수확에 큰 차질을 빚을 것이고 백성들이 굶주리게 될 것이다. 그러니 미리미리 이러한 일을 대비하는 것이야말로 재상이 해야 할 일이다. 이것이 내가 사람에 대해 묻지 않고 소에 대해 물은 까닭이다. 어서 가서 소에 대해 알아보고 오너라!" 병길이 소에 대해 묻다라는 '병길문우'는 이러한 이야기에서 비롯된 사자성어입니다. 백성의 삶을 세세하게 들여다보는 어진 정치에 대한 갈망을 적은 성어라고 할 수 있습니다. 새해에는 권력을 가진 위정자들이 온 국민의 마음을 세세하게 들여다보고 문제를 해결하기 위해 더욱 노력하는 해가 되었으면 좋겠습니다.

사회자 오늘날 우리 시대 리더들에게도 시사하는 바가 큰 거 같아요. 또 다른 소와 관련된 성어 '추우향사椎牛饗士' 소를 잡아 병사들을 먹이다 역시 올바른 지도자의 모습을 배울 수 있는 고사성어라죠?

김성곤 한나라 장수 오한吳漢이 반란군을 진압하던 때 생긴 일입니다. 반란군의 성을 포위한 오한의 군대가 승리를 목전에 둔 상황에서 그 반란군을 지원하는 또 다른 엄청난 규모의 반란군 부대가 도착합니다. 군사들이 동요하기 시작하죠. 오한은 적의 예봉을 꺾기 위해 정예 기병대를 조직해서 친히 앞장서서 말을 달려 나갔습니다. 그런데 그만 말이 고꾸라지면서 말에서 떨어진 오한은 다리가 부러지는 중상을 입습니다. 훨씬 많은 적을 앞에 두고 믿었던 대장이 중상을 입었으니 그야말로 내우외환의 처지가 된 병사들이 두려움으로 크게 술렁입니다. 부관으로부터 그 분위기를 전해 들은 오한이 부러진 다리를 딛고 벌떡 일어나 소리칩니다. "적들이 비록 많으나 모두 오합지졸일 뿐이다. 싸움에 승리하면 전리품을 챙기느라 서로 싸우고, 싸움에 패배할 것 같으면 동료를 돌아보지도 않고 내빼버리는, 의리도 명분도 모르는 도적떼일 뿐이다. 이 싸움이야말로 제군들이 크게 공을 세워 입신양명하여 부모님을 영화롭게 할 수 있는 절호의 기회이다. 자, 당장 소를 때려 잡아 병사들을 배불리 먹여라! 내일은 우리 모두의 승리의 날이 될 것이다!" 오한의 이러한 불굴의 의지와 격려에 군사들은 사기충천하여 마침내 대승을 거둡니다. 추우향사, '추'는 몽둥이 추인데, 몽둥이로 소를 때려잡는다는 말입니다. 향사의 '향'은 대접하다, 배불리 먹인다는 뜻이고, '사'는 군사의 뜻입니다. 소의 해를 시작하는 마당에 소를 때려잡는다고 하니까 너무 살벌한 면이 없지 않습니다만, 이 성어의 가르침은 한 조직을 이끄는 리더는 내우외환에서 늘 기죽기 마련인 구성원들을 어떻게 격려할 것인가, 어떻게 사기를 북돋아줄 것인가를 늘 고민해야 한다는 것이죠. 형편이 어렵다고 자꾸 내핍만 강조하지 말고 비싼 소고기 팍팍 사주시기 바랍니다. (웃음)

사회자 또 다른 소와 관련된 성어 '우각괘서牛角掛書' 소뿔에 책을 걸치다, 소개해주시죠?

김성곤 '우각괘서'는 수나라 때 이밀李密이라는 인물이 소를 타고 왕래하였는데 항상 소뿔에 한서漢書를 걸쳐놓고 읽으면서 길을 갔다는 고사로 열심히 독서하는 모습을 가리킵니다. 올해 코로나를 완전히 극복해서 자유로운 바깥 활동이 가능하기 전까지는 우각괘서의 교훈처럼 항상 책을 가까이하여 실력을 기름으로써 코로나 이후의 시기를 대비하자는 뜻으로 활용할 수 있지 않을까 싶습니다.

사회자 마지막으로 오늘 설날 기획의 주제이기도 한데요. '우기충천牛氣衝天', 사실 이건 원래부터 전해 내려오는 성어가 아닌 신조어죠?

김성곤 '우기충천'은 특별한 고사나 배경이 있는 말은 아니고, 새롭게 만들어진 신조어로 소의 씩씩한 기운이 하늘을 찌른다는 말입니다. '사기충천士氣衝天'에서 '사' 대신에 '우'를 쓴 것이죠. 몸도 마음도 소의 기운처럼 씩씩하고 사업도 불같이 일어나 흥왕한다는 뜻이니, 작년 한 해 코로나로 잔뜩 위축된 몸과 마음을 새롭게 해서 올해는 '우기충천', 왕성하고 활기찬 한 해를 기원한다는 의미로 활용할 수 있겠습니다.

사회자 정말 우기충천! 씩씩한 소의 기운을 받아서 신축년 올 한 해도 힘차게 잘 열어갔으면 하는 바람입니다. 오늘 나와주셔서 감사합니다. 끝으로 청취자 여러분께 새해 인사, 또 당부의 말씀도 부탁드릴게요.

김성곤 청취자 여러분, 새해 복 많이 받으시고요. 우기충천, 몸도 마음도 기운이 넘치는 한 해, 사업도 불같이 일어나는 한 해 보내시길 바랍니다.

2.5

시성 두보, 호연지기로 슬픔을 위로하다

이 글은 온라인 플랫폼 세리씨이오(SERI CEO)에서 진행하는 〈인문의 샘〉에서 강의한 내용이다. 시성 두보의 삶을 요약하고 그의 명편 시들을 소개하면서 그 시에 깃든 두보의 호연지기를 설명했다.

두보의 일생

두보(712~770)는 자가 자미子美, 호는 소릉에 사는 촌 늙은이라는 뜻의 소릉야로少陵野老이다. 젊은 시절 일찍이 과거시험에 응시하였으나 급제하지 못하였으며, 안녹산의 난 때 숙종의 행재소에서 좌습유左拾遺 벼슬을 잠시 맡았고 후에 절친 엄무의 막부에서 공부원외랑工部員外郎을 지냈다. 그래서 두습유杜拾遺, 두공부杜工部로 불린다. 당나라 최고의 현실주의 시인으로 송 이후 '시성詩聖'으로 존숭되었으며, 이백과 더불어 '이두李杜'로 병칭되었다. 그의 시는 대담하게 사회 모순을 폭로하였으며 고통받는 백성들에 대한 깊은 동정을 드러내었다. 수많은 명편 시들은 전성기에서 쇠퇴기로 가는 당나라의 역사적 과정을 잘 드러내서 시로 쓴 역사라는 뜻의 '시사詩史'로 불린다. 모든

두보고리 두보상

시의 형식을 잘 운용하였으며 특히 율시律詩에 뛰어났다. 작품의 풍격은 침울을 위주로 하였으며, 시어를 극도로 정련하여 매우 수준 높은 표현 능력을 갖추고 있었다. 시는 약 1,400수가 전하며 시문집으로 《두공부집杜工部集》이 있다.

두보의 일생은 시대의 변동에 따라 네 시기로 나뉜다. 독서와 여행이 삶의 주요 내용을 이루던 독서유력시기讀書遊歷時期, 장안에서 10년 동안 벼슬을 찾아 동분서주하며 고생하던 장안십년시기長安十年時期, 안녹산의 군대에 포로가 되었다가 탈출하여 숙종의 행재소로 찾아가 관직 생활을 하던 함적위관시기陷賊爲官時期, 관직을 버리고 서남쪽을 떠돌다 끝내 장강의 배 위에서 숨을 거둔 표박서남시기漂泊西南時期의 네 시기이다. 독서유력시기에 지은 시들은 그 수가 많지는 않지만 젊은 두보의 씩씩한 기상을 확인할 수 있다. 태산을 오르며 지은 〈망악望嶽〉이라는 시가 이 시기 대표적인 작품이다. 장안십년시기는 사회의 구조적 모순에 대한 깊은 통찰에 입각하여 자신의 창작 방향을 현실주의로 전환하며 탐색하던 시기이다. 양귀비 일족의 사치와 전횡을 풍자한 〈여인행麗人行〉, 현종과 양귀비의 여산 온천궁을 지나며 지은 〈자경부봉선현영회오백자自京赴奉先縣詠懷五百字〉가 이 시기 대표적인 시이다. 특히 후자에 나오는 "부잣집 대문에는 술과 고기가 썩어 냄새가 진동하는데, 길가에는 굶고 얼어 죽은 해골이 뒹군다"는 "주문주육취, 노유동사골朱門酒肉臭, 路有凍死骨" 구절은 현실주의 시편의 명구로 유명하다. 함적위관시기는 전쟁의 소용돌이에서 고통받고 있는 백성들에 대한 깊은 동정을 드러낸 현실주의 시들이 본격적으로 양산된 시기이다. 전쟁으로 폐허가 된 장안성에서 나라에 대한 염려와 헤어진 가족에 대한 그리움을 엮어 쓴 〈춘망春望〉과 전쟁이 안긴 거대한 불행을 피를 토하듯 써내려간 현실주의 시편의 대표작인 '삼리삼별三吏三別'의 여섯 편 작품이 이 시기의 명편들이다. 표박서남시기는 두보의 시가 형식과 내용에서 최고의 성과를 거둔 시기로 수많은 명편들이 쏟아져 나온 시기이다. 친구의 도움으로 성도 외곽에 초당을 짓고 평화롭게 생활하던 시기에 나온 한적시인 〈춘야희우春夜喜雨〉, 〈강촌江村〉과 고향으로 돌아가려 했으나 끝내 돌아가지 못하고 장강 변에서 떠돌던 시기에 나라에 대한 근심과 자신의 고독을 버무려 쓴 〈등고登高〉, 〈등악양루登岳陽樓〉와 같은 명편들이 이 시기를 대표한다.

시성 두보의 명시를 감상하다

두보는 시의 성인, 시성으로 불립니다. 이 시성에는 '집대성'이라는 의미가 담겨 있습니다. 이전의 시인들이 이룩한 여러 갈래의 성취들을 모두 종합하여 최고 경지의 시를 써냈다는 의미입니다. 시의 내용과 형식 모든 방면에서 두보의 시는 집대성의 결과로서 후대의 모든 시인들에게 시 창작의 교과서가 되었습니다. 형식적으로 고체시와 근체시, 오언과 칠언, 절구와 율시의 모든 방면에서 훌륭한 성취를 일궈내었고, 내용적으로도 우국우민의 현실주의 시편을 필두로 하여 절절한 고향의 그리움을 적은 사향시, 한적한 농촌 생활의 아취를 그린 전원시, 산천의 기이한 모습과 여정의 신산함을 적은 기행시, 시절과 개인의 불우에 따른 끝없는 근심을 토로하는 영회시 등등 다양한 영역에서 높은 수준의 감동적인 작품을 써냈습니다. 그래서 두보의 시를 읽는 재미는 높은 수준의 작품을 다양한 방면에서 맘껏 골라 읽을 수 있다는 점일 것입니다. 어지러운 세상이 걱정스럽고 한탄스러울 때는 〈춘망春望〉을 꺼내어 읽습니다.

　　國破山河在, （국파산하재）
　　城春草木深。（성춘초목심）
　　感時花濺淚, （감시화천루）
　　恨別鳥驚心。（한별조경심）
　　烽火連三月, （봉화연삼월）

家書抵萬金。 (가서저만금)

白頭搔更短, (백두소갱단)

渾欲不勝簪。 (혼욕불승잠)

봄날 바라보다

나라는 깨어지고 산하만 남아

장안성에 봄이 와 초목이 깊구나.

시절이 슬퍼 꽃에도 눈물 뿌리고

한스러운 이별에 새소리에도 놀라는 가슴.

봉화는 삼 월을 연이어

집 편지는 만금에 달하고,

하얗게 센 머리 긁을수록 더욱 짧아져

거의 비녀를 지탱할 수도 없겠구나.

이 시는 안녹산의 난 중에 포로가 되어 장안에서 연금된 상태에서 지은 시입니다. 전란으로 황폐해진 장안성에 어김없이 또 봄은 찾아옵니다. 봉화 연기가 석 달을 이어지는 전란의 시국에 대한 깊은 걱정으로 화사한 봄꽃을 보면서도 눈물을 흘립니다. 편지한 장 없이 멀리 떨어져 생사조차 가늠할 수 없는 가족에 대한 염려와 불안으로 청량한 새 울음소리에도 철렁 가슴이 내려앉습니다. 비녀를 지탱하기도 힘들 정도로 머리숱이 빠진 시인의 나라에 대한 염려와 가족에 대한 걱정이 절절하게 느껴져옵니다. 이 시를 읽다보면 나 자신도 이 시인의 곁에 서서 봄이 온 들판을 바라보면서 함께 시국을 염려하고 가족을 염려하는 어엿한 존재가 된 듯한 느낌이 듭니다.

가족들과 떨어져 홀로 있는 밤, 창문을 여니 휘영청 달빛이 빛납니다. 귀여운 아이들도 보고 싶고 아름다운 아내도 그리운 생각이 들거든 〈월야月夜〉 시를 흥얼흥얼 읊조리면 제격입니다.

今夜鄜州月, （금야부주월）

閨中只獨看。（규중지독간）

遙憐小兒女, （요련소아녀）

未解憶長安。（미해억장안）

香霧雲鬟濕, （향무운환습）

淸輝玉臂寒。（청휘옥비한）

何時倚虛幌, （하시의허황）

雙照淚痕乾。（쌍조루흔간）

달밤

오늘 밤 부주에 뜬 달

규중에서 혼자 바라보고 있겠지.

멀리 가엾은 어린것들

장안을 그리워하는 엄마의 마음 알 리 없겠지.

향기로운 밤안개에 구름 같은 머리카락이 젖고

맑은 달빛 아래 옥 같은 팔은 시리울 터.
어느 때나 달빛 비치는 휘장에 기대어
함께 마른 눈물 자국 비춰 볼까?

이 시는 앞서 살펴본 〈춘망〉과 거의 같은 시기에 지은 작품으로 안녹산 반군에 의해 장안에 연금된 상태로 멀리 부주에 떨어져 있는 가족들을 그리워하면서 지은 시입니다. 시는 멀리 피난지에서 아이들과 함께 있는 부인이 두보 자신과 똑같은 시간에 하늘에 뜬 달을 보면서 자신이 그러하듯이 남편을 그리워하고 있을 것이라는 애틋한 상상 속에서 시작됩니다. 철부지 어린아이들은 그런 엄마의 하염없는 그리움을 알 길이 없을 터이니 부인의 외로움은 위로받을 곳도 없습니다. 그런 부인을 위로하려는 의도인지 달빛 속 부인에 대한 아름다운 묘사가 이어집니다. 구름 같은 머리칼과 옥 같은 팔은 아름다운 부인의 모습에 대한 예찬입니다. 부인의 아름다움에 안개도 향기로워지고 달빛도 더욱 맑게 빛납니다. 이 구절에서 시인은 머리칼이 젖는다는 '濕'과 팔이 시리다는 '寒'이라는 글자를 써서 부인이 안개와 달빛 아래에서 오래도록 자신을 생각해줄 것이라는 상상을 덧보탭니다. 그런 부인의 모습을 상상하니 눈물이 절로 흐릅니다. "어느 시절에나 전란이 끝나고 함께 달빛 비치는 창가에 기대어 서로의 눈물 자국을 닦아줄 수 있을까?" 마지막 구절의 '둘이서 비춰 본다'는 뜻의 '쌍조雙照'는 부부가 달빛 속에 눈물로 얼룩진 서로의 얼굴을 바라보며 다정스레 어루만지고 위로하는, 다정다감한 모습을 선명하게 드러냅니다. 이 시를 읽고 나면 가족과 떨어져 있는 고독은 오히려 맑은 그리움의 원천으로 바뀌고 아내는 더욱 사랑스럽고 그리운 존재로 승화되는 느낌이 들 겁니다. 혹시 여러분이 먼 타향에서 홀로 있다면 이 시를 곱게 적어 편지를 대신하여 아내에게 보내보십시오. 틀림없이 마음을 담은 좋은 선물이 될 겁니다.

계절별로도 좋은 시들을 골라서 감상할 수도 있습니다. 봄이 오고 마른 대지를 적시는 봄비가 내리는 밤이라면 옛사람들은 어김없이 두보의 〈춘야희우春夜喜雨〉를 꺼내어 읽었습니다.

好雨知時節, （호우지시절）
當春乃發生。 （당춘내발생）
隨風潛入夜, （수풍잠입야）
潤物細無聲。 （윤물세무성）
野徑雲俱黑, （야경운구흑）
江船火獨明。 （강선화독명）
曉看紅濕處, （효간홍습처）
花重錦官城。 （화중금관성）

봄비 오는 밤에

좋은 비 시절을 아나니
봄이 되어 만물이 싹을 틔울 때라.

바람을 따라 몰래 밤에 들어와

만물을 적시니 가늘어 소리도 없구나.

들길엔 검은 구름 가득하고

강가엔 고깃배 불빛만 밝다.

새벽녘 붉게 젖은 곳 바라보면

금관성에 꽃이 묵직하겠지.

이 시는 두보가 사천성 성도 외곽에 초당을 마련하고 초보 농사꾼이 되었을 때 지은 겁니다. 전란이 그치지 않는 험난한 시절에 가족들을 이끌고 이곳저곳 죽을 고생을 하면서 옮겨 다니다가 마침내 성도에 도달하여 친구들의 도움으로 집과 전답을 마련하여 한숨을 돌린 뒤에 나온 시입니다. 농사꾼에게 가장 간절한 것이 봄비가 아니겠습니까? 긴 겨울의 가뭄 끝에, 긴 기다림 끝에 마침내 봄비가 내립니다. 마치 가고 멈출 때를 아는 현자처럼 때를 알아 내리는 좋은 비에 만물이 싹을 틔웁니다. 제3, 4구는 이 시에서 가장 멋진 구절로 많은 사람들에게 회자되는 명구입니다. 봄비의 특성을 가지고 봄비의 덕을 노래한 구절입니다. 봄비는 바람을 타고 밤에 찾아옵니다. 태평성세에는 열흘에 한 번씩 꼭 비가 내리고 그 비는 꼭 밤에 내린다고 했습니다. 들판에서 농사일하는 농부들을 배려하려는 것이지요. 그리고 이 비는 가늘어서 소리조차 없이 조용히 내린다고 했습니다. 만물을 촉촉하게 적셔 길러내는 큰 공이 있음에도 아무런 소리도 없이 묵묵히 제 할 일만을 합니다. 이 정도 되면 이 비는 '좋은 비' 호우에서 어진 비 인우仁雨요, 덕스러운 비 덕우德雨로까지 나아가는 것이지요. 노자가 《도덕경》에서 말한 대목이 생각납니다. "최고의 선은 물과 같도다. 물은 만물을 이롭게 하되 다투지 않고 사람들이 싫어하는 아래로 흘러가느니 도와 가깝도다." 이 시구는 바로 이 '상선약수上善若水'의 교훈을 시적으로 아름답고 감동적으로 표현한 것이라 할 수 있겠지요. 밤에 몰래 찾아온 봄비를 반겨 맞아 문을 나선 시인은 들판을 가득 메우고 있는 먹구름을 봅니다. 밤새 흡족하게 비가 내릴 것이 분명합니다. 강가에 홀로 불 밝히고 있는 고깃배의 불빛은 시인의 벅찬 기쁨을 드러내는 객관적 상관물입니다. 그 기쁨은 지금에 머물지 않고 상상 속에서 미래로까지 확대되어갑니다. 밤새 내린 봄비에 꽃망울을 터트려 온 천지를 꽃 세상으로 만들 금관성의 새벽을 상상하는 겁니다. 시간의 확대뿐만이 아닙니다. 공간도 확장되어갑니다. 봄비가 주는 기쁨이 시인의 집 울타리를 넘어 마을을 벗어나 금관성 온 천지로 번져나가는 것을 상상한 겁니다. 이 작품을 관통하고 있는 정서는 제목에서 말하는 '희'입니다. 어떤 구절에도 '희' 자를 직접 쓴 것이 없으면서도 어느 구절도 '희'가 드러나지 않는 것이 없는, 상승의 경지를 이 작품은 잘 보여줍니다. 봄비가 내리는 밤에 이 시를 조용히 음미하면서 봄비의 덕성을 깊이 생각하고 스스로의 삶을 성찰할 수 있다면 그 옛날 두보가 느꼈던 그 '기쁨'은 바로 여러분의 것이 되겠지요?

　무더운 여름철에는 어떨까요? 더운 여름에 무슨 시냐구요? 있습니다. 아주 그럴듯한 명품 여름시 하나가 두보의 시낭詩囊에 있습니다. 바로 〈강촌江村〉입니다.

清江一曲抱村流,　(청강일곡포촌류)
長夏江村事事幽。　(장하강촌사사유)
自去自來梁上燕,　(자거자래량상연)
相親相近水中鷗。　(상친상근수중구)
老妻畵紙爲棋局,　(노처화지위기국)
稚子敲針作釣鉤。　(치자고침작조구)
但有故人供祿米,　(단유고인공녹미)
微軀此外更何求。　(미구차외갱하구)

강 마을

맑은 강이 한 번 굽어 마을을 안고 흐르나니
긴 여름 강촌은 일마다 그윽하구나.
절로 오가는 것은 대들보 위의 제비요
서로 친한 것은 물가의 갈매기라.
늙은 아내는 종이 위에 바둑판을 그리고
어린 아들은 바늘을 두들겨 낚싯바늘을 만든다.
벗이 보내준 쌀 또한 있으니
미천한 이 몸 또 무엇을 구하리.

이 시는 앞의 〈춘야희우〉와 비슷한 시기에 지은 것입니다. 성도 초당 앞으로 맑고 아름다운 완화계가 흐릅니다. 그래서 자신이 살고 있는 초당을 강촌이라고 한 것이죠. 강 마을에 여름이 왔습니다. 분주했던 봄 농사가 끝나고 이젠 제법 한가로운 여름날 오후입니다. 두보 입장에서 보자면 엄동설한 같던 위태로운 피난살이를 끝내고 비로소 다다른 푸르른 여름 언덕 같은 평화롭고 안정된 시기입니다. 청강일곡포촌류, 맑은 강이 한 번 굽어 마을을 안고 흐릅니다. 엄마와 같은 맑은 강이 어린아이를 안아 기르듯이 마을을 안고 흘러갑니다. 평화 그 자체입니다. 엄마가 품으로 안아주는 이상 아이에게는 불안할 것이 없습니다. 강물에 안긴 평화로운 마을은 그동안 불안한 삶으로 점철되었던 시인이 비로소 얻은 내적 평안과 평화를 비유적으로 보여줍니다. 긴 여름날 강 마을의 일마다 유유하구나, 이 강물의 엄마 품속에서 시인을 둘러싼 마을의 모든 일들이 평화롭습니다. 시인의 집 처마를 들고나는 제비도 평화롭고, 강가에서 서로 어울리는 갈매기도 평화롭습니다. 아이의 낚시질도 평화롭고, 아내와 두는 바둑놀이도 평화롭습니다. 오랜 방랑과 방황, 굶주림과 두려움 속에서 얻은 값진 평화입니다. 세상살이에 서툰 남편을 따라 굶주림에 우는 아이들을 달래며 먼 피난길을 함께해온 아내가 그린 삐뚤빼뚤한 바둑판에 바둑알을 놓습니다. 말할 수 없이 깊게 밀려드는 감사와 평화! 약에 의지해야 하는 불편한 몸조차도 이 감사와 평화의 행복을 방해하지 않습니다. 더 이상 욕심 부릴 것도, 아등바등할 것도 없습니다. 이 시는 가족들과 함께하는 여름날 휴가지에서 읽으면 좋을 듯합니다. 맑은 강이 흐르는 강 마을이라면 더할 나위 없이 좋겠지요. 분망한 삶을 잠시 내려놓는 자리에서 이 시를 읽으면 평화와 감사가 더욱 강물처럼 깊게 가슴 한복판을 흘러갈 겁니다.

이젠 또 어떤 시를 감상해볼까요? 가슴 시리는 고독이 사무치는 늦가을, 홀로 먼 타향을 떠도는 신세라면 어떻겠습니까? 그리운 사람은 멀리 하늘 끝에 있고 바람만 고독한 창가를 두드리는 날이라면 어떤 두보의 시가 있어 그런 시린 마음을 달래줄 수 있을까요? 칠언율시 중 최고의 작품으로 꼽히는 〈등고登高〉가 있습니다.

風急天高猿嘯哀, （풍급천고원소애）
渚淸沙白鳥飛迴。 （자청사백조비회）
無邊落木蕭蕭下, （무변낙목소소하）
不盡長江滾滾來。 （부진장강곤곤래）
萬里悲秋常作客, （만리비추상작객）
百年多病獨登臺。 （백년다병독등대）
艱難苦恨繁霜鬢, （간난고한번상빈）
潦倒新停濁酒杯。 （료도신정탁주배）

높은 곳에 올라

바람 세고 하늘 높아 원숭이 울음소리 애절하고
맑은 강가 흰 모래밭에 새 날아 돌고 있다.

끝없이 낙엽은 쓸쓸히 내리고

다함없는 장강은 굽이쳐 흐른다.

만리타향 늘 객이 되어 가을을 슬퍼하고

평생 병이 많아 홀로 누대에 오른다.

간난에 시달려 희어진 머리 많아 슬퍼하는데

노쇠한 요즈음 탁주마저 그만두었어라.

　칠언율시 중에서 최고의 작품으로 꼽히는 〈등고〉는 평생 타향에서 떠돌던 두보가 늙고 병든 몸으로 고향으로 돌아가다가 끝내 돌아가지 못하고 머문 땅, 기주 백제성에서 지은 사향의 노래입니다. 처자식을 이끌고 타향을 전전한 것이 벌써 몇몇 해던가! 꿈에도 그리던 고향집은 여전히 하늘 끝에 있고 전란 속에 헤어진 동생들은 생사조차 알 수 없어 가슴에 한이 맺히는데, 계절은 속절없이 깊어가 드디어 음력 구월 구일 중양절을 맞이했습니다.

　예부터 중양절은 형제자매 온 가족이 함께 가을 산에 올라가 산수유 붉은 열매를 머리에 꽂아 액운을 쫓고 국화주 술잔을 기울이며 무병장수를 기원하는 소풍날이었습니다. 전란이 일어나 동생들과 헤어진 후로 해마다 구월 구일 중양절은 더욱 외롭고 쓸쓸한 날이 되었습니다. 올해도 어김없이 찾아온 중양절, 해마다 내년이면 동생들과 함께 높은 산에 올라 국화주를 기울이리라 기대하고 기대했건만, 전란은 끝이 없어 고향으로 가는 길은 여전히 막혀 있고, 작년 재작년과 똑같이 시인은 홀로 높은 산에 올라 한 맺힌

사향의 노래를 부릅니다. 바람은 급히 불고 하늘 높은데 원숭이 울음소리 슬프다. 구당협, 무협, 서릉협으로 이어지는 장강삼협이 시작되는 이곳 백제성에 가을바람이 급히 불어옵니다. 그 바람에 원숭이 울음소리가 슬피 실려옵니다. 예부터 장강삼협에는 원숭이들이 많이 살았습니다. 이 원숭이들이 우는 처연한 울음소리가 바람에 실려오면 이곳을 항해하는 모든 나그네들이 다 눈물을 흘린다고 했습니다. 이곳을 여행하는 자들은 대부분 정치적으로 실의하여 멀리 귀양가는 사람이거나 장사하러 고향을 떠나 객지를 떠도는 자들일 테니 계곡 바람에 실려 들려오는 원숭이 울음소리는 내가 살아서 다시 가족들을 만날 수나 있을까, 하염없이 그리운 가족들을 하나씩 호명하다 오열하는 소리로 들리게 되는 것이지요.

첫 구절부터 두보의 시는 이렇게 격한 슬픔의 감정에 휩싸인 채 시작합니다. 맑은 강가 흰 모래밭에 새는 날아 돌고 있네. 슬픈 시인의 눈에 강가를 맴돌고 있는 새 한 마리가 들어옵니다. 숲에 내려앉지 못하고 강가를 맴돌고 있는 새의 모습에서 고향을 떠난 뒤로 어디를 가도 끝내 정착하지 못하고 이리저리 방랑하는 자신의 모습을 봅니다. 끝도 없이 낙엽은 쓸쓸히 내리고, 끝도 없이 장강은 거세게 흘러가는구나.

높은 곳에서 계곡에 울리는 원숭이 울음소리에 귀를 기울이고 강가를 맴도는 새를 바라보던 시인이 눈을 들어 멀리 삼협의 온 산과 그 한복판을 흐르는 장강을 바라봅니다.

시인의 시선이 근경에서 원경으로 바뀌었습니다. 계절이 깊어진 협곡의 산들마다 끝도 없이 낙엽이 집니다. 그리고 그 한복판을 유장한 장강이 힘차게 흘러갑니다. 쓸쓸히 지는 낙엽은 저무는 시인의 노경을 비유적으로 표현한 것이고, 지체 없이 흘러가는 강물은 아무것도 이루지 못한 채 늙어가는 시인을 아랑곳하지 않고 무정하게 흘러가는 시간이요 세월입니다. 거친 강물 같은 이 무정한 세월이 자신을 고향으로부터 만 리 멀리 떨어진 이곳까지 휩쓸어 온 것입니다. 그 격랑의 세월 속에서 남은 것은 오직 병 많은 몸뚱어리와 중양절, 이 좋은 명절에도 홀로 높은 곳에 오르는 '독등대'의 지독한 고독뿐입니다. 전란으로 인한 방랑과 그 방랑의 삶에서 기인한 절절한 가난에 머리칼은 진즉 서리라도 내린 듯 하얗게 되었습니다. 이 서릿발 같은 백발은 시인 개인의 힘으로는 어찌해볼 수 없는 시대가 안긴 불운의 상징이요 고통의 표상입니다. 그래서 '고한'의 '한'이 될 수밖에 없습니다. 아, 한잔 술에 기대서라면 이 한스러운 마음에서 벗어날 수 있을까! 그러나 그것조차 몸이 병들어 불가하게 되었습니다. 그래서 기구한 삶이 주는 절절한 고독과 고통스러운 회한을 아무런 대책도 없이 온몸으로 마주할 수밖에 없습니다. 고독은 더욱 깊어지고 고통은 더욱 커갑니다.

이 시를 읽다보면 시 글자 사이사이로 스며 나오는 늙은 시인의 고독과 그리움에 절로 마음 깊은 동정이 일게 됩니다. 때를 만나지 못해 불우한 삶을 살았던 수많은 지식인들, 난리 통에 고향을 떠나 절절한 고향 그리움으로 술잔을 기울이던 수많은 사람들이 이 시를 읽으며 시인과 함께 울고 느끼고 했을 겁니다. 그런데 슬픈 처지에 놓인 사람들에게 이 슬픈 시가 위로가 될까요? 그들을 더욱 슬픈 감정으로 몰아가지는 않을까요? 이 시에는 슬픔을 위로하는 힘이 있습니다. 그것이 뭘까요? 바로 이 시의 풍격으로 말해지는 '비장미悲壯美'에 그 답이 있습니다. 역대로 수많은 평자들은 이 시를 '비장미'를 가장 잘 구현한 시로 평가했습니다. 슬프면서도 장엄하다는 겁니다. 슬픔과 장엄함의 이중주입니다. 이 장엄함 때문에 슬픔에는 강한 힘이 스미게 됩니다. 이 강한 힘이 실린 장엄한 슬픔이 바로 우리의 마음을 사로잡고 우리 안의 슬픔을 위로하고 치료한다고 할 수 있을 것 같습니다.

이 시를 다시 들여다볼까요? 급한 바람에 실려오는 처량하기 이를 데 없는 원숭이 울음소리로 시작된 슬픈 감정은 자신의 표류하는 삶을 반영하는 맴도는 새의 모습에서 더욱 심화됩니다. 그리고 이런 슬픔의 선율은 쓸쓸히 지는 낙엽으로 이어집니다. 그런데 이 낙엽을 묘사한 구절에 '무변'이라는 단어, 이 '가없는, 끝도 없는'이라는 말을 앞에 덧붙임으로써 제3구는 가을 낙엽을 분분히 날리고 있는 장강삼협의 온 산을 다 끌어들인 장엄한 화폭으로 바뀝니다. 그 장엄한 화폭의 한복판을 하늘 끝에서 와서 하늘 끝으로 흘러가는 장강이 힘차게 흘러갑니다. 슬픔의 정서는 이 장엄한 그림 속에서 더 이상 사람을 위축시키는 부정적인 감상으로 그치지 않고 이 장엄함에 기대어 아름다움으로 승화됩니다. 그게 '비장미'입니다. 이 비장미가 바로 공자가 시경의 높은 경지를 예찬하며 한 말인 '슬프지만 비통한 곳까지는 이르지 않는다'는 '애이불비哀

^{而不悲}'의 경지일 것입니다.

이 슬픔과 장함은 제5, 6구에서도 이중주로 전개됩니다. 가을에도 항상 떠도는 슬픈 나그네요, 병 많은 몸을 이끌고 홀로 높은 곳에 오르는 고독한 시인이지만 각각 '만 리'라는 거대한 공간, '백년'이라는 장구한 시간을 끌어들여서 슬픔과 고독에 장엄함을 덧보탭니다. 왜소한 슬픔이거나 사소한 고독이 아닙니다. 장한 슬픔, 장한 고독입니다. 이 장한 슬픔과 장한 고독이 슬픔에 처한 사람들, 고독한 사람들의 마음에 위로를 주고 그 슬픔과 고독에서 벗어나게 합니다. 이 마지막 두 구절에서 이미 시인은 끝 모를 슬픔에서 벗어나고 있습니다. 모두 슬픔에 스민 장엄함 때문이라고 할 수 있습니다.

제7구에서 백발은 이산과 가난이 초래한 결과입니다. 그런데 그러한 결과에 대해 '진실로 한스럽다'며 자신에게 이산의 아픔과 가난의 고통을 안겨준 전쟁의 시절에 대한 원망의 마음을 드러내고 있습니다. 이것은 슬픔의 근본적 원인 제공자에 대한 원망입니다. 자신의 잘못이 아니라는 것입니다. 슬픔은 더 이상 안으로 스미지 않고 밖으로 발산되면서 그 우울하고 침울한 정서에서 조금씩 벗어나고 있음을 알 수 있습니다. 술조차 마실 수 없어서 고통을 해소할 길이 없다고 넋두리를 한 것도 고통을 정면으로 마주할 수밖에 없는 상황임을 드러내지만 한편으로는 그 고통을 술에 기대지 않고 늙고 병든 몸으로 오롯이 견디어내겠다는 결기 어린 모습으로도 볼 수 있습니다. 씩씩해진 것입니다. 본인 스스로 자신의 장한 슬픔으로 슬픔의 터널을 걸어 나오고 있는 것입니다. 또 다른 비장미를 잘 구현한 시를 볼까요? 〈등악양루登岳陽樓〉라는 명 편입니다.

昔聞洞庭水，　（석문동정수）
今上岳陽樓。　（금상악양루）
吳楚東南坼，　（오초동남탁）
乾坤日夜浮。　（건곤일야부）
親朋無一字，　（친붕무일자）
老病有孤舟。　（노병유고주）
戎馬關山北，　（융마관산북）
憑軒涕泗流。　（빙헌체사류）

악양루에 오르다

예부터 동정호를 들었더니
이제야 악양루에 오르네.
오나라 초나라가 동남으로 터져 있고
해와 달이 밤낮으로 떠오르네.
친척과 친구는 소식 한 자 없고
늙고 병들어 외론 배로 떠도는 몸.
관산 북쪽은 여전히 전쟁
난간에 기대에 눈물 콧물 흘린다네.

이 시는 늙고 병든 두보가 죽음을 얼마 남겨 놓지 않은 시점에 지은 명편입니다. 죽기 전에 고향에 돌아가자는 절박한 심정으로 백제성을 떠나 삼협을 지나 고향이 있는 북쪽으로 가려 했지만 여전히 길은 전란으로 막히고 오갈 데 없이 된 두보는 병든 몸을 이끌고 호북성과 호남성 일대를 정처 없이 떠도는 신세가 됩니다. 두보의 외로운 배가 바다처럼 광활한 동정호에 이르렀을 때, 그곳 동정호를 한눈에 바라볼 수 있는 강남의 삼대 누각으로 이름 높은 악양루에 올라 이 시를 남깁니다. 이 시의 전반부는 동정호에 대한 묘사요, 후반부는 자신의 신세에 대한 술회입니다. 친척도 친구도 소식 한 자 없고, 늙고 병들어 홀로 외롭게 떠도는 몸입니다. 고향이 있는 북쪽은 여전히 전쟁 중이어서 돌아갈 아무런 희망도 없습니다. 악양루 난간에 기대어 눈물 흘리고 있는 시인의 처지가 여간 안쓰럽지 않습니다. 역대로 이 시는 제3, 4구를 최고의 명구로 쳐왔습니다. 오나라, 초나라까지 넓게 이어지는 이 광활한 동정호는 해와 달이 뜨고 지는 장엄한 우주의 공간으로 묘사됩니다. 그런데 이 광대한 풍경에서 비롯된 장엄한 기상이 후반부의 슬픔에 강력하게 영향을 줍니다. 후반부에서 시인의 고독과 절망이 강렬하고 침울해도 이 시는 여전히 장엄한 기상 속에 있습니다. 그래서 친척과 친구들의 외면 속에서 늙고 병든 몸으로 전쟁이라는 시대가 만든 불행에 힘을 다해 맞서고 있는 강인함을 보여주는 것으로 이해할 수도 있습니다. '고주孤舟'의 '고孤'는 외로움이면서 동시에 고고함입니다. 홀로 세계에 맞서고 우주에 맞서는 배짱을 보여주는 것으로 볼 수도 있다는 말입니다. 유종원의 〈강설江雪〉에서 천 산, 만 길에 내리는 눈에 맞서서 '고주사립옹孤舟蓑笠翁, 독조한 강설獨釣寒江雪', 외로운 배에서 삿갓 쓰고 홀로 차가운 강에서 낚시 하는 노인의 그 '고주'가 바로 이 두보의 〈등악양루〉의 '고주'가 될 수도 있다는 겁니다. 그런 씩씩함과 결기 때문에 마지막에서 난간 에 흘린 시인의 눈물도 개인의 슬픔의 한계를 벗어나 전란의 시대 에 대한 슬픔으로 읽히게 됩니다.

지금 〈등고〉와 〈등악양루〉에서 볼 수 있듯이 두보의 슬픔은 단 순한 슬픔으로 머물지 않습니다. 스스로 장엄한 세계를 만들어 슬 픔에 힘을 부여합니다. 그리고 그렇게 얻어진 비장미는 두보 스스 로를 구하고 동시에 그 시를 읽는 사람들의 슬픔을 위로하고 씩씩 하게 해줍니다. 두보는 일찍이 〈자경부봉선현영회오백자自京赴奉先 縣詠懷五百字〉라는 장편시에서 현종과 양귀비를 비롯한 권력층의 사 치와 부패, 그로 인한 사회적인 재난을 '부잣집 대문에는 술과 고 기가 썩어 냄새가 진동하는데, 길가에는 굶고 얼어 죽은 해골이 뒹군다"는, "주문주육취, 노유동사골(朱門酒肉臭, 路有凍死骨)"이라 는 유명한 경구로 표현한 적이 있습니다. 그리고 자신의 어린 아들 이 먹을 것이 없어 주려 죽은 극한 상황을 핏빛 오열로 적었습니 다. 그런데 이 시의 맨 마지막 단락에 가면 시인은 자신의 슬픔에 서 분연히 일어나서 외칩니다. "아, 백성들의 삶은 진실로 처량하 여라/ 조용히 생업을 잃은 이들을 생각하고/ 멀리 전쟁터의 병졸 들을 생각하니/ 이 근심 종남산 같아/ 끝도 없이 이어지는구나!"

또 큰 바람에 초가집 이엉이 날아가는 바람에 차가운 가을비 속에서 밤새 떨면서도 "어떻게 하면 천만 칸 되는 광대한 집을 얻어/ 천하의 가난한 선비들을 찬바람 속에서 떨지 않게 할 수 있을까/ 그렇게만 될 수 있다면 이 몸이야 얼어 죽어도 좋으련만." 어떻게 자신의 지독한 불행이나 슬픔에 매몰되지 않고 벌떡 일어나 약자들의 불행을 동정하고 사회의 재난을 염려하는 대승의 세계로 나갈 수 있었을까요? 그것은 아마도 그가 젊은 시절 명산대천을 두루 여행하며 길렀던 호연한 기상, 바로 호연지기에 있었던 것은 아닐까요? 두보는 14~15살 무렵부터 당시 당나라 최고의 문화도시였던 낙양의 문단을 출입할 정도로 실력이 쟁쟁했습니다. 문단의 기라성 같은 선배들로부터 한나라의 대문장가인 반고나 양웅과 같다는 칭찬을 받을 정도였습니다. 본인 스스로도 만 권의 책을 읽었다고, 독파만권서讀破萬卷書라고 자부했으니 그의 머릿속에는 더 이상 자리할 수 없을 정도로 지식이 켜켜이 쌓여 있었던 겁니다. 두보는 약관의 나이가 되자 책상머리를 떠나 여행길에 오릅니다. 만 권의 책을 읽고 만 리의 길을 여행한다, 독만권서讀萬卷書, 행만리로行萬里路, 독서와 여행 이것이 바로 옛사람들이 자신의 학문과 인격을 완성하는 방식이 아닙니까? 약 오 년 동안 두보는 강남의 수려한 명산대천을 찾아 호연한 기상을 기르고 훌륭한 벗들을 만나 의연하고 호방한 인격을 만들어갑니다. 머릿속에는 만 권의 지식이 가득하고 가슴속에는 명산대천에서 얻은 호연지기가 가득한 상태로 두보는 낙양에서 실시된 과거시험에 응시하기 위해 돌아옵니다. 비록 과거시험에서 낙방하는 실패를 맛보지만 두보는 의연하게 호연지기를 기르기 위한 여행을 계속합니다. 수년 동안 여행하면서 더해진 호연지기는 이후 위태로운 시절 그의 삶을 지탱하는 힘의 원천이 됩니다. 장안에서 벼슬길이 열리지 않던 10년 간 흔들리던 그의 삶을 잡아주고 새로운 현실주의 시의 세계로 이끌었던 힘도 바로 이 호연지기였고, 안녹산의 반란으로 야기된 이산의 아픔과 가난의 고통, 온갖 병마의 침습으로 점철된 신산한 삶의 여정에서 그의 정신을 지켜주며 시의 완성자로서의 길을 갈 수 있도록 이끈 것도 바로 이 호연지기였습니다.

이제 그의 호연지기가 잘 구현된 젊은 시절의 작품 〈망악望嶽〉을 함께 감상해보도록 할까요?

岱宗夫如何？ (대종부여하)

齊魯靑未了。 (제로청미료)

造化鍾神秀， (조화종신수)

陰陽割昏曉。 (음양할혼효)

蕩胸生曾雲， (탕흉생층운)

決眦入歸鳥。 (결자입귀조)

會當凌絕頂， (회당능절정)

一覽衆山小。 (일람중산소)

태산을 바라보며

태산은 대저 어떠한가
제와 노에 걸쳐 그 푸름이 끝이 없구나.
조물주는 신령함과 수려함을 모아놓았고
산의 남북은 어두움과 밝음이 다르도다.
씻긴 가슴엔 높은 구름이 일고
터질 듯한 눈으로 새들이 날아 돌아온다.
언젠가 반드시 저 꼭대기에 올라
자그마한 뭇 산들을 한번 굽어보리라.

이 시는 두보가 첫 번째 과거시험에서 낙방하고 다시 여행길에
올라 명산대천을 찾아 호연지기를 기르고, 거친 들판에서 말을 달
리고 겨울 숲에서 매를 날리며, 곳곳에서 이름난 명사들을 만나
자신의 안목과 인격을 키우던 시기에 지은 대표적인 명시입니다.
이곳저곳 명산대천을 떠돌던 두보가 마침내 동악 태산에 올랐습니
다. 태산은 일찍이 공자가 올라 천하를 굽어보며 천하를 작게 여
긴 일화를 남긴 산입니다. 동서남북, 중앙에 각각 위치해서 중국
의 모든 산들을 대표하는 오악, 동으로 산동반도의 동악 태산, 서
로 섬서성의 서악 화산, 북으로 산서성의 북악 항산, 남으로 호남
성의 남악 형산, 가운데 하남성의 중악 숭산, 이 오악 중에서 가장
존귀한 산이 바로 동악 태산입니다. 그래서 태산을 말할 때 오악
중에서 홀로 존귀하다는 의미로 '오악독존'이라는 말로 표현하기

도 합니다. 엘리트 중에서도 최고의 엘리트인 것이죠. 그래서 동악 태산에 오르는 것은 단순한 등산이 아닙니다. 그것은 지존의 자리, 독존의 자리를 마음에 품는 매우 상징적이고 의미심장한 등산입니다.

이곳 태산을 젊은 두보가 오릅니다. "태산은 대저 어떠한가, 제나라 노나라에 걸쳐 그 푸름이 끝이 없구나." 태산은 산동성 중간에 위치해서 북쪽의 제나라, 남쪽의 노나라에 걸쳐 넓게 퍼져 있기에 한 말입니다. 끝도 없이 푸르다는 '청미료'의 표현은 자신의 식지 않은 청춘의 열정에 대한 신념입니다. "조물주는 이곳 태산에 신령하고 수려한 봉우리들을 모아놓았고, 산의 남과 북은 밤과 새벽에 서로 다르구나." 신령하고 수려한 봉우리들로 가득 찬 태산, 같은 시각에도 산의 남과 북이 저녁과 새벽으로 갈라질 정도로 드넓은 태산의 모습을 묘사한 것입니다. 저 높은 신령한 봉우리들은 두보보다 앞서간 훌륭한 선배들의 모습이자 가닿을 수 없을 정도로 높은 성취를 이룬 위인들을 상징합니다. 그런 위인들, 선배들의 모습에 비교해보면 지금 과거시험에서 떨어져 이곳저곳을 방랑하고 있는 자신의 모습은 초라합니다. 그래서 기죽을 만하고 열등감이 들 만도 할 텐데 그다음 구절을 보면 전혀 그런 모습이 없습니다. "씻겨진 가슴에 높은 구름이 일고, 눈자위 터질 듯 바라보는 눈으로 새들이 들어온다." 가슴에는 어디에도 열등감, 열패감, 좌절감이 없습니다. 이미 태산에 부는 맑은 바람으로 다 날려보냈습니다. 그리고 그 가슴속에서 태산의 흰 구름을 닮은 듯 새로운 희망의 구름이 뭉게뭉게 피어오릅니다. 그 희망에 이끌려서 눈자위가 터질 듯 결기 어린 눈으로 바라보는 곳, 그 눈에 준 힘에 날아가던 새들조차 빨려 들어올 지경입니다.

그 눈이 바라보는 곳은 어딥니까? 바로 태산의 절정, 꼭대기입니다. 그 태산 꼭대기를 바라보면서 세상을 향해 외칩니다. "언젠가 반드시 태산 꼭대기에 올라갈 것이다. 그래서 그곳에서 지금 이곳에서 바라보던 저 높다란 신령하고 수려한 봉우리들을 다 굽어보게 될 것이다.""회당능절정會當淩絶頂, 일람중산소一覽衆山小.", 태산의 기상을 뛰어넘는 최고의 명구가 탄생하는 순간입니다. 무슨 뜻입니까? 내가 언젠가는 최고가 되겠다는 선포입니다. 내가 잘하는 분야, 내가 좋아하는 분야에서 최고의 성취를 만들어내겠다는 신념을 드러낸 것입니다. 두보는 이 선언대로 결국 그가 가장 잘하는 분야, 바로 시를 짓는 시인의 영역에서, 시인의 왕국에서 최고의 일인자, 시성이 됩니다. 오고 오는 모든 세대의 시인들이 이 시성의 발 앞에 엎드려 경배했습니다.

지금도 태산에 올라보면 이 구절들이 태산의 암벽 곳곳에 새겨져 있습니다. 모든 등산객들이 그 시구를 바라보면서 큰 소리로 외칩니다. "후이 땅 링 쮀에 딩, 이 란 쭝 산 시야오!"(Huì dāng líng jué dǐng, yī lǎn zhòng shān xiǎo.) 그래서 1,300년 전에 외쳤던 두보의 이 음성은 지금까지 천 년 세월 동안 끊임없이 태산 봉우리 봉우리를 맴돌며 울려퍼지고 있습니다. 수많은 젊은이들이 이곳 오악 독존의 태산에 올라 공자가 그러했듯이, 두보가 그러했듯이 '소천하(小天下)', '일람중산소(一覽衆山小)'의 꿈을 마음에 새기고 세상을 향해 선언하고 있습니다. 여러분께서도 직원들, 자녀들 데리고 한번 태산에 다녀오시기 바랍니다. 청도까지 한 시간이면 가고 거기서 기차를 타면 3시간 정도면 태산에 갈 수 있으니 어려운 일이 아닙니다. 태산에 올라 '일람중산소'의 꿈을 선포하시고, 하산해서 공자의 고향 곡부까지 들러본다면 아주 유익한 여행이 될 겁니다.

시성 두보의 다양한 시를 만나봤습니다. 때론 그의 기쁨의 시에 공명하기도 하고, 때론 그 평안의 시에 함께 평화로워지며, 때론 그의 슬프고 비장한 시를 통해 우리의 슬픔을 위로받습니다.

國破山河在, (국파산하재),
城春草木深。 (성춘초목심)。

나라는 깨어지고 산하만 남아
봄이 온 안성에는 초목만 짙푸르구나.

전쟁의 참화 속에서 나라를 걱정하고 가족을 염려하던 마음으로 쓴 〈춘망〉의 명구입니다.

今夜鄜州月, (금야부주월)
閨中只獨看。 (규중지독간)

⋮

何時倚虛幌，(하시의허황)

雙照淚痕乾。(쌍조루흔간)

오늘밤 부주에 뜬 달

규중에서 혼자 바라보고 있겠지.

⋮

어느 때나 달빛 비치는 휘장에 기대어

함께 마른 눈물 자국 비춰 볼까?

가족과 헤어져 홀로 가을 달을 보며 가족의 그리움을 적은 〈월야〉의 명구입니다.

隨風潛入夜，(수풍잠입야)

潤物細無聲。(윤물세무성)

바람을 따라 몰래 밤에 들어와

만물을 적시니 가늘어 소리도 없구나.

봄비의 고마움을 예찬한 〈춘야희우〉의 최고의 명구입니다.

아, 이 시의 첫 구절 '호우지시절'도 정말 유명한 명구죠.

淸江一曲抱村流，(청강일곡포촌류)

長夏江村事事幽。 (장하강촌사사유)

맑은 강이 한 번 굽어 마을을 안고 흐르나니
긴 여름 강촌은 일마다 그윽하구나.

평화로운 강촌 마을의 여름을 적은 시 〈강촌〉의 최고의 명구입니다. 이 구절을 한번 읽기만 해도 가슴에 평화로운 마음이 강물처럼 흘러감을 느끼게 만드는 구절입니다.

無邊落木蕭蕭下, (무변낙목소소하)
不盡長江滾滾來。 (부진장강곤곤래)

끝없이 낙엽은 쓸쓸히 내리고
다함없는 장강은 굽이쳐 흐른다.

최고의 칠언율시 〈등고〉의 장엄한 기상을 담은 명구입니다. '부진장강곤곤래'는 장강을 묘사한 대표적인 시구로 장강을 소개하는 모든 글에 단골로 등장합니다. 장강을 여행하시려면 이 구절은 반드시 외우는 것이 좋겠지요?

吳楚東南坼, (오초동남탁)
乾坤日夜浮。 (건곤일야부)

오나라 초나라가 동남으로 터져 있고
해와 달이 밤낮으로 떠오르네.

광활한 동정호를 묘사한 장엄한 구절로 유명한 〈등악양루〉의
명구입니다. 동정호를 여행할 때는 반드시 이 구절을 외우고 가야
합니다. 악양루에 올라 큰 소리로 이 구절을 외쳐보십시오. 그 광
활하고 장엄한 기상이 가슴에 가득 차게 될 겁니다.

會當淩絶頂, (회당능절정)
一覽衆山小。 (일람중산소)

언젠가 반드시 저 산꼭대기에 올라
자그마한 뭇 산들을 내려다보리라.

태산을 압도하는 젊은 시인의 패기를 느낄 수 있는 〈망악〉의
명구 중의 명구입니다. 어떤 분야든 자신이 좋아하고 자신이 잘하
는 분야에서 최고의 성취, 최상의 경지로 나가기 위해 노력하는
사람에게 이 구절은 자신이 바라는 그 길로 인도할 든든한 깃발이
될 것입니다.

성인은 백성들의 고통에 동정하고 곁에 있어주고 함께 울어주
는 사람입니다. 시성 두보가 바로 그러합니다. 신산한 삶을 날줄

로 하고 호연한 기상으로 씨줄을 삼아 직조한 그의 슬프면서도 장엄한 시는 천 년 세월, 시간과 공간을 넘어 항상 우리 곁에 있습니다. 슬픈 우리를 위로하고 동정하면서 다시 힘을 내라고 격려하는 따뜻한 손을 내밀고 있습니다. 감사합니다.

장강삼협기행長江三峽紀行

이 글은 한국해양대학교에서 진행하는 인문학 강좌에서 강의한 내용이다. 중국의 장강삼협을 여행지로 삼아 그곳에 깃든 역사와 문학, 신화와 풍속을 설명했다.

저는 한국방송통신대학교에서 중국어와 고전문학을 가르치고 있습니다. 최근 제일 큰 타격을 입고 있는 게 여행인 만큼 여행 가고 싶은 사람들의 욕망을 제가 대신 채워주고자 여행과 관련된 내용을 준비해서 왔습니다. 저는 EBS〈세계테마기행〉프로그램에서 중국 한시 기행이라는 제목으로 근 9년 동안 출연을 했습니다. 2011년 여름 EBS〈세계테마기행〉담당 PD가 저에게 와서〈세계테마기행〉이라는 프로그램에 중국을 안내해주는 역할을 부탁했어요.〈세계테마기행〉은 특정 지역, 특정 국가의 전문가를 한 명 뽑아서 개인적으로 가기 어려운 곳을 샅샅이 찍고 편집해서 방송을 하는 거니까 안방에서 편하게 세계 곳곳의 명승지를 볼 수 있습니다. 그때 PD가 저 보고 중국 안내를 맡기면서 중국 한시를 한번 다뤄보자는 거예요. 중국은 한시의 나라니까요. 중국 하면 떠오르는 시인들 누구입니까? 이백李白, 두보杜甫 이런 사람들은 사실 이

런 여행 프로의 주된 시청자들이 어린 시절에 공부하면서 익히 들었던 시인들이거든요. 그런 시인들의 시를 여행에 덧입혀서 중간중간 읊어주면 좋아할 것이다 이야기했습니다. 여러분 어떻습니까? 좋아할 것 같아요? 이게 1,300년 전 이야기예요. 천 년 전 사람들의 어려운 한시를 다시 꺼내서 사람들에게 던져준다는 게 조금 자신이 없는 주문이었습니다.

그래도 하나 희망을 가졌던 것이 뭐냐면요 음송이라는 겁니다. 제가 이전에 북경에 가서 고전학회에 참여했다가 옛날 시를 노래하듯이 읊조리는 음송이라는 것을 배워왔어요. 시를 그냥 낭송만 하면 재미없는데 가락을 넣어서 노래하듯이 하는 거예요. 그것을 제가 익혀서 강의하기도 했는데 그게 인터넷에 떠돌게 됐단 말이에요. PD가 그걸 본 거예요. 예를 들면 이런 겁니다. 중국의 무협지에서 자주 등장하는 아미산峨眉山이라는 곳 혹시 기억나세요? 서쪽에 있는 3,000미터나 되는 명산인데 그 아미산에 갔을 때 수려한 산도 보여주고 그 위에 서식하고 있는 원숭이도 다 보여준 다음에 마지막으로 시를 읊어요. 그게 무슨 시냐면요, 아미산에서 멀지 않은 곳에 이백의 고향이 있습니다. 이백이 젊은 날 이 아미산에 와서 재밌게 노닐다가 멋진 시를 한 수 쓰고 떠나요. 그 시가 〈아미산 월가〉, 아미산의 달의 노래라는 뜻입니다. 내용은 이런 겁니다.

아미산 월가峨眉山月歌

峨眉山月半輪秋，　(아미산월반륜추)

影入平羌江水流。　(영입평강강수류)

夜發清溪向三峽，　(야발청계향삼협)

思君不見下渝州。　(사군불견하유주)

아미산에 뜨는 가을 반달

달빛이 강물에 들어 강물 따라 흘러가는구나.

이른 새벽 아미산 자락 청계를 떠나서 삼협으로 가는데

보고 싶은 그대 보지 못하고 홀로 유주로 가네.

　늘 아미산 여행에 함께했던 청량한 가을 달이 오늘따라 보이지 않아서 쓸쓸해 하는 그런 시입니다. 아름다운 서정시예요. 이걸 읽지 않고 노래하듯이 하는 겁니다. 중국어에는 성조라는 것이 있죠? 그걸 살려서 약간 음악적인 과장을 넣는 겁니다. 이렇게 방송에 나가니 많은 사람들이 주의 깊게 봤던 탓인지 시청률이 많이 올랐다고 합니다. 그래서 제가 그해 연말에 EBS에서 방송 대상을 받았습니다. 시청자들 반응이 괜찮고, 중국은 넓고 시는 많으니까 한번 시리즈로 엮는 것이 어떠하냐 해서 그때부터 시작했던 것이 작년까지 한시 기행 시리즈 1번부터 10번까지 총 41편을 만들었습니다. 중국 전역을 망라하다시피 했죠. 지금도 유튜브 들어가면 중국 곳곳의 동영상이 있습니다. 황하黃河를 따라가기도 하고, 장강을 따라가기도 하고, 비단길을 가기도 하고, 동남 지역을 돌아다니면서 설명하기도 했습니다. 중간중간 시를 인용해 노래도 하면서 유명한 먹거리를 찾아 먹방도 하면서 중국에 대한 다양한 안내를 여러 가지 형식으로 진행했습니다. 중국에 관심이 있는 분들, 중국 시장을 공략해보고 싶은 분들은 잘 활용해보시면 도움이 될 겁니다.

오늘 여러분들은 저와 함께 중국 여행을 하실 건데, 소개해드릴 곳은 장강삼협長江三峽입니다. 중국에서 제일 긴 강, 우리말로는 보통 양자강揚子江이라고 부르는데 본래 이름은 장강이고 양자강은 양주揚州지역을 흘러가는 구간을 가리키는 말이었어요. 오늘 설명할 곳은 중경重慶이라는 곳입니다. 사천성에서부터 넓게 흐르던 강이 중경쯤에 이르면 거대한 산악지역을 만납니다. 2,000미터나 되는 어마어마한 산들로 이루어진 아주 긴 협곡지대가 펼쳐집니다. 그곳이 3개의 협곡이 이어진다고 해서 장강삼협이라고 합니다. 구당협瞿塘峽, 무협巫峽, 서릉협西陵峽이 190킬로미터 정도 이어지는 꽤 긴 구간입니다. 여긴 풍경도 아름답고, 삼국지의 배경이 되는 곳이며, 신화와 전설이 곳곳에 서려 있어서 여행지로서는 최고입니다. 삼협댐이 조성되면서 이곳에 흐르던 물이 거대한 호수가 되어버렸습니다. 유속이 느려지고 수위가 높아져 많은 부분이 잠기면서 이곳의 주요한 유적지들이 전부 위로 올라갔습니다. 수심이 깊어지고 물의 유속이 느려지니까 황토물이 침전되어서 맑은 물이 됐습니다. 그리고 거대한 크루즈가 뜨기 시작합니다. 중경에서 출발해서 삼협댐까지 크루즈가 다닙니다. 그게 3박 4일, 4박 5일 정도가 걸립니다. 인천공항에서 중경까지 비행기로 3시간 반 정도 가서 배를 타고 출발하면 중간중간 주요한 풍경, 역사 유적지에서 내려줍니다. 내려서 구경하고 돌아와서 자고 하면서 아주 편하게 3박 4일 동안 쭉 흘러갑니다. 삼협댐까지 와서 내리면 기차를 타고 중경으로 돌아간 뒤 서울로 돌아가는 여정입니다. 우리나라 몇몇 여행사에서 이쪽 여행상품을 팔고 있으니 쉽고 편하게 장강삼협 곳곳의 문화탐방을 할 수가 있습니다. 오늘은 특별히 백제성白帝城이라는 곳, 장강삼협에서 핵심적인 지역인데요. 이곳을 중심으로 장강삼협의 역사 이야기, 문화 이야기를 곁들여서 여러분께 소개해드리겠습니다.

중경에서 출발해서 제일 먼저 도착하는 곳이 풍도豊都라는 곳입니다. 배를 타고 밤에 출발하면 하룻밤 자고 나서 아침쯤에 도착합니다. 이곳에는 귀성鬼城이 있습니다. 귀신의 도시입니다. 이건 우리나라에서 만든 귀신의 집 같은 게 아닙니다. 아주 오래전 한나라 때부터 염라대왕이 다스리는 공간으로 여겨서 그것과 관련된 건물과 조각상을 지어왔어요. 이곳이 귀신의 땅이 되고 염왕이 다스리는 세계가 된 것에는 여러 가지 설이 있는데, 그중 하나가 이쪽 지역에 살고 있던 부족민들이 특별히 귀신을 많이 섬겼기 때문에 이런 성격을 갖게 되었다는 설명입니다. 또 아주 재미있는 설은요, 이곳에 많은 도사들이 살았는데 그중 음씨 성을 가진 음陰도사, 왕씨 성을 가진 왕王도사 두 사람이 도를 닦아 신선이 됐다고 합니다. 음씨 성과 왕씨 성을 합치면 음왕陰王이 됩니다. 이 '음왕'이란 명칭 때문에 음왕이 다스리는 땅, 즉 염라대왕의 나라가 된 겁니다. 음왕은 염라대왕이거든요. 중국인들의 인식 속에서 저승은 모든 사람들이 심판받고 다시 윤회를 시작하는 공간으로 받아들여집니다.

그래서 여기 올라가면 전부 귀신의 세계입니다. 귀문관鬼門關부터 시작해서 여러 귀신이 형형 색색으로 만들어져 있는데요. 특별히 여기서 인상적인 것이 백무상白無常이라는 동상입니다. 무상은 중국인들의 민간설화에 나오는 저승사자입니다. 죽으면 맨 먼저 오는 게 백무상이에요. 이 백무상이 풍도에 도착한 여행객들을 맞이하는데, 백무상의 긴 고깔모자에 인상적인 네 글자가 쓰여 있습니다. '니예라일러你也來了' '너도 왔구나', 천년만년 살 것같이 그렇게 날뛰더니 너도 결국은 저승에 왔구나. 이 네 글자가 준 마음의 울림이 적지 않습니다. 이 백무상의 환영을 받으며 그곳에 가면 온갖 귀신들이 조각상으로 만들어져 있습니다. 중국인들의 뛰어난 상상력을 맛볼 수 있는데, 색을 밝히다 죽은 색귀, 술을 먹다 죽은 주귀 같은 귀신들이 여러 가지 형상으로 빚어져 있습니다. 이걸 다 둘러보고 오면서 백무상 앞에서 제가 여행객들에게 들려주는 시가 있는데 바로 도연명의 시입니다.

도연명陶淵明은 1,600년 전 위진남북조 시대에 살았던 시인입니다. 〈귀거래사歸去來辭〉가 유명하죠. 관직을 내던지고 농사지으면서 삶의 진실을 찾고자 노력했던, 지금 중국에서 가장 사랑받는 시인입니다. 이 도연명이 말년에 지은 〈잡시雜詩〉라는 시 중에 이런 구절이 있습니다.

잡시

내 집은 잠시 머물다 가는 여관이요
나는 떠나가야 할 나그네라네.
가고 가서 어디로 가는가
남산에 오랜 옛집이 있다네.

잡시雜詩

家爲逆旅舍,   (가위역려사)
我如當去客。 (아여당거객)
去去欲何之,   (거거욕하지)
南山有舊宅。 (남산유구택)

어디로 가요? 남산에 내 본래의 집, 머물 집이 있다는 겁니다. 자연 속으로 돌아가는 겁니다. 자연, 그곳이 바로 내 본래의 집이다, 자연으로 돌아가는 것을 아주 당연하게 여깁니다. 여관에 머무르는 것이 당연한 것입니까, 집으로 가는 것이 당연한 것입니까? 집으로 가는 거잖아요. 집으로 가는 것을 당연하게 여기는 겁니다. 이런 자세를 뭐라 하냐면 시사여귀視死如歸라고 합니다. 죽음을 보기를 집에 돌아가는 것같이 한다. 죽음을 당연히 내가 돌아가야 될 내 고향으로 돌아가는 것처럼 여긴다, 시사여귀視死如歸라고 했습니다. 이렇게 죽음을 자연스럽게 받아들일 때 삶을 더 바르게 볼 수 있다는 것이죠. 그래서 이 풍도와 귀성이라는 공간은 귀신의 세계와 저승을 이야기하고 있지만 실제론 그게 아니죠. 저승을 전제로 해서 내 현실을 더 바르게 바라볼 수 있게 만드는 독특한 공간입니다. 지금 내가 살아 있는 이 시간을 더 소중하게 여기고, 함께 만나는 내 벗, 함께 여행하는 내 친구를 더 소중하게 여기고 그와 함께 있는 시간이 얼마나 가치 있는지를 다시 한번 되새기게 만드는 공간입니다. 그곳에 갔다 오면 참 기분이 좋아요. 거기서 내려오면서 장강에서 잡은 물고기 튀김을 사서 빼갈이랑 먹으면서 이 아름다운 여행의 인연을 소중히 여기게 됩니다. 이렇게 되면 여행의 가치와 품격이 올라가는 것이죠.

도연명이라는 사람이 만가挽歌를 써요. 만가는 상여 끌면서 부르는 노래입니다. 자기가 죽기도 전에 자기가 상을 당할 때 부르라고 노래를 하나 지어요. 그래서 자기가 죽은 것처럼 미리 전제를 하고 쭉 시를 썼어요.

만가

삶이 있으면 반드시 죽음이 있는 법

좀 일찍 죽었다고 명이 짧은 것 아니라네.

어제 저녁 다른 사람과 똑같이 사람이었더니

오늘 아침 나는 귀신의 명부에 올랐구나.

혼은 어디로 흩어졌는가?

마른 몸만이 빈 나무 관에 걸쳐 있어라.

사랑스러운 아이는 아비를 찾아 울부짖고

친한 벗들은 나를 쓰다듬으며 우는구나.

만가挽歌

有生必有死, (유생필유사)

早終非命促。 (조종비명촉)

昨暮同爲人, (작모동위인)

今旦在鬼錄。 (금단재귀록)

魂氣散何之。 (혼기산하지)

嬌兒索父啼, (교아색부제)

良友撫我哭。 (양우무아곡)

자기가 지금 혼이 이탈되어 위에서 보고 있는 거예요. 그렇게 내려다 보니 자기 아이들이 와서 울고 있고 친구들이 와서 쓰다듬고 통곡을 하는 겁니다.

득도 실도 다시 알지 못하느니

시와 비를 어찌 알 수 있으랴.

천년만년 뒤에야

뉘 영화와 치욕을 알랴.

그저 세상에 살 때 한스러운 것 하나

술을 족하게 마시지 못한 것뿐이라네

得失不復知,　(득실불부지)

是非安能覺。　(시비안능각)

千秋萬歲後,　(천추만세후)

誰知榮與辱。　(수지영여욕)

但恨在世時,　(단한재세시)

飮酒不得足。　(음주부득족)

　　내가 영화롭게 살았는지 치욕 속에 살았는지 누가 알랴. 모든 이분법적 사고에서 완전히 자유로워졌다 이 말이죠. 그게 너무 좋다 이겁니다. 그런데 세상에 있을 적에 오직 한스러운 것 하나 있어요. 술이 부족했다는 겁니다. 이것 하나 빼놓고는 다 괜찮다 이겁니다. 이분이 실제로 지독한 가난 속에 살았어요. 마지막에 영양실조로 죽었다는 이야기도 있어요. 그런 속에서도 늘 자족하며 자기 삶을 긍정했던 사람입니다. 항상 죽음을 미리 바라보고 그 죽음을 가지고 자기 삶에 충실하려고 했던 사람입니다. 그래서 도연명의 시들은 삶의 진실함이 넘쳐요. 그걸 사람들이 너무 좋아합니다. 그의 삶이 너무 진실하니까. 그런 삶의 진실성은 죽음을 제대로 바라보고 자연스럽게 받아들이기 때문에 나오는 겁니다.

　　도연명 이야기를 하면서 풍도를 내려오면 배가 다시 떠납니다.

그리고 충현忠縣에 도착하면 여기에 장강을 지키는 석보채石寶寨라는 오래된 아주 멋진 보루가 하나 있습니다. 목조로 만든 명나라 때의 건축물인데, 아직도 제대로 남아 있어서 그걸 구경하고요. 그다음에 쭉 가서 운양에 가면 장비묘張飛廟라는 게 있어요. 장비의 사당이 있습니다. 여기는 일반적으로 크루즈가 안 서는데 혹시라도 이쪽 지역에 갈 기회가 있으면 가보시길 바랍니다. 중국어에서 '묘廟'는 우리가 말하는 무덤이 아니라 사당입니다.

삼국지를 즐겨 보신 분들은 아시듯이 장비의 머리는 운양雲陽에 있고, 장비의 몸은 낭중閬中에 있다는 말이 있어요. 운양은 이쪽 장강삼협 쪽에 있지만 몸이 묻힌 낭중이라는 곳은 사천성 동북부 지역에 있습니다. 몸과 머리가 나뉘어서 묻힌 거예요. 이곳에 장비의 머리가 묻히고 사당이 건립된 것입니다. 삼국지를 보면 관우가 손권에게 죽임을 당합니다. 태어난 건 달라도 죽는 것은 같이 죽자 했던 유비가 관우의 죽음을 알고 격노해서 원수를 갚겠다고 대군을 일으킵니다. 이때는 손권의 오나라, 유비의 촉, 그리고 중원을 지키고 있던 조조의 위, 이 삼국이 막 자리를 잡아가는 초기예요. 그러니까 유비의 촉이 아직 안정이 안 된 상태예요. 그런데 손권에게 죽임당한 관우의 복수를 하겠다고 대군을 일으켜요. 분노 때문에 이성을 잃어버린 거예요. 그래서 신하들이 거듭 말립니다. 여기서 군대를 데리고 쳐들어가면 조조가 내려와서 다 망할 수 있다고요. 근데 말 안 들어요. 70만 대군을 일으켜 먼저 가면저 낭중에 있던 장비에게 군대를 이끌고 합류하라 합니다. 장비도 관우가

비명횡사한 것을 비통해 하면서 부하 장수들을 재촉하여 3일 안에 출정할 수 있도록 하라 명합니다. 근데 짧은 시간 동안 준비가 어떻게 되겠냐며 두 명의 수하 장수가 반대했다가 장비에게 흠씬 얻어맞습니다. 그래서 이 두 장수가 앙심을 품고 장비가 자고 있는 동안에 목을 따죠. 그리고 장비의 머리를 가지고 손권에게 도망갑니다. 도망가던 그들이 이른 곳이 이곳 운양입니다. 여기를 거쳐서 손권에게 가려 하는데 그때쯤 이미 유비의 대군이 후퇴를 거듭해서 백제성까지 와 있는 거예요. 두 나라 사이엔 다시 화친 이야기가 오가는 상태인 겁니다. 그러니 머리를 가지고 가봤자 오히려 변을 겪게 될 것을 두려워해서 장비의 머리를 운양 강물에 버리고 도주합니다. 그날 밤 운양에 있던 어부의 꿈에 장비가 나타나서 자기의 머리가 강물에 있으니 건져달라고 부탁하죠. 그래서 그 어부가 머리를 건져서 봉황산鳳凰山에 묻고 사당을 세운 겁니다. 어디까지가 역사고 어디까지가 소설인지 알 수 없게 혼재되어 있습니다.

이 장비의 사당이 굉장히 신령하고 영험한 것으로 소문이 났어요. 그래서 이 앞을 지나가는 모든 배들은 반드시 여기 들러서 장비의 사당에 예를 갖춰야 험한 뱃길을 무사하게 갈 수 있다는 관례가 생깁니다. 누구나 그렇게 하는데요, 옛날 지위가 높은 재상 하나가 여기를 지나갑니다. 밑에 있는 관리들이 장비의 사당에 가서 예를 표하고 가야 된다고 이야기합니다. 그런데 재상은 장군에게 절하지 않는 법이라며 그냥 지나쳐 갔습니다. 한참을 배를 타고 가서 배를 묶어놓고 하룻밤을 잤는데 아침에 눈을 떠보니까 배가 다시 장비묘에 와 있습니다. 밧줄이 풀려서 바람에 불려 다시 왔구나 생각하며 다시 갑니다. 그런데 다시 다음 날이면 어김없이 장비묘에 와 있습니다. 그렇게 3일을 왔다 갔다 하니 그제서야 깜짝 놀란 재상은 장비묘에 올라가서 사죄를 하고 예를 갖추었습니다. 그랬더니 순풍이 불어 뱃길을 순조롭게 이끌어 무사히 목적지에 도착했다고 합니다. 지금도 이 지역 사람들은 차를 새로 샀을 때 이곳에 와서 제를 지낸다고 합니다. 새 차를 몰고 와서 폭죽을 터트리면서 예를 갖춥니다. 장비의 사당, 한번 꼭 들러보시기 바랍니다.

그다음은 구당협이 시작되는 곳입니다. 넓게 흐르던 강물이 좁은 협곡지대로 바뀝니다. 구당협이 시작되는 문, 삼협의 문이라고 해서 기문夔門이라고 하는데 이쪽 지역이 기주였기 때문에 기문이라 부르는 겁니다. 여기를 배를 타고 쭉 내려갑니다. 다음은 무산에 도착해서 작은 배로 갈아타고 소삼협小三峽을 가요. 비슷한 풍경이 쭉 이어집니다. 다시 또 소소삼협小小三峽이 있어서 더 작은 배를 타고 갑니다. 구경을 마치고 돌아올 때는 작은 배에서 다시 조금 더 큰 배로, 다시 본래 크루즈로 옮겨 타고는 무협 구간을 통과하죠. 무협 구간에서 가장 볼 만한 곳이 신녀봉神女峰입니다. 이곳에 아름다운 신녀가 있습니다. 저 봉우리 뒤쪽으로 서 있는 신녀의 모습 보이십니까? 이 신녀를 보기가 쉽지 않습니다. 왜냐하면 이 무협에는 구름이 유난히 많이 피어오르고 안개가 유난히 심하기 때문에 배를 타고 지나갈 때 신녀를 보기가 어렵습니다.

이 신녀는 굉장히 중요한 인물입니다. 무산巫山 신녀가 역사상 중국 신화 전설에 나타난 건 두 번입니다. 옥황상제의 막내딸 요희瑤姬가 언니들과 인간 세상 구경을 나옵니다. 이곳저곳을 둘러보고 돌아가려는데 마침 이 무산 12봉에 도착했어요. 풍경이 기가 막혀서 이곳에서 흠뻑 노닐다가 마침 장강의 거센 물결과 싸우고 있는 치수의 영웅 우禹를 만납니다. 요순시대가 황하문명이 시작된 시대인데, 태평성대였지만 큰 문제가 있었습니다. 바로 황하가 정비가 안 돼서 홍수 때문에 백성들이 고초를 겪는 겁니다. 그래서 요임금이 사람들을 뽑아서 일을 맡겼는데, 그때 치수로 가장 이름을 날린 사람이 우禹입니다. 그가 백성들을 이끌고 황하에 물길을 내고 장강에 물길을 내는데, 이 장강의 삼협 산악구간이 제일 힘든 거예요. 여긴 협곡이니까 물살이 엄청 거셌거든요. 너무 애쓰는 우를 보고 마음씨 착한 요희가 도와주자고 합니다. 그러니 언니들도 같이 도와줍니다. 그렇게 신통력을 발휘해서 물길을 잘 내준 다음에 언니들은 돌아갔는데, 요희는 끝내 안 돌아가요. 이곳에 남아서 이 험한 뱃길을 오가는 모든 배들을 돌봐줍니다. 그렇게 가만히 서서 수많은 세월을 바라보고 있다가 점점 돌로 변해 갔다고 합니다.

이 무산의 신녀가 언제 다시 등장하냐면, 억겁의 세월이 다시 흐른 춘추전국시대春秋戰國時代입니다. 그때 이곳 지역을 다스리고 있던 나라가 초나라입니다. 초나라의 회왕懷王이 이쪽 무산에 와서 한참 재밌게 놀고 낮잠을 자는데 꿈속에 신녀가 찾아와요. 아주 아름다운 신녀가 찾아와서 왕과 뜨거운 사랑을 나눕니다. 그러고 신녀가 떠나면서 자신에 대한 이야기를 합니다. "저는 이 무산에 살고 있는 무산 신녀입니다. 아침이면 구름이 되어서, 저녁에는 비가 되어서 왕과 함께했던 이곳을 찾아오겠습니다." 이렇게 말을 하고 떠나가요. 그날부터 아침이면 구름이 더 진해지고 밤이면 비가 내린다는 이야기가 전해집니다. 유명한 초나라 시인 송옥宋玉의 글 속에 나오는 거예요. 이 이야기에서 나오는 것이 남녀 간의 뜨거운 육체적 사랑을 말하는 운우지정雲雨之情이에요. 아침에는 구름으로 저녁에는 비로 찾아오는 무산의 신녀, 그런 상상력 때문에 모든 시인들이 이곳을 지날 때면 꿈속에서 무산 신녀를 만나고자 하는 거예요. 그래서 이곳을 지날 적에 지은 대부분의 시에서 항상 무산 신녀가 나타나죠. 이백의 시도 그렇고 소동파蘇東坡의 시도 그렇고 이곳을 지날 적에 항상 신녀가 등장합니다.

무협에서 쭉 내려가면 서릉협이 이어지는데 제일 길어요. 여기서 가장 유명한 볼거리가 굴원屈原의 사당, 그리고 향계香溪라는 곳인데 향계는 유명한 중국 4대 미녀 중 하나인 왕소군王昭君의 고향입니다. 굴원과 왕소군의 이야기를 잠깐 들려드리겠습니다. 우리나라에서 굴원과 관련된 명절은 단오입니다. 굴원이 죽은 날을 기려서 단오절이라고 하는데, 굴원은 초나라의 충신이었습니다. 그런데 간신배들의 중상모략 때문에 왕에게 미움받고 쫓겨나 강호를 떠돌면서 슬픈 감정을 초사楚辭라는 양식으로 읊어냈습니다. 나라를 사랑하고 백성을 사랑하는 마음을 담았다 해서 애국시인으로 중국 문학사에서 아주 중요한 위치를 차지하고 있습니다. 그 사람이 강호를 떠돌다가 초나라가 망해간다는 소식을 듣고 그 유명한 멱라강汨羅江에 몸을 던집니다. 멱라강은 장강이 만나는 커다란 호수 동정호洞庭湖 부근에 있습니다.

그런 사건이 생기고 나서 여러 가지 풍속이 전해지는데, 먼저 쫑즈粽子라는 음식이 있습니다. 대나무 잎에 찹쌀밥을 찐 것입니다. 굴원이 멱라강에 몸을 던지자 마을 부근에 있던 사람들이 달려와 급히 시신을 건집니다. 그런데 혹시라도 시신을 찾기 전에 물고기들이 그 몸을 해칠까봐 대신 먹으라고 쫑즈를 던졌다는 겁니다. 굴원의 죽음을 기리는 단오절에는 이걸 항상 먹죠. 그다음 용선龍船 경주도 마찬가지입니다. 빨리 시신을 구하려고 마을 사람들이 앞을 다투어 배를 저어 나간 것에서 시작된 것이 용선 경주라고 합니다. 또 다른 이야기 하나가 전해집니다. 굴원이 멱라강에 몸을 던져 죽었는데, 그때 성인의 죽음을 슬퍼한 신령한 물고기 신어神魚가 나타납니다. 이 신어가 굴원의 몸을 자기 등에 태워서 그의 고향을 찾아갑니다. 가는 동안 슬픔에 빠진 신어가 내내 눈물을 흘리는 바람에 고향집을 지나치게 됩니다. 한참을 지나서야 지나친 것을 알고 몸을 돌려 돌아갑니다. 그때 신어가 몸을 돌려 길을 갔던 곳이 지명으로 남아 있습니다. 물고기가 돌아갔다 해서 어복魚復, 지금 백제성이 있는 곳입니다. 결국 신어는 굴원의 고향 마을에 도착해서 시신을 내려놓고 떠납니다. 마을 사람들이 굴원의 시신을 정성껏 장례하고 사당을 만들었다고 합니다.

여기서 조금 더 거슬러 올라가면 향계香溪라는 곳이 있습니다. 향계에는 역사상 유명한 미인 왕소군王昭君의 고향이 있습니다. 중국의 4대 미녀는 서시西施, 왕소군, 초선貂蟬, 양귀비楊貴妃입니다. 다른 여인들은 대체적으로 역사 속에서 부정적인 이미지가 강한 데 비해 왕소군은 역대로 많은 호평을 받았습니다. 향계 부근 소군 마을에서 태어난 왕소군이 20살이 되었을 때 한나라 황제의 후궁으로 뽑힙니다. 당시 황제는 한 원제元帝라는 사람입니다. 그런데 한 원제의 후궁으로 뽑혔지만 3년이 되도록 황제의 총애를 받지 못합니다. 황제에게 한 번도 불려가지 못해요. 왜 그랬을까요? 후궁이 너무 많으니까 궁정화가에게 모든 후궁의 초상을 세밀하게 그리도록 하고 그걸 보고 정하는 겁니다. 그러니까 모든 궁녀들이 너도나도 화가에게 이쁘게 그려달라며 뇌물을 바칩니다. 유일하게 한 사람, 왕소군만큼은 뇌물을 주지 않았습니다. 그랬더니 이 궁정화가가 앙심을 품고 황제가 접근할 수 없게 그림을 그렸는데 눈물점을 찍은 겁니다. 눈 밑에 커다란 눈물점 하나를 찍어놓은 거예요. 당시에는 눈물점을 살부점殺夫點으로 봤어요. 이 여인과 잠자리를 했다가는 죽을 수 있다는 것이죠. 황제가 무서워서 들어가겠습니까?

결국 독수공방의 시절을 보내는데 왕소군에게도 드디어 기회가 와요. 한나라 때 가장 골칫거리가 북방의 강력한 민족 흉노입니다. 어느 날 흉노에서 공주를 보내주면 사위가 되어 황제를 장인처럼 모시겠다고 청합니다. 그런데 일반적으로는 친딸을 보내지 않습니다. 먼 친척 중에 한 명 골라서 공주로 임명해서 보냅니다. 그것도 여의치 않으면 궁녀 중에 뽑는 거예요. 여의치 않아서 궁녀 중에 자원자를 받았습니다. 아무 자원자도 없어요. 그때 유일하게 왕소군이 자원해서 뽑히게 됩니다. 모든 절차를 밟은 다음에 마지막 환송회에서 황제가 처음으로 왕소군의 얼굴을 보게 됩니다. 그 빛나는 얼굴을 보고 황제가 깜짝 놀라 외칩니다. "아니 이런 천하의 미인이 내 궁궐에 있었단 말이냐? 이게 어찌된 일이냐. 화첩을 가져오너라! 이 점은 누가 찍었느냐? 점 찍은 놈 나와라." 점 찍은 궁정화가는 바로 그 자리에서 참수됩니다. 옆에서 물감 타던 보조 화가들도 다 죽습니다. 천하의 중국 미인을 오랑캐에게 줘선 안 된다고 물리려고 하니 신하들이 말려서 결국 눈물을 머금고 보냅니다.

왕소군이 흉노의 땅으로 들어갈 때 자신의 신세가 너무 가엾어서 비파를 타며 슬픔을 노래합니다. 마침 그 모습을 북방에서 남방으로 날아가고 있는 기러기 떼가 봤어요. 어떻게 됐을까요? 기러기들이 한 마리 두 마리 다 떨어지는 겁니다. 그 모습이 너무 아름다워서 기러기들이 그만 날갯짓을 잊고 바라보다가 떨어진 겁니다. 그래서 나온 왕소군의 별명이 낙안落雁입니다. 비슷한 이야기로 서시의 경우가 있지요? 빨래를 하러 가면 물고기들이 서시의 모습에 반해서 지느러미 팔랑이는 걸 잊어버려서 가라앉습니다. 그래서 서시의 별명이 침어沈魚입니다. 낙안과 침어는 왕소군과 서

시의 별명이지만 실제로 미인들을 뜻합니다.

그렇게 슬픈 운명의 길을 가지만 실제로는 괜찮았어요. 흉노의 늙은 황제가 결혼한 지 얼마 안 돼서 죽어요. 흉노는 후임 황제가 앞선 황제의 모든 후궁을 계승합니다. 젊고 잘생긴 흉노의 젊은 황제가 왕소군의 배필이 되어 아주 행복하게 삽니다. 역사가들은 여인 혼자의 몸으로 백만 대군이 이룩하지 못했던 평화를 일구어 냈다고 이야기합니다. 약 50년 걸친 긴 기간 동안 전쟁이 그칩니다. 나중에는 함께 사랑했던 흉노 황제도 죽고 다시 그 밑의 어린 황제에게 귀속될 판이 되어 결국 자결하고 그곳에 묻힙니다. 그래서 지금 그 무덤이 중국 내몽고의 가장 큰 도시 후허하오터呼和浩特에 아주 거대하게 조성되어 있습니다. 왕소군이 죽었을 때 왕소군을 좋아한 수많은 흉노의 백성들이 자기 고향 땅의 흙을 퍼 와서 무덤을 만들었답니다. 이 무덤 이름이 청총青塚입니다. 왜 이런 이름이 됐냐면 이상하게도 가을이 깊어 주변 초원의 풀이 말라도 왕소군 무덤 풀은 시들지 않았답니다. 그래서 사람들이 기이하게 여겨 청총이라 하는데, 그것을 시인들은 이렇게 이야기하죠. "돌아가지 못한, 끝내 이국에서 고혼이 된 왕소군의 가엾은 넋 때문에 그럴 것이다. 돌아가고 싶은 절절한 혼 때문에 끝내 푸르른 무덤으로 남았을 것이다." 제가 이곳에 올라가서 촬영할 때 시를 읊었습니다. 두보가 지은 시입니다.

옛 자취를 읊다

온 산과 온 골짜기 형문으로 달리느니

그곳에 왕소군이 자란 마을 아직 있구나.

한번 궁궐 떠나 사막으로 사막으로 갔더니

홀로 푸른 무덤으로 남아 황혼을 바라보누나.

그림으로 어찌 봄바람 같은 얼굴 알까

옥패 소리 짤랑거리며 돌아오는 달밤의 혼이여!

천 년 세월 비파로 전해지는 오랑캐 노래

그 곡 중에 선명한 원한이여 원한이여!

영회고적詠懷古迹

群山萬壑赴荊門,　(군산만학부형문)

生長明妃尙有村。(생장명비상유촌)

一去紫臺連朔漠,　(일거자대연삭막)

獨留青塚向黃昏。(독류청총향황혼)

畵圖省識春風面,　(화도생식춘풍면)

環珮空歸夜月魂。(환패공귀야월혼)

千載琵琶作胡語,　(천재비파작호어)

分明怨恨曲中論。(분명원한곡중론)

　　왕소군의 이 이야기를 중국의 여러 시인들이 단골 소재로 씁니
다. 왕소군이 뛰어난 재색을 갖췄음에도 불구하고 황제에게 뽑히

지 않은 것, 황제의 사랑을 받지 못한 것, 그것은 중간에서 나쁜 짓을 한 화공 때문이란 말이죠. 그 구조가 뭐와 같냐면요, 자기가 아주 출중한 능력을 갖고 있는 인재임에도 황제에게 인정을 못 받아요. 왜요? 조정을 장악하고 있는 간신배들 때문입니다. 이 구조가 똑같아요. 그래서 출세가도를 달리지 못하고 떠돌고 있는 많은 지식인들이 항상 왕소군을 빌려 시를 쓰죠. 두보도 황제에게 직고하다가 미움을 사서 결국 버림을 받거든요. 그게 간신배들 때문에 그렇다는 거예요. 그래서 이곳을 지나갈 때 이 〈영회고적〉이라는 시를 남긴 겁니다.

이제 장강삼협 구간의 핵심 포인트가 될 백제성 여행을 같이 해보겠습니다. 첫 번째로 백제성 하면 떠오르는 것이 유비입니다. 유비가 여기서 죽죠. 백제성은 중국의 동남부 세력이 삼협을 통해서 올라올 수 있는 유일한 길을 막는 군사적 요충지입니다. 사천, 중경 지역을 안정적으로 지배하려면 이 백제성을 지켜야 합니다. 그래서 옛날부터 중요한 군사적 요충지였습니다. 한나라 때 공손술公孫述이라는 군벌이 이 지역을 지배했습니다. 그래서 성을 쌓았는데 성의 우물에서 흰 연기가 올라가는 것을 보고는 백룡이 올라가는 것 같다 해서 스스로를 백제라 하고 이곳을 백제성이라 했습니다. 삼국시대 촉과 오의 전쟁에서 유비가 대패하고 이곳 백제성까지 쫓겨옵니다. 관우도 죽고, 장비도 죽고, 자기 군대마저도 대패하자 마음의 병이 깊어집니다. 시름시름 앓다 임종이 가까워진 것을 알고는 급히 사신을 보내 사천성 성도에 머물고 있던 제갈량을 부릅니다. 제갈량이 유비의 아들 중에서 큰아들 유선을 남겨놓고 나머지 두 아들을 데리고 군신들과 함께 유비를 찾아와 임종을 함께합니다. 그때 유비가 제갈량에게 이야기합니다. "내 아들 유선이 군주가 될 자질이 되면 그를 도와 나라를 다스리되, 만약 그럴 자질이 안 된다 싶으면 당신이 나라를 취해서 다스리시오." 그러니 제갈량이 눈물을 흘리며 혼신을 다해서 유선을 도와 나라를 이끌겠다고 안심을 시키는데, 이 숨이 넘어가는 그 순간에 유비는 특별한 임종의 유언을 남깁니다. 옆에 있던 마속馬謖을 가리키면서 이야기합니다. "저 마속은 말이 실제보다 늘 지나치니 그에게 절대로 중임을 맡겨선 아니 되오." 유비는 제갈량이 평소 마속을 굉장히 아끼는 걸 알고는, 마속이 항상 말이 실제보다 지나치니 중용하지 말라고 유언을 한 겁니다.

유비가 죽은 뒤에 제갈량은 혼신의 힘을 다해 유선을 보좌하여 촉을 안정시키고 나라를 부흥시킵니다. 모든 유비의 유언을 받들어서 지켰지만 그 말만큼은 지키지 않았어요. 마속에게 절대 중임을 맡기지 말라는 유언을 말이죠. 조조의 위나라로 쳐들어가기 위해 가정街亭이라는 군사적 요충지를 마속에게 맡깁니다. 가정이 뚫리면 북벌을 나간 제갈량의 군대가 위태로워지니까 이곳을 지키기 위해 물과 가까운 산 아래에 진을 칠 것을 거듭 당부하죠. 그런데 마속이 말을 안 듣습니다. 자기도 뛰어난 병법가라고 생각해서 그 말을 무시하고 산꼭대기에 진을 치는 바람에 위나라 군대에 포위되고 가정을 뺏깁니다. 그 소식을 듣고 제갈량의 군대는 급히 회군하고 북벌은 실패하고 맙니다. 그래서 결국 제갈량이 그 죄를 물어 울면서 마속을 참했습니다. '읍참마속泣斬馬謖'이라고 하죠. 그러고는 스스로 세 단계의 계급을 강등합니다.

'언과기실言過其實', 마속은 말이 실제보다 지나치다. 그래서 탁고당托孤堂을 가면 유비의 어떤 역사적 이야기보다 가슴을 치는 말이 이 언과기실입니다. 항상 우리는 말을 부풀리는 경향이 있죠. 그런 스스로를 돌아보게 만드는 그런 곳입니다. 여러분들 기억하시기 바랍니다. 조직을 운영한다, 사업을 이끌어간다 할 때 '언과기실'한 사람에게 중임을 맡기면 안 됩니다. 스스로는 '자폄삼급自貶三級', 3등급을 깎아요. 이건 마속에게 중임을 맡긴 자기 책임이라는 것이죠. 높은 사람들 중 자기 실수를 밑에 있는 사람들에게 전가하고 꼬리 자르기하고 끝내는 사람이 있죠. 그런 사람들은 자신의 책임을 묻는 자폄삼급의 제갈량의 자세를 배워야 합니다. 이처럼 제갈량과 관련된 수많은 이야기들이 전해지고 그것 때문에 만들어진 사자성어가 엄청나게 많습니다. 그중에서 제갈량이 일생을 던지면서 우리에게 전하는 가장 큰 교훈이 있습니다. '식소사번食少事煩'입니다. 먹는 건 적고 일은 많다는 뜻입니다. 제갈량이 죽으면서 남긴 이야기입니다. 한 나라의 중흥을 맡긴 유비의 유촉을 끝까지 완수하자 해서 마지막 군대를 모아서 위나라를 향해 북벌을 떠나죠. 위나라 장수는 사마의司馬懿라는 장수입니다. 사마의는 제갈량이 너무 뛰어난 것을 아니까 일단 오장원五丈原에 진을 치고 대치만 합니다. 그래서 제갈량이 사신을 보내 싸우자고 독촉을 합니다. 그때 사마의가 사신에게 "제갈공께서는 식사를 많이 하시는 가?" 하고 물어요. 그랬더니 사신이 아무 생각 없이 대답합니다. "웬 걸요, 아주 적은 양의 식사를 하십니다." 그랬더니 사마의가 다시 대뜸 물어요. "일은 얼마나 하시는가?" 사신이 다시 대답합니다. "모든 일을 일일이 직접 챙기십니다. 곤장 이십 대 이상의 일은 모두 다 관여하십니다." 사신이 떠난 후 사마의는 장수들을 모아놓고 제갈량은 곧 죽을 것이라고 이야기합니다. 그 뒤 얼마 안 돼서 제갈량이 죽죠. 누리지 못하고 쉬지 못하고 일만 많아서 과로에 찌들고 있는 현대인의 모습과 닮아 있죠. 제갈량이 생을 마치면서 우리에게 전하는 겁니다. "식소사번하지 마세요." 밥은 많이 먹고 일은 줄이고 편히 쉬면서 몸도 살피고 누리라는 뜻이죠.

탁고당을 나오면 공손술을 모시는 사당인 백제묘白帝廟 정문 앞에 모택동毛澤東이 휘갈겨 쓴 시비가 있습니다. 그 옆에는 주은래周恩來, 강택민江澤民이 쓴 시가 나란히 있습니다. 그 세 개의 시가 모두 똑같은 이백의 〈조발백제성早發白帝城〉이라는 시입니다. 백제성에서는 이백의 이 시가 가장 유명하고 빛나는 시로 소개됩니다.

아침 백제성을 이별하고

아침 오색 구름 속 백제성을 이별하고
천 리 강릉을 하루 만에 돌아간다네.
양쪽 기슭 원숭이 울음소리 끊임없는데
가벼운 배는 벌써 만첩 산을 지났네.

조발백제성 早發白帝城

朝辭白帝彩雲間,　(조사백제채운간)

千里江陵一日還。　(천리강릉일일환)

兩岸猿聲啼不住,　(양안원성제부주)

輕舟已過萬重山。　(경주이과만중산)

　이 시의 창작 시기를 전후로 당나라는 극심한 동요를 겪습니다. 현종玄宗 황제와 양귀비가 한창 놀아나던 시기입니다. 현종은 당나라 최고의 황금기를 이끌어낸 명군이었지만, 양귀비를 만난 뒤부터 나라와 백성을 잊습니다. 그래서 안녹산安祿山이라는 장수가 쳐들어와서 전국을 초토화시킵니다. 수도까지 빼앗긴 현종은 사천성으로 도망가면서 아들 두 명한테 적을 제압하라 명합니다. 큰아들 이형李亨은 북쪽에서 낙양洛陽과 장안長安을 탈환하고, 다른 아들 이린李璘은 남쪽에서 군을 이끌고 와서 협공하도록 시킵니다. 마침 당시에 남쪽 여산廬山에서 이백이 부인과 은거하며 도를 닦고 있었습니다. 이린이 여산을 지나가다 참모로 삼겠다고 이백을 부릅니다. 이백은 벼슬에 대한 욕망이 굉장히 깊었습니다만 간신배가 득세하던 때라 자신의 뜻을 펼칠 수가 없었습니다. 그는 전란의 위급한 시절은 자기 꿈을 실현할 수 있는 좋은 기회다 싶어 냉큼 달려갑니다. 그러나 관군이 양쪽으로 안녹산 반군을 협공하며 우세해지면서 두 왕자들 사이에 권력투쟁이 일어납니다.

　그 과정에서 이린이 패하고 거기에 같이했던 이백도 내란부역

죄로 잡혀갔다가 부인의 노력으로 유배형으로 감형받아 가까스로 살아남습니다. 멀고 먼 유배지 야랑夜郎으로 가기 위해 겨울에 장강삼협을 거슬러 올라가는데 거친 파도에 밀려 3일 밤낮을 가도 가도 그 자리를 맴돌고 있다고 탄식할 정도로 힘겹게 여정을 갑니다. 겨울 내내 강을 올라가서 이른 봄에 도착한 곳이 백제성입니다. 그런데 놀랍게도 거기에 황제의 사면령이 먼저 와 있었어요. "이백은 죄가 없다. 이제 집에 돌아가도 좋다." 그래서 지은 시가 이 시입니다. 삼협을 쭉 나가서 강릉이라는 도시에 도착하면 뱃길이 수월해요. 거슬러 올라갈 때는 3개월을 올라갔는데 돌아갈 땐 하루 만에 돌아가죠. "천 리 강릉 길을 하루만에 돌아간다네"는 엄청난 속도감으로 자신의 즐거움을 표현한 것이죠. 그런데 강 옆으로 원숭이들이 계속 울어대는 거예요. 이곳의 원숭이 울음소리가 가을바람에 실려 오면 얼마나 처량한지 그곳을 지나가는 사람들이 눈물을 흘리지 않을 수가 없었어요. 그 울음소리가 바람 타고 들려오는 거예요. 근데 이 시에는 원숭이 울음소리에 전혀 슬픈 기색이 없죠. 양쪽 기슭 끊임없이 울려 퍼지는 원숭이 울음소리는 바로 그의 귀환을 축하하는 팡파르로 들립니다. 그래서 이건 중국 문학사에서 아주 드문 색채의 원숭이 울음소리입니다. "가벼운 배는 벌써 만첩 산을 지났네"는 가벼워진 인생의 무게, 파도와 암초의 난관을 벗어난 배처럼 가벼워진 인생을 노래하는 겁니다. 기쁨의 정서가 약동하고 있죠. 그래서 이 시가 백제성에서 가장 유명한 시가 됩니다. 1,300년의 세월이 지나는 동안 사람들은 이 시를 통해서 기쁨의 정서를 공유하고 있습니다. 나도 이런 험한 산을 지나고 있는 험한 뱃길 같은 인생을 살고 있지만 결국은 이백과 같이 이 과정을 벗어나서 순항하게 될 것이다, 스스로 다짐하고 축복도 하는 것입니다.

8년이 지난 다음에 이백을 가장 사랑했던 두보가 이곳 백제성을 찾아옵니다. 이때 이백은 이미 죽은 뒤입니다. 두보는 안녹산의 반란이 일어났을 때 관직을 버리고 가족과 피난 다니며 살아가다가 마지막에 고향 낙양으로 돌아가려 합니다. 두보에겐 어린 동생들이 있는데 전쟁 통에 뿔뿔이 흩어져 생사를 알 수가 없었어요. 그래서 늘 고향에 대한 그리움, 동생들에 대한 걱정에 가슴 아픈 시를 써요. 그런데 돌아가는 배가 백제성에 이르렀을 때 병이 깊어져 약 2년을 머물게 됩니다. 그러면서 수많은 명시들을 남깁니다. 앞서 이백의 시는 최고의 쾌시快詩입니다. 최고의 즐거운 시죠. 그런데 똑같은 공간이지만 두보의 시는 가장 침울한 시, 슬픈 시로 뽑히죠.

높은 곳에 올라

바람 세고 하늘 높아 원숭이 울음소리 애절하고
맑은 강가 흰 모래밭에 새 날아 돌고 있다.
끝없이 낙엽은 쓸쓸히 내리고
다함없는 장강은 굽이쳐 흐른다.
만리타향 늘 객이 되어 가을을 슬퍼하고

평생 병이 많아 홀로 높은 곳에 오른다.

간난에 시달려 희어진 머리 많아 슬퍼하는데

노쇠한 요즈음 탁주마저 그만두었어라.

등고登高

風急天高猿嘯哀, (풍급천고원소애)

渚淸沙白鳥飛迴。 (저청사백조비회)

無邊落木蕭蕭下, (무변낙목소소하)

不盡長江滾滾來。 (부진장강곤곤래)

萬里悲秋常作客, (만리비추상작객)

百年多病獨登臺。 (백년다병독등대)

艱難苦恨繁霜鬢, (간난고한번상빈)

潦倒新停濁酒杯。 (료도신정탁주배)

첫 구절부터 원숭이 울음소리가 애절하다고 나오죠. 이백은 원숭이 울음소리를 축하의 팡파르로 들으면서 기쁨 속에 떠나갔지만, 두보에게 원숭이 울음소리는 슬프기 그지없습니다. "맑은 강가 흰 모래밭에 새 날아 돌고 있다." 안착하지 못하는 새의 모습에서 떠도는 자신의 모습을 봅니다. "끝없이 낙엽은 쓸쓸히 내리고" 장강삼협의 산마다 낙엽이 지는데 그 지는 낙엽의 모습에 저물어 가는 자신이 녹아 있습니다. "다함없는 장강은 굽이쳐 흐른다." 내가 늙건, 고향을 떠났건, 내 동생이 죽건 아무 상관없이 세월은 무심하게 흘러간다 이 말이죠. "만리타향 늘 객이 되어 가을을 슬퍼하고, 평생 병이 많아 홀로 높은 곳에 오른다." 일생 동안 온갖 병이 많은데, 그 늙고 병든 몸으로 홀로 높은 곳에 오르는 지독한 외로움과 고독이 쓰여 있습니다. "간난에 시달려 희어진 머리 많아 슬퍼하는데, 노쇠한 요즈음 탁주마저 그만두었어라." 세상이 나에게 안겨준 불운으로 일찍 찾아든 노쇠함을 탄식하는데, 그것을 위로해 줄 탁주잔마저 멈췄습니다. 병이 깊어 금주령이 내려진 겁니다. 그러니 모든 고독과 괴로움을 온몸으로 받아들일 수밖에 없습니다.

그래서 두보 시의 풍격을 침울이라고 합니다. 이게 칠언율시인데 두보의 시가 중에서 최고로 잘된 시로 꼽힙니다. 저는 이 시가 비록 슬프지만 슬픈 가운데 힘이 있다고 봅니다. 그냥 슬퍼서 쓰러져버리는 시가 아니라 슬픔을 딛고 다시 일어나게 만드는 시라고 봐요. 비록 슬프지만 거기엔 씩씩함이 있다는 겁니다. 그래서 이 시를 읽어가면서 자신의 슬픔을 이야기하지만, 어느덧 이 시를 읽다보면 거기에 담긴 씩씩한 기상 때문에 슬픔을 딛고 일어나게 만드는 힘이 있음을 느낍니다. 잘 이해가 안 될 수도 있지만 설명을 해보자면 앞의 두 구절에서 느끼는 감정은 정말 슬픕니다. 그런데 "끝없이 낙엽은 쓸쓸히 내리고, 다함없는 장강은 굽이쳐 흐른다"는 제3, 4구는 분명 쓸쓸하지만 스케일이 어마어마하게 큽니다. '무변낙목', 그냥 쓸쓸히 정원의 나무가 지는 게 아니에요. 온 장강에 나무가 지죠. 그리고 그 한복판을 장강이 힘차게 흘러갑니다. 그런 기운이 이 시에 새로운 힘을 부여합니다. 그래서 이게 뭘까 생각해봤더니, 두보가 젊은 시절부터 시에 기운을 불어넣는 훈련을 했습니다. 20살 때까지 만 권의 책을 읽습니다. 그리고 여행을 떠나요. 명산대천에서 호연한 기상을 기르고 명인들을 만나서 자신을 바로잡아요. 그때 얻어낸 기상, 호연지기가 바탕이 된 겁니다. 두보의 시는 비록 슬퍼하고 절망하고 탄식하지만 거기에 힘과 기운, 기상이 있습니다. 그런 것들은 시의 언어에서도 나타나죠. '만 리', '백 년'과 같은 거창한 시공간과 수식어에서 기상들이 잘 드러납니다. 이 슬픈 노래를 부르고 얼마 뒤 고향으로 돌아가려 하는데 다시 지방 반란이 일어나서 뱃길이 막혀서 못 돌아가요. 그래서 동정호 부근 남쪽을 헤매다가 결국 59세에 배에서 숨을 거둡니다. 죽어가면서까지도 시에 불멸의 힘을 다하고 쓰러집니다.

짧은 시간 동안 저와 함께 장강삼협 여행을 했습니다. 나중에 기회가 되어 중국이 안정되고 뱃길이 다시 열리면 함께 장강삼협을 구경하면서 현장에서 시도 읽고 역사도 되새기면서 즐거운 시간을 가질 수 있으면 좋겠습니다. 고맙습니다.

3부

한시 만유

3부 한시 만유는 필자의 창작 한시를 소개하는 글이다. 오래전 중국 각지를 여행하면서 틈틈이 한시를 창작하여 기념으로 삼았다. 고전 한시의 수준에 비추어보면 크게 부족하지만 그래도 당시 여행의 특별한 감흥을 담았으니 필자에게는 소중한 결과물이다. 2002년 봄 처음으로 떠난 중국 강소성, 절강성 일대의 강남 여행에서 지은 한시, 2005년 가을 중국 호북성 각처를 떠돌며 지은 한시, 그리고 2008년 금강산을 방문하여 지은 한시, 2003년부터 2006년까지 제주를 방문할 때마다 지은 한시를 '한시 만유'라는 이름으로 묶었다.

3.1

강남 만유

이 글은 2002년 봄 중국에 있을 때 인터넷 홈페이지 게시판에 올린 글이다. 2001년 가을부터 1년 동안 중국 북경에 머물렀다. 이듬해 봄 강소성과 절강성 일대를 여행하면서 한시를 지어 여행의 정회를 남겼는데, 그때 적은 글을 다듬어 보았다.

강남여행기 1 江南旅行記(一)

오후 기차를 타고 북경에서 남경까지 갔습니다. 떠나기 전에 집에서 혼자 차를 따라 마시면서 스스로를 전별하는 의식을 했습니다. 만 리 먼 여행에 오르는데 나를 전송해주는 사람 하나 없어 서운해서 시를 하나 지어 스스로를 전송했지요. 다음과 같이 말입니다.

자송음 自送吟

離京萬里無人送, (이경만리무인송)

獨泡茗茶自別筵。 (독포명차자별연)

窓外楊花方雪落, (창외양화방설락)

旅情已到夢中天。 (여정이도몽중천)

黃昏獨倚沈園柳, (황혼독의심원류)

月出休於天下泉。 (월출휴어천하천)

今也揚州花似錦, (금야양주화사금)

何人爲我佇江邊。 (하인위아저강변)

자송음

북경을 떠나 만 리를 가건만 보내주는 이 없어

홀로 차를 따르며 스스로 이별잔치를 여네.

창 밖 버들솜은 눈처럼 떨어지고

나그네 마음은 벌써 꿈속 하늘에 가 있어라.

황혼녘에 홀로 심원 버드나무에 기대고

달 떠오르는 제일천 샘가에서 쉬리라.

지금 양주에는 꽃이 비단 같을 것인데

어느 누가 날 위해 강변에 서 있는가.

눈처럼 날리는 버들솜을 따라서 나그네 마음이 먼저 여행지를 찾아간 것이지요. 제5, 6구는 여행 계획에 들어 있는 장소를 적은 겁니다. 소흥의 '심원'과 진강의 '천하제일천'을 말한 겁니다. 이 시에서 미리 상상했던 것인데, 실제로 심원에서 밤늦게까지 머물러 있었고, '천하제일천' 옆 '일천호텔'에서 잠을 잤답니다. 마지막 구는 이백의 고사, 이백의 〈황학루송맹호연지광릉黃鶴樓送孟浩然之廣陵〉의 모습을 인용한 겁니다. 꽃 피는 양주로 가는 친구를 보내면서 그가 탄 배의 모습이 수평선으로 사라져가는 내내 강변에 서서 친구를 배웅하는 이백의 아름다운 우정을 흠모한 것이지요. 지금 나도 그렇게 아름다운 꽃 피는 강남 땅 양주로 가는데 왜 아무도 나를 배웅하는 이 없냐는 탄식인 셈이지요.

하룻밤을 열차에서 잤습니다. 아침에 남경南京에 도착해서 곧바로 양주揚州로 가는 버스를 탔지요. 양주까지는 1시간 남짓 걸렸습니다. 양주는 철로가 없습니다. 곧 생긴다고 하더군요. 양주로 가는 길 주변은 유채꽃들이 노란 물감처럼 흐드러지는 환상적인 분위기였습니다. 그야말로 "연화삼월하양주煙花三月下揚州", "꽃 흐드러지게 피는 춘삼월 양주로 간다"였지요. 터미널에 도착해서 택시를 타고 적당한 숙소를 찾아갔지요. 이틀을 묵겠다고 하면서 좀 깎아달라 떼를 썼는데, 제가 워낙 있어 보이던지 별로 안 깎아주더군요. 마침 점심 시간인지라 주변 식당에서 밥을 먹었는데 정말 맛있었습니다. 떠나기 전에 우리 학교에 객원교수로 근무한 적 있던 장청 교수 내외랑 식사를 같이 했는데, 내가 양주로 간다 했더니 그곳 음식이 워낙 좋으니까 무엇을 시켜도 맛있을 것이라 했거든요. 정말 다 입맛에 맞았어요. 특별히 '양주볶음밥'은 본고장이라서 그런지 더욱 맛있었습니다. 밥을 먹은 후에는 숙소 옆에 있는 양주에서 가장 유명한 '수서호瘦西湖'로 갔습니다. 본래 '서호'는 항주에 있는 아름답기로 유명한 호수 아닙니까? 그 서호 앞에 마를 수瘦자를 붙인 것은 이곳 양주의 호수가 항주의 서호와 비길 만큼 아름다운데 그 규모가 작다는 것이지요. 정말 아름답더군요.

버드나무와 복사꽃이 호숫가에 늘어서 있고, 아기자기하게 잘 꾸며놓았습니다. 무엇보다도 꽃들이 많아서 좋더군요. 호숫가를 거닐기도 하고, 찻집에 앉아 차를 마시기도 하고, 양주 팔괴(양주에서 활동했던 8명의 괴짜 예술가들)의 시집을 읽기도 하면서 시간을 보냈습니다.

유수서호 游瘦西湖

瘦西湖畔探花地，　(수서호반탐화지)

北客饑紅渴綠時。　(북객기홍갈록시)

佇看璟花尋芍藥，　(저간경화심작약)

海棠已謝鬱金奇。　(해당이사울금기)

蓮華亭裏撫磨砌，　(연화정리무마체)

二四橋邊讀杜詩。　(이사교변독두시)

日暮鳥歸人亦走，　(일모조귀인역주)

柳楊散髮滿天吹。　(류양산발만천취)

수서호에서 노닐다

수서호 물가 꽃을 찾는 곳

북객은 붉음에 굶주리고 푸름에 목마른 시절.

오래 경화를 바라보고 작약꽃을 찾아 헤매는데

해당화 이미 시들어도 울금화 어여쁘구나.

연화정 오래된 섬돌에 서성이고

이십사교 옆에서 시를 읽노라.

해 저물어 새들 돌아가고 사람들도 떠나가는데

버들은 머리 풀어 하늘 가득 날리누나.

점심에 들렀던 음식점에 다시 가서 술 한 병을 시켜 맛있는 요리와 함께 먹었습니다. 위 시는 그 음식점에서 완성시킨 겁니다. 꽃을 찾아 헤매는 흥분한 북객(북쪽에서 온 나그네)의 모양을 그렸지요. '경화'와 '작약'이 양주의 꽃입니다. 경화가 한창 피고 있었고, 작약은 개화를 준비하고 있었지요. 해당화는 이미 시들었는데 대신 울금화(튤립)가 아주 예쁘게 피어 있었습니다. '연화정'이나 '이십사교'는 호수 안에 있는 정자나 다리를 지칭한 겁니다. 옛 시절을 회상하고 옛 시인의 자취를 그리워하는 심정을 적은 것이지요.

다음날은 구양수가 세웠다는 평산당平山堂을 찾아가고, 이백이나 백거이가 올라갔다는 구층 서령탑西靈塔에 올라갔습니다. 평산당은 송대 구양수가 이곳 양주에서 벼슬하면서 지은 곳으로, 문인 지우들을 불러모아 시를 짓고 술을 마시던 풍류가 넘치던 곳입니다. 차 한잔 마시면서 피곤한 발을 쉬도록 했습니다. 서령탑은 옛날 이백과 백거이 같은 위대한 시인들이 자취를 남긴 곳인데, 최근에 다시 지어진 건물이 예스러운 맛이 전혀 없어 좀 실망스럽기도 했습니다. 저물녘에는 수양제의 능으로 갔습니다. 수양제가 양주를 무척 좋아했거든요. 마지막에 이곳에서 죽임을 당했는데, 양

양주 수서호

주 외곽에 있는 그의 묘가 최근에 다시 단장되었습니다. 쓸쓸한 능에 올라서서 해 지는 서편을 바라보니 그곳에는 노란 유채밭이 끝도 없이 펼쳐져 있었습니다. 돌아가 어제 그 식당으로 가서 남은 술을 마시면서 시 한 수 지어 멋을 부렸습니다.

양주잡영 揚州雜詠

揚州旅館獨傾酒,　(양주여관독경주)
明月何天格外圓。　(명월하천격외원)
靈塔空高無騷客,　(령탑공고무소객)
山堂失主草花眠。　(산당실주초화면)
玉人何處敎吹簫,　(옥인하처교취소)
煬帝行宮變菜田。　(양제행궁변채전)
窓外春風還十里,　(창외춘풍환십리)
披衣步巷站風前。　(피의보항참풍전)

양주의 노래

양주 여관에서 홀로 술잔을 기울이네
달은 어느 하늘에 유난히 밝은가.
서령탑은 시인도 없거늘 공연스레 높기만 하고
평산당은 주인 잃어 풀꽃들 잠들어 있네.
아름다운 사람 어디에서 피리를 가르치나
수양제의 행궁은 유채밭이 되었어라.

창밖 춘풍은 아직도 십 리를 불어가니

옷 걸치고 골목을 걸어 바람 앞에 서볼까.

제3, 4구는 서령탑과 평산당을 찾아갔을 때의 느낌을 적은 것
입니다. 예스러운 분위기 하나 없이 높게 솟아 있기만 한 서령탑
에서는 이백이나 백거이가 올랐을 당시의 느낌을 도저히 찾을 수
없더군요. 평산당도 본래 그 위치가 높아서 앞에 있는 산과 나란
하다 하여 '평'을 쓴 것인데, 앞에 있다는 산도 없어졌고 문인의 풍
류를 느낄 만한 요소가 별반 없어서 아쉽더군요. 그래서 그곳 가
까이에 있는 천하제오천天下第五泉이라는 샘터에서 오래도록 앉아
그 평산당의 이미지를 어떻게 표현할까 고민했지요. 그러다가 "평
산당은 주인 잃어 풀들도 꽃들도 모두 잠들어 있다"는 표현을 얻
었습니다. 주인은 송대의 대문호 구양수를 말하는 것이고요. 그가
이곳에서 문인들을 모아서 시회를 열고 풍류를 즐기던 시절에는
이곳 평산당 주변의 나무와 꽃, 풀들이 모두 그들의 시 속에서 살
아 생기를 발하였을 것인데, 이제 세월이 흘러 시인들 떠나고 아
무도 평산당의 풀과 꽃들을 노래하지 않게 되어 풀과 꽃들이 모두
잠들어 있다고 한 것이지요. 이 표현이 너무 좋아서 그날 저녁 술
마시면서 내내 우쭐거렸답니다. 우쭐거리는 제 모습이 상상이 되
나요? 그다음 구절은 이곳 양주에서 오랫동안 벼슬을 하면서 많은
시를 남긴 당말 시인 두목杜牧의 시구를 인용한 겁니다. 그가 친구
양 판관楊判官에게 준 시인데 그 친구가 피리를 잘 불었던 모양이에

요. 그래서 "이십사교 달 밝은 밤에, 옥 같은 사람 어디에서 피리를 가르치는가"라는 구절이 나왔고, 이 구절이 이곳 양주의 아름다운 분위기를 잘 전한다고 해서 굉장히 유명한 구절이 됐지요. 이십사교는 스물네 곳의 다리를 가리킨다는 설도 있고 어느 특정한 다리의 이름이라는 설도 있는데, 지금은 어느 곳인지 고증이 불가하다고 합니다. 전날 들렀던 수서호 한켠에 이 이십사교를 지어놓고 두목의 시를 적어놓았습니다. 제가 인용한 것은 두목의 의도와는 다르지요. "어디에 피리를 부는 그 아름다운 분위기가 있다는 말이냐!"라는, 그렇게 아름답게 표현된 옛 시절의 분위기들이 다 사라졌다는 탄식인 것이지요. 그래서 문밖으로 나가 바람 앞에 서려는 겁니다. 그 바람 속에서 옛 시인의 숨결, 옛시절의 향기를 찾아보겠다는 것이지요. 휘청거리며 돌아가는 길목에 꽃향기 실은 봄바람이 여인처럼 다가와 손목을 이끌어가고 있었습니다.

강남여행기 2 江南旅行記(二)

하루를 자고 아침에 양주에서 진강鎭江으로 갔습니다. 진강은 양주와는 장강을 놓고 마주 보고 있는 도시거든요. 버스를 탔더니 그 버스가 다시 배를 타고 가더군요. 넓은 장강을 배 탄 버스를 타고 건너갔습니다. 진강에는 천하에서 제일 품질이 우수하다는 제일천 샘물이 있어요. 그리고 금산사金山寺라는 절이 유명하고요. 그래서 금산사와 제일천 근처의 호텔에 묵었습니다. 좀 비싸더군요. 막 우겨가지고 할인을 좀 받았습니다. 양주에서 이틀을 굴렀더니 부티가 약간 빠졌는지 좀 가엾이 여기는 표정으로 반 가격으로 할인해주었습니다. 천하제일천에 갔더니 마침 왕창령의 유명한 시 〈부용루송신점芙蓉樓送辛漸 - 부용루에서 신점을 보내다〉에 나오는 부용루를 새로 조성해놓았더군요. 왕창령이 친구 신점을 낙양으로 보내면서 이곳 부용루에서 전별을 했지요. 다음과 같은 시로요.

寒雨連江夜入吳, (한우연강야입오)
平明送客楚山孤。 (평명송객초산고)
洛陽親友如相問, (낙양친우여상문)
一片冰心在玉壺。 (일편빙심재옥호)

부용루에서 신점을 보내다

찬비가 강에 내리는 밤 이곳 오 땅으로 들어와
새벽녘 객을 보내니 초 땅의 산은 외롭구나.
혹여 낙양 친구들이 내 안부를 묻거든
얼음 같은 마음이 백옥 항아리에 담겨 있다고 전해주게.

마지막 구절 "일편빙심재옥호(一片冰心在玉壺)"는 그의 마음이 이토록 깨끗하여 세상에 대한 원망도 욕망도 없다는 말입니다. 나야 누굴 보낼 일도 없고 해서 부용루 난간에서 하늘 몇 번 보고 호수 몇 번 쳐다보다가 그냥 멀뚱거리면서 나왔습니다. 바로 옆 천하제일천으로 갔지요. 우물이 제법 크더군요. 이 우물물이 옛날에

차를 마실 때 가장 좋은 물로 품평된 것이라고 합니다. 물은 계속 솟아오르고 있는데, 관리하는 사람에게 물으니 물을 마실 수는 없다고 합니다. 만일 마시려면 다시 여과를 해서 마셔야 한답니다. 천하제일이라는 이름을 얻었지만 흐르는 세월 앞에서는 우물도 어쩔 수 없는 모양입니다. 늙은 셈이지요. 쭈글쭈글한 샘의 얼굴을 오래도록 들여다보면서 탄식했습니다. "텐샤디이취안나(天下第一泉啊), 니에이징라올라! 라올라!(你也已經老啦! 老啦!―천하제일 천아 너도 늙었구나, 늙었어!)"라고요. 다시 몸을 일으켜서 금산사로 갔습니다. 유명한 절이라고 하지만 제 눈에는 그저 그래서 별 느낌 없이 다녔습니다. 가장 높은 곳으로 올라가 바라보니 조금 떨어져 장강이 흐르는 것이 보이더군요. 건륭인가 강희인가 황제가 다녀갔다고 남긴 어필정에 앉아서 이곳 금산을 들러 시를 남긴 사람들의 시들을 읽었습니다. 시를 읽다보니 내가 있던 금산이 바로 섬이었더군요. 그래서 이곳에 있는 절에 가려면 배를 타고 들어가야 했어요. 그런데 세월이 무진장 흘러서 육지와 연결이 되어버린 겁니다. 참, 세월이라는 것 겁나게(?) 겁나는 것이지요. 금산사에 높이 솟은 탑이 있거든요. 예전에 이곳이 강심에 있을 때는 그 솟은 탑이 장강에 드리운 도영倒影의 모습이 유별났던 모양입니다. 밤에 금산사의 승방에 누우면 장강수가 흘러가는 소리가 솔바람이 만 골짜기를 불어가는 소리처럼 들렸겠지요.

절 근처에 있는 동파 밥집에서 점심을 먹었어요. 혼자 다니니까 밥 먹는 것이 문제인데 대체로 이렇게 시켜요. 뜨거운 요리 한

점, 차가운 간단한 반찬 한 점, 탕 반 인분, 밥 한 공기, 이렇게요. 물론 국수 같은 것으로 간단히 때우는 경우도 있지만요. 진강도 음식이 참 좋았어요. 여행 다니면서 음식이 입에 맞으면 참 행복해지지요. 식사 후에는 건륭인지 강희인지가 상륙했다는 어마두御碼頭에 들러서 낚시하는 아저씨들 구경하다가 찻집에 들어가 차 한 잔 시켜놓고 낮잠을 좀 자다가 그랬습니다. 다시 북고산北固山이란 곳을 갔어요. 역시 장강 변에 있는 산인데 그곳이 고전 시가에 종종 나오거든요. 그곳에 감로사甘露寺라는 오래된 절이 있는데 그 뒤에 다경루多景樓라는 누각이 있어요. 모두 삼국지연의에서 유비와 손권의 고사와 관련이 있는 곳입니다. 이곳의 풍경이 천하제일이라고 해서 천하제일루라는 별명이 붙어 있는데, 그곳에서 죽치고 앉아서 오후를 보냈습니다. 옛 시인이 이곳 감로사에서 묵으면서 남긴 시 중에 "아침에 은빛 파도가 하늘을 치는 것을 보려 창문을 여니 큰 강이 방 안으로 밀려들어오누나"라고 쓴 표현이 있거든요. 장강이 도저하게 흘러가는 모습을 그린 것인데, 나는 똑같은 공간에 서 있는데 장강은 도저하기는커녕 봐주기가 민망할 정도로 밋밋하게 흘러갈 뿐이었습니다. 그래서 실망스러워 다음과 같이 시를 써서 스스로를 위로했습니다.

다경루상간장강多景樓上看長江

多景樓前惟一景, (다경루전유일경)

一條瘦削老長虹。 (일조수삭로장홍)

江心已老無銀浪, (강심이로무은랑)

江色已渾不照鴻。(강색이혼부조홍)

老樹招風回舊綠, (노수초풍회구록)

衰波霑雨亦蒼翁。(쇠파점우역창옹)

誰知身屬英華日, (수지신속영화일)

曾落詩人玉淨容。(증락시인옥정용)

다경루에서 장강을 보다

다경루 앞에 오직 하나의 경치

한 줄기 바짝 여윈 늙은 장강.

강심은 이미 늙어 은빛 파도 없고

강색은 이미 흐려져 기러기 비추지 않누나.

늙은 나무 바람을 불러 옛 푸름을 회복하건만

쇠한 파도 비 뿌려도 여전히 늙은 모습일 뿐

뉘 알리요, 이 몸 영화롭던 젊은 시절에

시인들의 옥같은 그림자 이곳에 떨어졌었음을.

하늘을 치는 은빛 파도도 없고, 날아가는 기러기의 그림자를
담을 수 있는 맑은 물결도 없는 장강. 이전에 시인들이 이곳에 들
러 노래하던 아름답고 젊던 시절을 그저 아스라한 추억으로 갖고
희미하게 미소 짓는 늙은 장강을 노래한 겁니다. 밥 때가 다 되었
기에 산을 내려와 장강 변을 거닐었지요. 진강은 장강 변 도로를

아름답게 다시 꾸미고 있더군요. 밥 먹고 호텔에 돌아와 잘 잤습니다.

다음날 아침 태호太湖로 유명한 무석無錫으로 갔어요. 차로 2시간 넘게 걸리더군요. 무석에서는 관광 팀에 끼어서 구경을 했는데 중국인들 중에 항주로 어학연수를 온 학생 한 명이 끼어 있더군요. 계림에서 온 아저씨하고 줄곧 파트너가 되어서 이런저런 이야기를 나누며 다녔습니다. 주요 관광 항목은 역시 넓은 태호를 구경하는 것인데, 구경하기 전에 각자 알아서 점심을 먹었거든요. 한국 학생이랑 아저씨랑 셋이서 음식을 시켜 먹는데 우리가 시키지도 않은 음식이 나왔어요. '홍사오로우'라는 음식인데 아주 맛있는 냄새가 솔솔 나더군요. 세 사람이 동시에 눈치를 보았는데 서로 누구랄 것도 없이 일단 먹고 보자 하고 젓가락을 내밀었지요. 먹다 보니 옆 좌석에서 중국 사람들이 자기들이 시킨 홍사오로우가 왜 안 나오냐고 종업원에게 항의하더군요. 킬킬거리면서 시침 딱 떼고 다 먹었어요. 나중에 뭐라 하면 돈 내면 되지 하는 생각으로요. 밥 먹고 태호 관광을 했는데 단체 관광이라서 무슨 느낌을 갖기가 어려웠어요. 그래서 다 마치고 돌아갈 때 가이드에게 말하고는 혼자 태호에 남았습니다. 태호가 나에게 전해주는 무슨 독특한 느낌이 없을까 해서요. 호숫가를 거닐다가 호수를 보는 것도 지겨워서 산속으로 들어갔더니 꼭대기에 정자 하나가 있더군요. 사람은 없고 새소리만 그윽해서 기분이 좋아졌는데, 문득 옆쪽으로 긴 꼬리를 가진 아름다운 새 두어 마리가 날아가는 것이 보였습니다. 마치 무슨 혼령이 숲으로 사라지는 듯한 느낌이 들었어요. 그 순간 시 한 수가 태어났지요.

태호에서 노닐며

오호 삼산에 진종일 바람 부네

아름다운 사람 어디에 숨었는가.

하늘 끝으로 배는 세월 싣고 가는데

나무들 머리 푸는 저녁 숲에 새는 넋처럼 나는구나.

우리말로 먼저 이 시를 쓰고 나중에 한시로 옮겼어요. 아름다운 사람은 중국의 사대 미인에 속하는 서시西施를 두고 하는 말입니다. 그 서시가 나중에 재상 범려范蠡와 함께 숨은 곳이 바로 이 태호라고 하거든요. 이곳 태호를 오호五湖라고도 합니다. 그리고 호수에는 산이 70여 개가 넘는데 그중에서 세 개의 산이 가장 유명하지요. 그 아름다운 서시가 어디에 숨었는가 하고 물었는데, 저녁 숲에서 아름다운 꼬리를 가진 새들이 펄펄 나는 모습을 보니 그것이 바로 서시의 혼령이 아닌가 하는 느낌이 들었던 것입니다. 한시로 옮기자니 약간은 수정할 수밖에 없더군요. 운율을 맞추려니까요.

유태호遊太湖

五湖三山遊盡日, (오호삼산유진일)

杳杳西施何處紅。(묘묘서시하처홍)

天際千舟載歲月, (천제천주재세월)

如魂鳥過晚林風。(여혼조과만림풍)

'진종일 바람 부네'를 '진종일 노닐었네'로, '아름다운 사람'은 '아득한 서시'로 바꾸었지요. 그리고 우리말에서 '나무들 머리 푸는 저녁 숲'의 '머리 풀다'는 표현을 넣을 공간이 없어요. 그래서 빼고 그냥 "새는 혼령처럼 나는데 숲에 저녁 바람 분다"로 했지요. 어때요? 근사하지 않아요? 평측을 따지느라 바뀐 시를 다시 번역하면 이렇게 되지요.

태호에서 노닐다

오호 삼산에 진종일 노닐었네

아득하다, 서시는 어디에서 꽃처럼 붉은가.

하늘 끝으로 세월 싣고 가는 천 척의 배

새가 혼령처럼 나는 저녁 숲에 바람 분다.

이 시 짓느라 늦게 남아 있다가 버스가 끊어지는 바람에 택시비가 좀 들었지요. 숙소 부근에 도착해서 저녁을 먹고 있는데 비가 오기 시작했어요. 나그네로 떠도는데 봄비가 내리니 그 심정이

어땠겠어요? 그냥 시 한 수 썼어요.

청명무석 清明無錫

終日遊湖水,　(종일유호수)

晚來獨傾酩。　(만래독경명)

旅窓清明雨,　(여창청명우)

點點萬年情。　(점점만년정)

청명무석

종일 태호에서 노닐다

저물녘 홀로 술잔을 기울인다.

나그네 창가에 내리는 청명비

점점이 만년의 정이로구나.

평측을 맞추려고 태호 대신 '호수湖水'로 썼어요. 마침 청명날이었거든요. 빗줄기가 제법 굵게 뿌렸어요. 그 빗줄기 하나하나가 천 년의 세월을 넘어 전해지는 보고 싶은 사람들의 정처럼 느껴졌어요. 그게 시인이든 미인이든 말이지요. 괜히 기분이 얼큰해져서 술 한 병 더 시켜 먹고 비 구경 한참 하다 돌아왔습니다.

강남여행기 **3**江南旅行記(三)

무석에서 소흥紹興까지는 4시간 반이 걸렸어요. 버스로 이동했지요. 일찍 출발했기 때문에 오후에 시간이 되어서 노신박물관과 심원沈園에 갈 수 있었습니다. 노신에게는 대충 인사를 하고, 곧 바로 유명한 송대 개인 정원인 심원에 갔지요. 송나라 때 심씨가 소유한 정원인데, 이곳에 남송의 애국시인으로 유명한 육유陸游의 자취가 선명하게 남아 있거든요. 육유는 젊은 시절 당완唐婉이라는 아름답고 재능 있는 아내와 금슬이 좋았는데 모친이 당완을 싫어해서 결국 이혼하게 되지요. 후에 두 사람은 각기 다른 사람과 결혼을 했습니다. 그리고 얼마의 시간이 흐른 어느 날 두 사람은 이곳 심원에서 우연히 마주칩니다. 헤어진 뒤에도 서로를 잊지 못해 아파하던 두 사람은 그 아픈 마음을 심원 벽에 글로 남깁니다. 먼저 육유가 썼고, 당완이 화답을 했지요. 그날 이후 당완은 슬픔이 깊어져 병을 얻어 결국 세상을 버리게 됩니다. 그리고 다시 40여 년이 흐른 어느 날 이미 칠십 노인이 된 육유가 이곳 심원에 와서 다음과 같은 시를 남깁니다.

심원

꿈 끊어지고 향기 사라진 지 사십 년

이곳 심원에 버들 늙어 버들솜 날리지 못하누나.

이 몸 이제 곧 저 회계산의 흙이 될 터인데

옛 모습 그리며 아직도 눈물 짓누나.

심원 沈園

夢斷香消四十年， (몽단향소사십년)

沈園柳老不吹綿。 (심원류로불취면)

此身行作稽山土， (차신행작계산토)

猶弔遺蹤一泫然。 (유조유종일현연)

심원에 앉아 쉬면서 애국의 열혈 시인의 가슴 아픈 사랑을 되새겨보았습니다. 정원은 아담한데 옛 우물들이 몇 곳 있고, 오래된 건물들이 있어서 고졸한 맛이 좋았습니다. 두 사람이 남겼다는 글을 새긴 벽을 다시 조성해두었더군요. 거기도 예스러운 음악이 흘러나오는 찻집이 있어서 그 집 이층 베란다에 앉아 세월아 네월아 하고 있었는데, 마침 바로 눈앞 뜰에 경화가 예쁘게 피어 있어서 기분이 그만이었습니다. 저녁 바람이 불자 경화의 꽃잎이 나풀나풀 지는데, 꽃잎 지는 곳을 보니 육조시대의 것으로 추정되는 옛 우물이 있는 곳이었습니다. 아름다운 이미지가 순간 떠올랐지요. 그래서 다음과 같이 시를 써봤어요.

심원 沈園

沈園院落千春過， (심원원락천춘과)

池畔柳楊萬古弦。 (지반류양만고현)

昨夜夢君香未了， (작야몽군향미료)

晚風花落古井邊。 (만풍화락고정변)

심원

심원 뜨락에 천 번의 봄이 지나고
연못가 버들은 만고의 심사를 드리웠구나.
어젯밤 꿈속에 본 그대 향기 아직도 맴도는데
저녁 바람에 꽃은 옛 우물가에 지누나.

셋째 구를 무엇으로 쓸까 한참을 고민하다가, 육유의 시에서 "꿈이 끊어지고 향기 사라졌다"를 바꾸어서 표현했지요. 저녁 바람에 꽃이 옛 우물가에 지는, 아름답지만 좀 슬픈 이미지를 가지고 육유의 사랑 이야기에 화답한 것입니다. 마지막 구에서 뜻을 살리려 하다 보니 평측이 어긋났어요. 아무리 고민해도 달리 방법이 없어서 그냥 형식을 버리자 했어요. 이 시를 쓰고 나니 이미 어두워졌어요. 공원이니까 문을 닫겠거니 하고 나가려는데 늦게까지 영업을 하고 밥도 차려줄 수 있대요. 그래서 밥을 시키고 소흥주 한 병을 주문해서 방금 쓴 시를 혼자 읊조리면서 흥얼흥얼 꽤나 즐거워했지요. 나중에는 흥이 도저해져서 육유에게 "여자 하나 지키지도 못한 놈이 무슨 나라를 지키겠다고 큰소리치는 것이냐"고 야단야단 소리소리 하기도 했답니다. 우습지요? 더 우스운 것은 다음에 일어난 일입니다. 시 한 수, 소흥주 한 병에 기분이 고양될 대로 고양된 까닭에 돌아오는 길에 사고를 쳤어요. 자전거 인력거를 타고 돌아가는데 호텔이 가까운 곳에 있었거든요, 갑자기 내가 앞에서 직접 운전하고 싶은 거예요. 객기지요. 그래서 기사에게 뒤에 타라고 하고 내가 직접 자전거를 몰았어요. 근데 가다가 그만 다른 자전거를 들이박았어요. 어떤 아줌마가 탄 자전거를 말이지요. 그 자전거는 그만 뒷바퀴가 비틀려버렸어요. 아줌마도 넘어져서 무릎이 까졌고요. 그 뒤 이야기는 그만하기로 합시다, 별로 유쾌한 일도 아닌데. 어쨌든 돌아가서 반성 많이 했어요. 제발 객기 부리지 말고 'kèqi客气'하도록 하자고 말입니다.

다음날은 왕희지의 난정을 찾아갔습니다. 버스로 40분 정도를 갔지요. 분위기가 좋더군요. 대나무를 많이 심었고, 거위도 몇 마리 기르고 있더군요. 왕희지가 거위를 좋아했거든요. 난정은 정자 이름이지요. 육조시대에 왕희지가 이곳 난정에서 시인들을 모아 글을 짓고 술을 마시며 풍류를 즐겼지요. 그곳에 '유상곡수流觴曲水'라는 곳이 있어요. 술잔이 흘러 떠내려가는 굽어진 물이라는 뜻인데, 굽이굽이 물이 흐르는 곳에 술잔을 띄우면 시인들은 그 물가 곳곳에 앉아 시를 짓다가 자기 앞으로 오는 술잔을 잡아 그 술을 마시는 풍류를 즐겼던 곳입니다. 어제 말도 안 되는 풍류 때문에 곤욕을 치른 나는 그냥 허둥대며 나왔습니다. 오후에는 하지장賀知章의 시, 이백의 시에 자주 나오는 감호鑑湖로 갔습니다. 거울처럼 맑다고 해서 '거울 감鑑'자를 썼다고 합니다. 하지장의 고향이 이곳 소흥이거든요. 소흥 교외에 있다 해서 갔는데 옛 명성이 무색하더군요. 오봉선烏篷船이라는 대나무로 만든 조그만 배를 타고 호수를 구경했는데 별반 감동이 없어요. 하지장이 노래하던 감호는 아주 드넓고 맑은 호수였는데, 지금은 넓지도 맑지도 않아서 좀 우울해졌습니다. 그리고 소흥 방언을 쓰는 사공 할아버지가 자꾸 뭐라뭐라 말하는데 나중에 알고보니 담뱃값을 달라는 거예요. 배삯도 만만치 않았고 경치는 실망스러운데 말이죠. 이래저래 우울한 기분으로 이렇게 감호를 노래했어요.

과감호過鑑湖

山陰四月梧花落，　(산음사월오화락)

遠問鑑湖鏡裏行。　(원문감호경리행)

君眼已昏姿瘦老，　(군안이혼자수로)

詩人別後一傷情。　(시인별후일상정)

감호에 들르다

산음 사월 오동꽃 지는데

멀리 감호를 물어 거울 속을 지나누나.

그대 눈 이미 흐려지고 몸 늙어 수척해졌나니

시인 떠난 후 줄곧 마음 상한 탓이런가.

소흥을 이전에는 산음山陰이라고 했거든요. 물빛이 탁해지고 부피가 줄어든 것을 하지장, 이백 같은 위대한 시인들이 떠나고 난 후 그들이 그리워 병이 들어 그렇게 된 것이라고 표현한 것이지요. 이렇게 해서 소흥 여행을 마쳤어요. 천태산天台山으로 갈까 하다가 그냥 강서성 남창南昌으로 가기로 했어요. 강남 사대 누각에 속하는 유명한 등왕각滕王閣을 보려고요.

3.2

호북 만유

호북성을 다녀왔다. 조류 독감이 돌고 있다고 식구들은 걱정을 해도 여러 차례 미루어두었던 답사였기에 "내가 조류냐?"라고 큰 소리치면서 다녀왔다. 답사지는 호북성 안륙安陸, 양번襄樊, 의창宜昌이다. 안륙에서는 이백李白이 10년 동안 살면서 시를 지었던 백조산白兆山을 찾았고, 양번에서는 제갈량諸葛亮이 10년간 궁경독서躬耕讀書하던 고륭중古隆中과 산사의 저녁 종소리 은은한 녹문산鹿門山 맹호연孟浩然 시인의 옛집을 찾았다. 의창에서는 애국시인 굴원屈原의 고향과 중국 4대 미인 중 한 사람인 왕소군王昭君의 고향을 찾았다. 홀로 떠나는 여행이어서 다소 적적하였으나 늦가을의 쓸쓸한 정취가 오히려 시작詩作에 많은 도움을 주었다. 여행지마다 시 한 수씩 지어 기념으로 삼았으니 10일이 지나자 꼭 10수의 시가 완성되었기에 전체를 묶어 '형초소요십수荊楚逍遙十首'라 했다. 형초는 옛 초나라의 땅 중에서 지금의 호북성 지역을 가리킨다. 그곳에서 이리저리 떠돌며 지은 것이라는 말이다.

荊楚逍遙十首

장유이수 將遊二首

昨夜天高月近盈, 　(작야천고월근영)

今朝辭婦逐雲行。 (금조사부축운행)

紅塵百事常違理, (홍진백사상위리)

滄海孤舟自合情。 (창해고주자합정)

白兆碧山誰問答, (백조벽산수문답)

鹿門何處晚鐘鳴。 (녹문하처만종명)

千年勝地宜高臥, (천년승지의고와)

騷客夢來香酒傾。 (소객몽래향주경)

여행을 떠나며

어젯밤 하늘 높고 달이 둥글었거니

오늘 아침 부인을 이별하고 구름 따라 떠난다.

홍진 만사는 늘 이치에 어긋나고

창해 고주는 절로 맘에 맞나니.

백조 푸른 산에 뉘 문답하는가

녹문산 어디에 저녁 종소리 들리려나.

천 년 승지 높이 누울 법하니

소객이 꿈에 찾아와 향그런 술 기울이리라.

其二

遠遊尋勝有何緣，　(원유심승유하연)

欲釣詩思萬古淵。　(욕조시사만고연)

必得昭君香溪畔，　(필득소군향계반)

還求諸葛角井邊。　(환구제갈각정변)

千鱗閃閃霞中躍，　(천린섬섬하중약)

孤竹悠悠月下連。　(고죽유유월하련)

後日携魚歸舊蒲，　(후일휴어귀구포)

呼鄰盡醉習池筵。　(호린진취습지연)

멀리 노닐어 승지를 찾음은 무슨 뜻이런가

만고의 연못에서 시정을 낚으려는 것.

왕소군의 향계 언저리

제갈량의 육각정 변.

천 마리 물고기들 노을 속에 뛰어놀면

한 줄기 낚싯대 달빛 아래 유유하리라.

훗날 고기 들고 옛 포구로 돌아가

이웃 불러 습가지 잔치 자리 실컷 취해보리라.

이 두 편의 시는 답사를 떠나면서 청주 공항에서, 비행기에서, 상해 공항에서 지은 것이다. 앞으로 만나게 될 여행지에 대한 기대감으로 지은 시이다. 첫 수부터 보도록 하자. 처음 두 구절은 늦가을 달이 청명한 때에 부인을 작별하고 여행을 떠남을 말한 것이다. 제3, 4구는 세속 일상의 불만을 말하고 홀로 천하를 떠도는 일의 유쾌함을 말한 것이다. 제5구는 이백이 백조산에서 지은 유명한 작품 〈산중문답山中問答〉을 두고 한 말이며, 제6구는 녹문사 저녁 종소리를 들으며 집으로 돌아갔던 맹호연을 생각하며 한 말이다. 제7, 8구는 앞으로 여행할 천 년의 명승에서 옛 시인들의 영혼과 만나 향기로운 교제를 나누게 될 것이라는 말이다.

둘째 시는 이 여행의 목적이 시작詩作에 있음을 밝힌 것이다. 제2구에서 '만고연'이라고 했으니 옛 시인들의 자취에서 시작의 재료들을 얻을 것이라는 말이다. 제3, 4구는 왕소군의 고향을 흐르는 향계香溪와 제갈량이 마시던 육각정六角井 우물에서 시적 영감을 얻을 것이라는 말이다. 제5, 6구는 천 마리 물고기처럼 시적 영감들이 떠오르면 달빛 아래 늘어뜨린 낚싯대로 그것을 잘 낚아보겠다, 곧 시를 지어보겠다는 것이다. 제7, 8구는 그 지어진 시를 가지고 돌아와서 친구들을 불러서 실컷 자랑해보겠다는 말이다. 마지막 구에서 '습가지'라는 지명을 인용하였는데, 이 습가지는 양번에서 방문하게 될 유적지로 옛사람들이 잔치를 열어 음풍농월하던 멋스러운 곳이다.

견회遣懷

搖落深秋獨作客, (요락심추독작객)

隻舟孤影漂楚天。 (척주고영표초천)

雁聲瑟瑟拂旅枕, (안성슬슬불여침)

黃葉霏霏積愁肩。 (황엽비비적수견)

近來生涯何所似, (근래생애하소사)

空知揚州夢十年。 (공지양주몽십년)

煙花春色憶長醉, (연화춘색억장취)

梧葉秋聲忽覺眠。 (오엽추성홀각면)

西江不息奔流去, (서강불식분류거)

南陽何處躬耕田。 (남양하처궁경전)

근심을 풀다

잎 지는 깊은 가을 홀로 나그네 되어

편주에 외론 그림자 싣고 초천을 떠도네.

기러기 소리 쓸쓸히 나그네 베개를 스치고

낙엽은 펄펄 수심 겨운 어깨에 쌓이는데,

근래 내 살이가 어떠한가

그저 양주의 십 년 꿈이 아니런가.

꽃 흐드러진 봄날 늘 취해 있었거니

오동잎 지는 가을 소리에 홀연 잠에서 깨었노라.

서강은 쉼없이 힘차게 흘러가나니

남양 땅 어드메가 내 갈아야 할 밭이런가.

상해에서 하루를 자고 호북성 안륙으로 향하는 기차를 타고 가면서 지은 시이다. 상해에서 안륙까지는 20여 시간이 걸린다. 오후에 떠났으므로 하루를 기차에서 잤다. '견회'라고 했으니 마음속의 답답한 생각을 글로 펼쳐내어 속풀이를 한다는 뜻이다. 압운만했을 뿐 평측과 대장을 엄정히 하지 않았으니 고시에 속하는 작품이다. 근래의 게으른 생활을 양주의 십 년 꿈으로 비유하여 반성하고, 세월은 쉼없이 흘러가는 장강과도 같은 것이니 궁경독서하며 천하를 꿈꾸었던 제갈량을 본받아 열심히 살자는 뜻이다. 좀 유치하긴 해도 그럭저럭 스스로 읽을 만하다.

습가지習家池

峴首山峯秋日落, (현수산봉추일락)

高陽池館晚風連。 (고양지관만풍련)

枯荷寂寂寒波裏, (고하적적한파리)

楓樹蕭蕭古岸邊。 (풍수소소고안변)

習子春秋傳百世, (습자춘추전백세)

山公醉話美千年。 (산공취화미천년)

湖亭瓦上雖荒草, (호정와상수황초)

仍夢新流白馬泉。 (잉몽신류백마천)

습가지에서

현수산 봉우리에 가을 해는 지고

고양 지관에는 저녁 바람이 이어진다.

시든 연꽃은 차가운 물결 속에 고요하고

단풍 든 나무 옛 언덕에서 쓸쓸하다.

습자의 춘추는 백세에 전해지고

산공의 취화는 천 년에 아름답거니,

호정 기와엔 잡초 무성하여도

백마천 새로 흐를 것을 또 꿈꾸고 있겠지.

안륙에서 버스를 타고 4시간 걸려 옛 양양인 양번襄樊으로 왔다. 양번은 양양襄陽과 번성樊城이 합쳐서 이루어진 도시이다. 이곳은 옛 유적이 제법 많다. 도착하자마자 찾아간 곳은 양번 동남쪽 현산峴山 아래 습가지(고양지高陽池라고도 함)라는 연못이다. 이곳은 한나라 때 습욱習郁이라는 사람이 조성한 별장으로 연못이 있어서 습가지 – 습씨 집안의 연못 – 이라 한 것이다. 진나라 때 산간山簡이 이곳에 들러서 매번 잔뜩 취하여 돌아갔다는 이야기가 전한다. 또 진나라 때 습착치習鑿齒가 이곳에서 《한진춘추漢晉春秋》를 썼는데, 이것이 바로 유명한 《삼국지》의 모태가 되었다. 당나라 때에 이백이 이곳에 들러서 "잠시 습가지에서 취할 것이니, 눈물 흘렸다는 타루비는 보지 말아라(且醉習家池, 莫看墮淚碑。)"고 하기도 했다. '타루비墮淚碑'는 이곳 현산에 세워진 비석으로 이전에 양호羊祜라는

관리가 임기를 마치고 떠나자 사람들이 그를 사모하여 송덕비를
세우고 눈물을 흘렸다는 고사가 전해온다. 이 타루비를 찾기 위해
엄청 품을 팔았는데, 철로 부근에 폐허처럼 버려져 있어 참 쓸쓸
했다. 앞의 시는 습가지를 찾아가 느낌을 적은 것인데, 전반부에
서는 늦가을 습가지의 쓸쓸한 풍경을 적었고, 후반부에서는 이곳
에서 전해지는 아름답고 소중한 일을 기술하면서 이곳이 다시 그
러한 문화적인 기능을 회복하길 바라는 소망을 적은 것이다. 마지
막에서 '백마천'이 다시 흐를 것이라 한 것은 백마천이 바로 습가
지에 물을 대주는 샘물이기에 한 말이다. 지금은 물이 원만히 솟
아오르지 않아 연못물이 깨끗지 아니한 듯했다.

고륭중古隆中

隆中年少日, (융중년소일)

麗日照蟠林。(여일조반림)

白晝躬耕汗, (백주궁경한)

黃昏抱膝吟。(황혼포슬음)

門來三顧客, (문래삼고객)

幕得億千金。(막득억천금)

澹泊能明知, (담박능명지)

今爲致遠箴。(금위치원잠)

고릉중에서

융중 소년 시절

고운 해가 용의 숲을 비추던 때,

백주엔 밭갈이하며 땀을 흘리고

황혼엔 무릎을 껴안고 시를 읊었네.

사립문에는 삼고의 객이 이르고

군막은 억만금을 얻었었지.

담박하여야 밝히 안다 하는 말

이제는 널리 아는 잠언이 되었네.

'고릉중'은 제갈공명이 젊은 시절 농사를 지으면서 학문에 정진
하던 곳으로 양번에서 차로 30여 분 거리에 있다. 제갈공명이 워
낙 유명한 터라 유지를 잘 가꾸어 볼 만했다. 천천히 걸어 이곳저
곳을 둘러보자니 흥이 유장했다. 제2구의 '반림蟠林'은 제갈공명을
'와룡臥龍'이라 한 때문에 용이 서린 숲이라는 뜻으로 쓴 말이다. 제3
구는 그곳에 '궁경전躬耕田', 즉 공명이 몸소 농사를 짓던 밭이 있어
서 쓴 말이요, 제4구는 공명이 종종 무릎을 끌어안고 시를 읊조렸
다는 이야기가 전해지는 포슬정抱膝亭이 있기에 한 말이다. 곧 제3
구는 현실 생활에 근면함을 드러내고 제4구는 새로운 세계를 향한
원대한 꿈이 있음을 표현한 것이다. 제5, 6구는 유비의 삼고초려
를 말한 것이다. 마지막 제7, 8구는 제갈량의 유명한 잠언 '담박명
지澹泊明志, 영정치원寧靜致遠', 깨끗하면 뜻을 밝힐 수 있고 고요하

면 멀리까지 이르게 된다는 말을 활용한 것으로 제갈량의 말이 많은 사람들이 즐겨 쓰는 잠언이 되었음을 표현한 것이다.

귀주여야서회 歸州旅夜書懷

秋盡長江客, (추진장강객)

又行三峽昏。 (우행삼협혼)

巴山黃橘熟, (파산황귤숙)

楚水綠波紋。 (초수록파문)

今宿歸魚浦, (금숙귀어포)

明遊落雁村。 (명유낙안촌)

悠哉天末夢, (유재천말몽)

此夜至靑魂。 (차야지청혼)

귀주의 밤

가을 다하는 시절 장강의 나그네

다시 삼협의 저녁 길을 간다네.

파산에는 노란 귤이 익어가고

초수에는 푸른 물결이 아롱지는데,

오늘은 신어가 돌아온 포구에 자고

내일은 기러기 내리는 마을에 노닐리라.

아득하여라, 하늘 끝의 꿈이여

이 밤사 푸른 영혼이 찾아오겠지.

이 시는 굴원의 고향 귀주歸州에 들려 하루를 자면서 지은 것이다. 제목의 '여야서회旅夜書懷'라는 말은 '여행하는 밤에 감회를 쓴다'는 뜻이다. 처음의 두 구는 굴원의 고향 귀주가 장강삼협 부근에 있기에 한 말이다. 이전에는 삼협을 배로 여행했지만 이번에는 육로로 여행을 했다. 제3구는 삼협, 정확히 말하자면 서릉협徐陵峽의 산기슭마다 굴을 많이 심어서 노랗게 익어가는 굴숲이 아름답기에 한 말인데, 동시에 굴원의 작품에 〈굴송〉이라는 작품을 의식하고 쓴 말이다. '파산'이라고 한 것은 이곳이 예전에 파국巴國의 영토였기에 한 말이다. 제4구는 장강의 물이 푸르러졌기에 한 말이다. 본래 장강은 탁한 물로 누런 색깔이었는데, 삼협댐 공사 덕분에 수심이 깊어져 물이 맑아졌다. '초수'라고 한 것은 이곳이 옛 초나라 땅이기 때문이다. 동시에 이 구절은 제6구에서 표현한 중국의 4대 미인 중 하나인 왕소군王昭君을 염두에 두고 한 말이다. 왕소군이 자란 곳이 바로 물이 맑기로 이름난 향계香溪이기 때문이다. 제5구에서 '신어가 돌아온 포구'라고 한 것은 굴원의 죽음과 관련이 있는 이야기이다. 초나라가 멸망에 가까워지자 굴원은 장강의 지류인 멱라수(호남성에 있음)에 몸을 던져 죽는다. 이러한 안타까운 죽음을 알게 된 신어神魚가 굴원의 몸을 자기 등에 태우고는 고향까지 돌아왔다고 한다. 그래서 이 고사를 살려서 신어가 돌아온 포구라 하였으니 굴원의 고향에서 자게 된 것을 말한 것이다. 제6구의 '기러기 내리는 마을'이라고 한 것은 왕소군의 고향을 말한 것이다. 중국의 4대 미인 중 하나인 한나라 왕소군의 아름다움을 묘사할 때 흔히 '낙안', 즉 아름다움에 놀라 기러기가 나는 것을 잊고 떨어지는 모습으로 표현하기에 한 말이다. 제5, 6구를 물고기와 기러기로 대를 맞추었다. 내가 보기에도 제법 득의한 구절이다. 오늘은 굴원의 고향에서 자고, 내일은 왕소군의 마을에서 노닐겠다는 말이다. 마지막에서는 꿈속에 굴원의 영원한 충혼과 왕소군의 시들지 않는 아름다운 영혼이 찾아올 것이라는 흥분과 설렘을 적은 것이다.

과안륙백조화이백산중문답過安陸白兆和李白山中問答

今來白兆非碧山, (금래백조비벽산)

林枯壑瘦誰得閒。 (임고학수수득한)

精華流盡歲月裏, (정화류진세월리)

桃源只在幾字間。 (도원지재기자간)

백조산에서 이백에 화답하다

오늘 온 백조는 벽산이 아니어라

숲은 시들고 골짜긴 말랐으니 뉘 한가로우랴.

정화는 세월 속에 흘러가버리고

도원은 그저 몇 글자 사이에 있을 뿐이러라.

호북성 안륙安陸은 아미산의 달을 이별하고 삼협 거센 물결을 헤치고 형초의 땅으로 나온 이백이 유랑의 족적을 멈추고 재상을 지낸 허씨 집안의 손녀와 결혼하여 10년을 산 곳이다. 그곳 안륙에 백조산이 있어서 은거하며 생활했는데, 유명한 〈산중문답山中問答〉이 거기서 지은 작품이다.

問余何事棲碧山, (문여하사서벽산)
笑而不答心自閒。 (소이부답심자한)
桃花流水窅然去, (도화유수묘연거)
別有天地非人間。 (별유천지비인간)

산중문답

뉘 묻기를 무슨 일로 벽산에 사는가
말없이 웃을 뿐 마음 절로 한가롭네.
복사꽃 물을 따라 아득히 흘러가니
다른 하늘과 땅 있어 인간 세상이 아니어라.

1,300여 년 전 이백에게 무궁한 시정을 준 도원경처럼 아름다웠던 백조산은 지금은 많이 황폐해져 도무지 이백 시의 느낌을 주지 못했다. 숲은 빈약하고 골짜기는 말라서 초라하기 그지없었다. 이백의 자취라는 것도 별반 없었다. 많이 실망스러워 이백의 시 운자를 빌려서 위와 같이 읊은 것이다. 마지막 구절은 별천지같이 아름답다던 곳이 그저 이백의 시구 속에나 있을 뿐이라는 말이다.

추일유녹문산秋日遊鹿門山

聖代隱栖地, (성대은서지)

入程心自悠。 (입정심자유)

菊花明舊路, (국화명구로)

山鳥悅今邱。 (산조열금구)

此徑浩然步, (차경호연보)

彼巖龐子休。 (피암방자휴)

何時鐘嚮谷, (하시종향곡)

暮景鹿門幽。 (모경록문유)

가을 녹문산에서

성스런 시절 은거의 땅

길에 들어서자 마음 벌써 아득하다.

국화는 옛 길에 밝게 피고

산새는 지금 언덕에 기뻐 우는데,

이 길은 맹호연이 걷던 길

저 바위에는 방덕공이 쉬었으리.

어느 때나 종소리 골짜기에 울려

녹문산 저녁 풍경이 그윽하게 되려나.

양번에서 동남쪽으로 두어 시간을 가면 녹문산鹿門山이 있다. 이 곳은 당대 시인 맹호연孟浩然이 은거하며 살던 유명한 산이다. 한나라 때 방덕공龐德公이 이곳에 은거하여 이름을 전하기도 했는데, 그는 제갈량의 스승이기도 하다. 맹호연이 왕유와 더불어 당대 자연시파의 거장이었음은 누구나 알거니와 방덕공 또한 훌륭한 인품과 학식을 지닌 은자로서 많은 시인들의 글에 자주 등장하는 인물이다. 첫 구에서 '성대'라고 한 것은 당나라 개원 연간의 태평한 시절을 말한 것이고, 맹호연이 이곳에 은거하여 살았기에 '은서지'라고 한 것이다. 제3, 4구는 국화가 밝게 피어 있고 산새가 즐겁게 울기에 한 말인 동시에 옛길과 지금 언덕이라고 해서 고금의 시간을 넘어서는 아득한 교감이 있음을 표현했다. 제5, 6구는 내가 걸었던 길과 쉬었던 바위가 바로 맹호연과 방덕공이 걷고 쉬었던 곳이라는 말로 고인과의 교감을 제3, 4구에 이어서 설명한 것이다. 마지막 두 구절은 맹호연의 시구에 자주 등장하는 녹문사의 저녁 종소리를 인용한 것인데, 실제로 절에 들러 종 치는 시간을 물어보니 저녁 8시라 하였으므로 아쉬움이 생겨 쓴 말이다.

왕소군택고정王昭君宅古井

鳳凰山下昭君宅, （봉황산하소군택）

千古淸澄楠木泉。（천고청징남목천）

路漫口乾雲水客, （로만구간운수객）

今宵解渴美人邊。（금소해갈미인변）

왕소군 집 옛우물

봉황산 아래 왕소군의 집

천고에 맑고 맑은 남목정,

길 멀고 목마른 구름 나그네

오늘 밤 미인 곁에서 목을 적신다.

이 시는 한나라 때의 절세미인인 왕소군의 고향에 들렀을 때 지어 기념한 것이다. 왕소군의 고향은 굴원의 고향에서 다시 한 시간 넘게 차를 타고 가야 한다. 저녁 늦게 왕소군의 고향에 도착했다. 그곳에 왕소군이 마시던 오랜 우물이 있는데 이 우물물을 지금도 마신다고 하며 안내인이 나에게도 마시라 권했다. 두어 모금을 마셔보니 과연 물이 시원하고 달콤한 듯했다. 우물 밑에 남목楠木이라는 나무를 깔아두었는데, 그 나무가 신기하게도 아직도 썩지 않고 있다고 하여 이 우물을 남목정楠木井이라고 부른다. 그 우물물을 마시고 나니 마치 절세미인에게 맑은 샘물을 얻어먹은 듯하기에 기분이 좋아 쓴 시이다. 첫 구의 봉황산은 왕소군의 집 뒤에 펼쳐져 있는 산 이름이다.

조등굴원사早登屈原祠

巴山排列立, （파산배열립）

楚水送漣漪。 （초수송연의）

紅橘朝煙炯, （홍귤조연형）

鷄聲竹塢奇。 (계성죽오기)

名之曰正則, (명지왈정칙)

日月豈淹之。 (일월기엄지)

我叩千年鼓, (아고천년고)

待閽碧砌遲。 (대혼벽체지)

아침 일찍 굴원사에 오르며

파산은 줄지어 서고

초수는 맑은 물결을 보내오는데,

홍귤은 아침 안개 속에 빛나고

닭 울음소리 대나무 언덕에 아득하다.

그를 이름하여 정칙이라 하였으니

일월이 어찌 그를 덮을 수 있으랴.

천 년 석고를 두드리며

문지기 기다려 푸른 섬돌에 배회하노라.

굴원의 고향에서 하루를 자고 아침 일찍 굴원의 사당에 올라 지은 시이다. 굴원의 사당은 장강이 굽어보이는 곳에 고색창연하게 지어져 있었다. 제1구는 건너편에 보이는 삼협의 산봉우리들이 첩첩이 우뚝 서 있는 모습이 마치 굴원의 사당을 향해 예를 갖추는 듯한 느낌이기에 한 말이며, 제2구는 장강의 맑은 물결도 굴원사를 향해 보내는 강신의 깨끗한 마음인 듯하다는 말이다. 제3구는 굴원사를 둘러싸고 있는 굴 숲을 두고 한 말인데, 굴원의 작품 중에 〈귤송橘頌〉이 있어 일부러 많이 심은 듯했다. 제4구는 아침이어서 닭 울음소리가 연이어 들렸는데 마침 대숲이 있어 함께 엮어 표현한 것이다. 이 모두는 굴원사에 당도하여 문 앞에서 주변 경치를 보고 느낌을 적은 것이다. 제5, 6구는 굴원의 대표작 〈이소離騷〉의 첫 부분을 활용한 것으로, 무진 세월 속에서도 찬연히 빛나는 시인의 충혼을 말한 것이다. 마지막에서 '천년고'라고 한 것은 사당 문 앞에 설치한 석고가 천 년이 넘었다 하기에 한 말인데, 마침 관리인이 오지 않아 들어가지 못했으므로 마지막 구절을 넣어 운치를 더했다.

3.3

금강 만유

6월 말에 금강산을 갔다. 주변의 꽤 많은 사람들에게 금강산을 다녀왔노라 이야기를 들을 때마다 언젠가는 가게 되겠지 하고 조급해 하지 않았더니 생각지도 않은 때에 교수 연수를 명목으로 하여 여름 금강산, 봉래산을 찾게 되었다. 우리 일행이 탄 차는 청명한 날씨 속을 경쾌하게 달려 강원도 북방의 첩첩 산속으로 구불구불 잘도 달려갔다.

방금강절구訪金剛絶句

久聞楓岳夢蓬萊,　(구문풍악몽봉래)

今得佳辰遠道開。　(금득가신원도개)

一路風淸輕駟快,　(일로풍청개사쾌)

千山已過萬山來。　(천산이과만산래)

금강산을 찾아가며

풍악을 오래 듣고 봉래를 꿈꿨더니

이제야 호시절에 먼 길을 떠나네.

바람 맑은 온 길에 수레는 경쾌하니

천 산이 지나고 만 산이 또 오는구나.

맑은 바람 부는 온정리에서 들쭉술과 대동강 맥주로 하룻밤을 흔쾌히 보내고 다음날 아침 구룡연으로 갔다. 구름이 많이 끼어 있어 아마 산에는 벌써 비가 내리고 있을 거라고 다들 걱정이 많았으나 즐거움에 아무런 장애가 되지는 못했다. 차가 신계사 부근의 금강송 숲을 지나갈 적에 금강송의 아름다움에 대한 안내원의 설명이 장황했다. 미인송이라고도 불리는 금강송은 깨끗한 피부와 날렵한 몸매를 갖췄고 키 또한 늘씬하여 과연 미인이라 할 만한데, 이런 미인들이 금강산 초입에 가득하니 그래서 금강산에서는 남자들이 몸이 마른다고 한 모양이다. 저런 미인들을 보고 애태우지 않을 남자가 몇이나 되랴. 이 미인송 아래서 유유자적 노닐었던 다섯 사내들이 오선五仙이라는 이름으로 남았는데, 고혹적인 소나무들을 여인으로 삼고 그 곁에서 꿈같은 세월을 보냈다면 신선이라는 이름은 얻었으되 그네들도 홀쭉 말라서 내려갔을 것이다.

신계송림神溪松林

始入神溪遇美人, (시입신계우미인)

紅容靑髮洗風新。(홍용청발세풍신)

誰堪相與歡娛盡, (수감상여환오진)

昔有五仙巖下親。(석유오선암하친)

신계사 송림

신계에 들었더니 미인을 만났네

붉은 얼굴 푸른 머리 바람 씻어 싱그러운데,

뉘 더불어 기쁨을 다할 수 있으랴

옛날 다섯 신선 바위 아래 친했거늘.

구름이 가득한 산길을 얼마를 갔을까. 길 옆으로 물이 쏟아지는
데 산삼과 녹용이 녹아 있는 삼록수蔘鹿水란다. 한 모금 마시면 10년
이 젊어지니 산에 오를 때 한 모금, 내려올 때 한 모금 하면 20년
세월을 줄여 청춘이 된다 했다. 욕심 많은 이가 줄창 마셔댔더니
마침내 애기가 되었다는데, 물맛이 시원하고 달콤하여 산행의 피
로를 잠시 잊게 했다. 물병에 가득 담아 부근 바위에 앉아 계속 마
셔가며 삼록수의 근원을 상상했다. 이 삼록수가 발원하는 깊은 산
속 연못 부근에 신선들이 가꾸는 산삼 밭이 있을 것이고, 그곳에
신령한 사슴이 찾아와 신선들과 놀았는데 어느 장난꾸러기 선동이
사슴뿔을 잡고 야단하다가 급기야 뿔이 떨어져 그 연못으로 빠졌
을 것이고…. 물을 많이 마셔댔더니 과연 애기가 된 탓인지 상상
이 매우 유치했으나 그 또한 꽤나 즐거운 일이었다.

삼록수蔘鹿水

巖邊水落名蔘鹿, (암변수락명삼록)

聞說此泉能駐容。 (문설차천능주용)

瑤谷雲深蔘澤裏, (요곡운심삼택리)

呦呦仙鹿失靈茸。 (유유선록실영용)

삼록수

바위 옆 지는 물을 삼록이라 하니
이 물이 사람을 젊게 한다 하네.
신선 계곡 구름 깊은 산삼 진펄에
메에에 사슴 하나 녹용을 빠뜨렸겠지.

금강문을 넘어서자 옥류동의 비경이 활짝 열렸다. 널찍하고 하얀 바위들이 어지럽게 자리 잡고 있는데 그 바위 위로 때론 넓게 때론 급하게 얼마나 투명한 물이 흘러가는지, 그 맑은 물들이 또 얼마나 아름다운 비취색 여울을 만들어내는지 참으로 비인간非人間의 절경이었다. 발길이 절로 멈추어지기를 여러 차례, 모든 산행의 일정을 접고 그저 이곳에 오래 머물러 눈을 씻고 귀를 씻고 마음을 씻고 싶었다. 이 바위들은 어디서 왔을까? 저 멀리 천화대 봉우리에서 이 맑은 옥류에 몸을 씻으러 왔을까? 이제 이렇게 희도록 깨끗해졌으니 어느 날엔가 다시 산봉우리로 돌아가겠지. 그리고 다시 억겁 세월에 이끼 낀 다른 봉우리 다른 바위들이 찾아와 몸을 씻겠지. 그윽히 눈을 감고 입을 닫고 긴 세월 맑은 물에 몸을 맡기겠지. 계곡 건너편에는 천녀화 함박꽃이 눈같이 하얀 얼굴로 붉은 웃음을 숨기고 있었다.

옥류동玉流洞

客出金門入玉流,　(객출금문입옥류)

碧潭素石勝瀛洲。(벽담소석승영주)

停言佇立灘聲裏,　(정언저립탄성리)

一洗平生萬斛愁。(일세평생만곡수)

옥류동

금강문을 나서 옥류동에 들었더니

푸른 못 흰 바위가 신선의 세상이라.

말을 그치고 여울 물소리 속에 그저 서 있었더니

평생의 만곡 근심을 한번에 쓸어가는구나.

가느다란 폭포수가 구름 사이에서 떨어진다. 봉황이 꼬리치며 올라가는 모습과 같다 해서 비봉폭포란다. 그 옆에 다시 작은 폭포가 쏟아지는데 수량이 풍부하여 보기가 좋았다. 이 폭포는 봉황이 춤을 추는 형상이라 하여 무봉폭포라는데, 비봉과 무봉을 합하여 부부폭포라고도 한다. 비봉이야 폭포수 명칭으로 흔한 듯한데 무봉이라 하니 얼마나 참신한가. 날아가버린 봉황이 아니라 머물러 춤을 추고 있으니 얼마나 태평한 세상이랴. 여울물 소리가 세차게 들린다. 저 소리는 물이 내는 소리인가, 바위가 부르는 노래인가, 아니면 봉황이 날개 터는 소리인가. 천화대 아래 구름이 자욱하다.

비봉무봉쌍폭포 飛鳳舞鳳雙瀑布

鳳也飛乎凰也舞, (봉야비호황야무)

天花臺下集祥雲。 (천화대하집상운)

潭生五彩林丘潤, (담생오채림구윤)

翽翽長翎恍惚聞。 (홰홰장령황홀문)

비봉무봉쌍폭포

봉은 날고 황은 춤을 추는가

천화대 아래 상서로운 구름이 가득하다.

봉소에 이는 오색 빛깔에 숲 언덕 빛나고

긴 날개 터는 소리 듣는 황홀한 시간.

구름이 갈수록 짙어져 산봉우리들은 이미 자취도 없다. 구룡연 옆 높은 관폭정에 올랐으나 그 장관이라던 구룡폭포는 물줄기 하나 보이지 않았다. 관폭정에서 폭폭한 심정으로 그저 안개인지 구름인지 모를 허공만을 바라보고 있었다. 명색이 구룡연 코스가 아닌가. 이 코스의 정점인 구룡폭포를 코앞에 두고도 바라볼 수가 없다니. 멀리 세존봉으로 떠나는 사람들의 점호하는 소리와 아무것도 볼 수 없다는 등산객들의 푸념 소리가 천 길 직하하는 폭포수의 굉음에 섞여 환영 속의 떠도는 목소리처럼 아득했다.

구룡폭포 九龍瀑布

人說金剛最九龍, (인설금강최구룡)

今來靈沼白雲重。 (금래령소백운중)

金鱗鐵爪煙波沒, (금린철조연파몰)

凜凜龍吟震九峰。 (름름용음진구봉)

구룡폭포

금강산에 으뜸은 구룡폭이라 하는데

오늘 용소에는 흰 구름만 짙구나.

황금 비늘 철 발톱은 안개 파도 속에 잠겼는가

<u>으스스</u> 용울음만 온 산을 울리네.

 용감한 사람들은 세존봉으로 떠나고 나머지 사람들은 상팔담을 볼 수 있다는 구룡대로 갔다. 상팔담은 구룡폭포 위에 있는 여덟 개의 여울을 가리키는데 이른바 나무꾼과 선녀의 이야기가 전해지는 곳이다. 마치 하늘로 가는 길인 듯 가파르기가 이를 데 없다. 철제 계단이 아슬하게 공중에 매달려 구름 속으로 끝도 없이 이어진다. 바위에 서린 천년송의 우뚝한 어깨에 기대어 거친 숨을 가다듬고 구름 헤치며 구룡대에 올랐더니 상팔담이 어디메뇨 하칠담이 어디메뇨. 짙은 구름만 천지를 에워싸 지척도 분간이 어렵다. "안내원 동무, 상팔담이 어딥네까?" "구름이 많아 오늘은 볼 수가 없습네다." "안내원 동무, 내래 문제를 하나 낼 테니까 알아맞혀

보시라요. 상팔담을 보러 왔는데 오늘처럼 뵈질 않으면 그땐 상팔담이 무슨 팔담이 되는지 아시겠습네까?" "무슨 말인지 모르겠습네다." "그거이 바로 상~팔담이 되는 겁네다." 모두 한바탕 크게 웃고는 한참을 기다렸으나 종내 금강산은 구름을 거두지 않았다. 그저 아득히 먼 시절, 백옥같이 하얀 피부의 선녀들이 비췻빛 옥담에 몸을 씻는 풍경이나 하릴없이 상상하면서 천제天梯에 대롱대롱 매달려 돌아올 뿐이었다.

상팔담上八潭

巍巍天棧九龍巓,　(외외천잔구룡전)

渺渺連珠上八淵。　(묘묘연주상팔연)

仙女樵夫何處隱,　(선녀초부하처은)

空潭含碧白雲邊。　(공담함벽백운변)

상팔담

높고 높구나 하늘 다리 구룡대여

멀고 멀구나 구슬 이어진 상팔담이여.

선녀와 나무꾼은 어디메 숨었는가

빈 못만 푸르러 흰 구름 가에 있구나.

3.4

한라 만유

2003년 5월 말 6월 초에 제주지역대학으로 강의를 다녀왔다. 수업 후 서울에서 내려온 가족들과 함께 몇 곳을 들러봤다. 다음 시들은 그때 받은 느낌을 정리한 것이다.

유제주 遊濟州

瀛州碧夜蒙, (영주벽야몽)

一路橘花風。 (일로귤화풍)

漁火如明月, (어화여명월)

銀潮浸旅夢。 (은조침려몽)

제주에서 노닐며

제주의 푸른 밤은 아득하여라

온 길에 귤꽃 향기 바람 날린다.

고깃배 불빛은 밝은 달과 같아

은빛 물결 나그네 꿈을 적시누나.

첫 시는 수업 첫날 학생들과 함께 제주의 밤바다 구경을 갔을 때 달빛만큼이나 밝은 고기잡이 불빛이 너무 인상적이어서 지은

것이다. 그날 밤 달이 뜨지 않았음에도 해변에 넘실대는 파도는
그 고기잡이 불빛으로 마치 달빛 속에서 출렁이는 듯한 느낌이었
다. 그래서 마지막 구를 썼다. 이 시는 다음날 수업 시간에 학생들
에게 공개했다. 수업이 '중국명시감상'이어서 그런대로 적의했다.
첫 구의 '몽蒙'은 '흐릿할 몽', '가랑비 올 몽'이다. 그리고 '영주'는
제주도의 별칭이다.

송마라頌馬羅

大海無邊坼, (대해무변탁)
烈風直不休。 (열풍직불휴)
誰言君微小, (수언군미소)
獨立號萬舟。 (독립호만주)

마라도를 찬미하며

대양은 무한히 터져 있고
열풍은 곧게 쉼 없이 불어온다.
뉘 그대를 작다고 하는가
홀로 우뚝 서 만 배를 호령하느니.

둘째 시는 가족들과 함께 마라도를 다녀와서 적은 것이다. 처
음 찾은 마라도는 느낌이 참 좋았다. 무한히 펼쳐지는 끝없는 대
양, 쉼 없이 부는 매서운 바람, 그곳에 우뚝 서 있는 등대. 작은 섬

이지만 대양을 다니는 수많은 배들을 바르게 인도하는 모습이 너무 고마워서 호쾌한 기상을 담아 써봤다.

등한라登漢拏

漢拏聖地最高處,　(한라성지최고처)

杜鵑醉紅女神眠。　(두견취홍여신면)

俯看綠裙何延延,　(부간록군하연연)

應是玉脚在海邊。　(응시옥각재해변)

한라산에 올라

한라산 성스러운 땅 가장 높은 곳

두견화에 붉게 취해 여신은 잠들고,

굽어보면 푸른 치마 한없이 펼쳐져

백옥 같은 발은 해변에 있겠지.

셋째 시는 한라산을 영실에서 윗새오름까지 오른 후에 느낌을 적은 것이다. 올라가는 중간중간 굽어보면 완만하게 펼쳐진 산록이 정말 여신의 옷자락이라고 할 만했고, 고원지대에는 철쭉이 가득 피어 기분이 삼삼했다. 그래서 산기슭이 넓게 펼쳐진 것을 여신의 치마라고 했으니 높은 곳에 흐드러지게 핀 것은 두견화(철쭉이지만 두견화가 여러모로 시적이다)로 빚은 술에 붉게 취하여 잠든 여신의 붉어진 얼굴로 묘사했다. 그리고 보니 해변가, 하얀 백사장은 바로 여신의 백옥 같은 발이 아니겠는가, 아니면 해안에 부서지는 하얀 포말이 그렇던가. 이 시는 상상력을 재미있게 펼쳐본 것으로 운만 살렸고 평측은 따지지 않았다. 그래도 이 세 수 중에서 가장 맘에 든다. 제주도는 참 매력이 넘치는 곳이다. 여러 번 가도 매양 신선하고 매양 아름답다. 이 세 편의 시로 초여름 제주 여행의 신선하고 즐거웠던 느낌을 적어 소중한 기념으로 삼는다.

2004년 3월 하순에 제주 수업을 다녀왔다. 이참에 그동안 벼르고 별렀던 한라산 정상 등반을 하기로 했다. 등산화도 새로 사고 날짜도 하루를 온전히 비워놓았다. 학생회장이 다른 두 명의 학생들과 함께 동행해주었다. 성판악으로 해서 진달래 대피소까지, 다시 백록담이 보이는 정상까지 장시간을 걸어 올라갔다. 먹을 것을 세밀하게 준비해온 1학년 대표 학우, 산을 많이 다녀서 등산의 생리를 잘 알아 편안하게 인도해준 3학년 학우 덕분에 즐겁고 유쾌한 산행이 되었다. '춤추는 개나리' 김현수 학생회장은 모두의 염려를 날려버리고 그 육중한 몸으로 구름 위를 걷듯이 사뿐사뿐 잘도 걸어갔다. 다음 시들은 모두 그날의 흥취를 담은 것이다.

유한라사수 遊漢拏四首

山下櫻花春路盈,　(산하앵화춘로영)

谷中裸樹不知萌。　(곡중나수부지맹)

去年大雪根猶蟄,　(거년대설근유칩)

林鳥頻來勸覺鳴。　(임조빈래권각명)

한라산에 노닐며

산 아래 벚꽃은 봄 길을 가득 채웠는데
골짜기 헐벗은 나무들 싹 틔울 줄 모른다.
작년 대설에 뿌리는 아직도 움츠려 있는가
산새가 자주 찾아와 잠 깨라 운다.

其二

路長足困霧中休,　(노장족곤무중휴)
風急前峰雲似流。　(풍급전봉운사류)
靄靄杜鵑還濕夢,　(애애두견환습몽)
幽幽玄鳥叫春愁。　(유유현조규춘수)

길은 멀고 발은 곤하여 안개 속에 쉬는데
바람 급히 불어 앞 봉우리에 구름은 흐르는 듯
안개 속 두견화 아직도 꿈을 꾸고
어둑어둑 까마귀 봄 근심에 운다.

其三

何處山峰白鹿鳴,　(하처산봉백록명)
忽聞仙客曳裾聲。　(홀문선객예거성)
寒鴉縹緲天波沒,　(한아표묘천파몰)
古樹殘枝紫氣生。　(고수잔지자기생)

어디메 산봉우리 흰 사슴 우는가

홀연 신선의 옷자락 소리 들린다.

까마귀 하늘 물결 속으로 아득히 사라지고

고사목 시든 가지에 자색 기운이 감돈다.

其四

歸途風竹來新雨,　(귀도풍죽래신우)

群樹靜聽暮岳歌。(군수정청모악가)

獨坐靑巖遊物外,　(독좌청암유물외)

山禽數叫促娑婆。(산금삭규촉사바)

돌아가는 길 바람 이는 대숲에 비 새로 내리고

뭇 나무들 고요히 저녁 산의 노래를 듣는다.

홀로 푸른 바위에 앉아 물외를 노니는데

산새는 거듭 울어 속세로 가라 재촉한다.

첫 수는 등산을 막 시작했을 때의 정황이요, 둘째 수는 진달래 대피소에서 점심을 먹으며 쉴 때의 모습이다. 어둑한 구름 속에서 낮게 울며 나는 까마귀들이 인상적이었다. 셋째 수는 정상에 올라 구름에 가득 가려진 백록담을 굽어보면서 그 유래와 관련된 이야기를 상상하면서 쓴 것이다. 신선들이 흰 사슴을 타고 내려와 노닐었다고 하는 전설을 활용하여 정상 부근의 신비로운 분위기를 적은 것이다. 넷째 수는 돌아가는 길에 본 정황이다. 비가 내리기 시작해 불편하기는 했지만 오히려 운치가 더해져서 나는 무척 좋았다. 사람들을 먼저 가라 하고 한참을 바위에 앉아 나무들과 함께 저녁 산이 부르는 노래를 들었다. 산새가 내려가라고 재촉만 안했더라도 그냥 남아 바위가 되고 바람이 되었을 텐데….

2006년 초여름 제주 수업을 다녀왔다. 매양 그렇듯이 수업 후 하루를 잡아 한라산 등산을 했다. 영실 쪽으로 해서 윗새오름까지 다녀왔는데, 마침 날이 화창하고 바람이 선선하여 등산에는 제격이어서 학우들까지 다섯이 시종 깔깔거리며 즐거운 산행을 했다. 다음 시들은 〈한라영실오영漢拏靈室五咏〉이란 제목하의 다섯 수 작품으로 각 작품마다 제목을 따로 붙였다.

영기암 咏奇巖

靈室奇巖神秀姿, (영실기암신수자)
高崗矗矗將軍儀。 (고강촉촉장군의)
松間玄鳥千年叫, (송간현조천년규)
何得夢醒龍馬馳。 (하득몽성룡마치)

영실 기암

영실 기암의 신령하고 수려한 자태
높은 산봉우리 우뚝우뚝 장군의 모습일세.
소나무 사이로 현조는 천 년을 울건만

어느 때나 꿈에서 깨어 용마를 달리게 할고.

첫 수는 영실의 오백 나한, 오백 장군이라 불리는 기암을 노래한 것이다. 멀리 우뚝우뚝 서 있는 장군들이 이젠 오랜 잠에서 깨어나 용마를 타고 달려보라는 것인데, 영실 입구의 아름다운 송림에 펄펄 날아다니며 우는 까마귀의 울음이 바로 장군들의 잠을 깨우는 소리라고 이해한 것이다.

영두견원 咏杜鵑原

長陟風磴入秘園, (장척풍등입비원)
花明天地欲離魂。 (화명천지욕리혼)
應非此物爲塵俗, (응비차물위진속)
誰與共尋方外源。 (수여공심방외원)

철쭉원

바람 부는 돌길을 올라 비원에 들었더니
꽃이 천지를 밝혀 넋이 떠날 듯하다.
이곳은 분명 홍진 세상 아니려니
뉘 나와 함께 신선의 땅을 찾으려오.

둘째 수는 진달래가 황홀하게 피어 있는 고원을 노래한 것이다. 너무 황홀해서 차마 발길을 돌리기가 어려웠는데, 그곳은 아

마도 신선들의 세계로 들어가는 입구일 것이라는 상상을 가지고
시를 적었다.

영고원림詠高原林

萬歲風霜塑秀林, (만세풍상소수림)
紅塵遊客自齊襟。 (홍진유객자제금)
根圍蒼石枝爲鐵, (근위창석지위철)
徐步樹間君子吟。 (서보수간군자음)

고원림

만세의 풍상이 빚어낸 빼어난 숲이여
홍진의 나그네 절로 옷깃을 여민다.
뿌리는 푸른 바위를 감싸고 가지는 철이라
나무 사이 천천히 거닐며 군자를 노래하노라.

셋째 수는 가파른 길을 다 올라가서 노루샘까지 가는 길에 지
나게 되는 아름다운 숲을 노래한 것이다. 천 년 풍상에 조각처럼
아름답게 가꾸어진 나무들을 보니 마음에 깊은 울림이 전해졌다.
그 견고한 어깨에 기대고 그 강인한 팔을 잡아보면서 그들의 인내
와 향기를 노래했다.

영균천詠麕泉

高原一水謂麕泉, (고원일수위균천)

晝飮遊人夜鹿眠。 (주음유인야록면)

近有群巖蹲黙黙, (근유군암준묵묵)

黃昏應起躍霞天。 (황혼응기약하천)

노루샘

고원에 물 하나 있어 노루샘이라 하는데

낮에는 유객이 마시고 밤에는 노루가 자는 곳이라.

가까이에 뭇 바위들 고요히 쭈그리고 앉아 있나니

황혼녘 의당 깨어나 노을 진 하늘에 뛰어놀리라.

넷째 수는 윗새오름 직전에 있는 노루샘을 노래한 것이다. 그 주변에 자그마한 바위들이 흩어져 있기로 그 바위들이 필시 노루들이 변한 것이라는 유치한 상상을 했다. 낮에 바위가 되었다가 사람들이 다 가고 나면 노루로 바뀌어 샘물을 마시고 그곳에 질펀하게 피어 있는 꽃밭에서 뛰어놀 것이라는 어린애 같은 상상을 시로 적은 것이다.

영산정詠山頂

白鹿峰邊起白雲, (백록봉변기백운)

寒鴉倦叫夕陽曛。 (한아권규석양훈)

悠悠物我相親近, （유유물아상친근）

歸路淸風牽碧裙。 （귀로청풍견벽군）

산정에서

백록담 봉우리에 백운이 일고

까마귀 게으른 울음에 석양이 진다.

아득하다 물아의 친근함이여

귀로에 청풍은 푸른 옷자락을 당기는구나.

마지막은 윗새오름 정상에서 백록담 봉우리에 피어오르는 흰 구름을 보기도 하고, 까악까악 게으르게 우는 까마귀도 보고, 꽃 향기 실어나르는 바람에 기대기도 하면서 행복한 시간을 보내다보니 내 옷자락도 절로 푸르게 되었다는, 물아일체의 기쁨을 노래한 것이다. 행복한 산행을 마치고 돌아와 자연산 회로 배를 불리고 한라산 순한 소주 몇 잔으로 객수를 달래고 '봄날은 간다'의 구성진 가락으로 제주의 수업을 모두 마쳤다.